Diogenes Taschenbuch 24449

CHRISTIAN SCHÜNEMANN, geboren 1968 in Bremen, studierte Slawistik in Berlin und Sankt Petersburg, arbeitete in Moskau und Bosnien-Herzegowina und schreibt auch als Storyliner und Drehbuchautor. Er lebt in Berlin.

JELENA VOLIĆ, geboren in Belgrad, lehrt dort Neuere deutsche Literatur- und Kulturgeschichte. Sie ist Mitarbeiterin in diversen Foren, die sich mit Serbien im europäischen Einigungsprozess befassen, und Expertin für deutsch-serbische Beziehungen. Sie lebt in Belgrad und Berlin.

Christian Schünemann
Jelena Volić

# Maiglöckchenweiß

*Ein Fall
für Milena Lukin*

ROMAN

Diogenes

Die Erstausgabe
erschien 2017 im Diogenes Verlag
Covermotiv: Foto von Albarrán Cabrera
Copyright © Albarrán Cabrera/bildhalle.ch

Veröffentlicht als Diogenes Taschenbuch, 2019
Alle Rechte vorbehalten
Copyright © 2017
Diogenes Verlag AG Zürich
www.diogenes.ch
30/19/852/1
ISBN 978 3 257 24449 6

*Am 18. Oktober 1998 wurde der zehnjährige Dušan J. von zwei Jugendlichen auf offener Straße angegriffen und zu Tode geprügelt. Die Tat ereignete sich gegen 22 Uhr im Zentrum von Belgrad. Das Opfer trug Quetschungen, Prellungen und mehrere Knochenbrüche davon. Zum Tod des Jungen führte ein Schlag mit einem harten Gegenstand auf den Kopf. Die Ermittlungen ergaben, dass es sich bei der Tatwaffe um das abgebrochene Stück einer Regenrinne handelte, das in der Nähe des Tatorts sichergestellt wurde. Das Todesopfer, der zehnjährige Dušan J., war ein Angehöriger der serbischen Roma.*

*Am 12. März 2003 wurde der serbische Ministerpräsident auf dem Weg in seinen Belgrader Regierungssitz ermordet. Die Schüsse wurden aus dem Hinterhalt, aus einer Entfernung von ca. 180 Metern abgefeuert und trafen den Politiker in Bauch und Rücken. Im Krankenhaus konnte nur noch sein Tod festgestellt werden.*

*Die Taten sind Gegenstand des Romans, die Handlung und die auftretenden Personen sind jedoch frei erfunden.*

# 1

Die Selleriestaude war ein Geschenk von der Marktfrau, und die Knochen hatte sie beim Schlachter an der Hintertür bekommen. Svetlana schabte Karotten, legte den Majoranzweig ins Wasser, setzte leise den Deckel auf den Topf und regulierte die Flamme so, dass die Suppe köchelte, aber der Deckel nicht zu klappern begann. Die Suppe würde für ein paar Tage reichen, vielleicht sogar für eine ganze Woche. Seit ihr Entschluss feststand, fühlte sich das Leben besser an. Nicht gut, aber jedenfalls doch leichter. Als wäre eine große Last von ihren Schultern genommen.

Sie tastete im Papier und fand dort noch zwei kleine Kartoffeln. Die Dunkelheit machte ihr nichts aus – im Gegenteil. Die Dunkelheit war gut. Sie schob die Küchenabfälle zusammen, wischte sich die Hände an der Schürze ab. Jovan schlief und atmete tief und ahnungslos. Die beiden Flaschen, die er im Laufe des Nachmittags und Abends geleert hatte, standen neben der Abfalltonne, und selbst im

Suff war er noch so gewissenhaft gewesen, dass er den Mülleimer rausgebracht und vor die Tür gestellt hatte. Ihr geliebter Jovan. Was hatten sie früher für Träume gehabt: In die Welt hinausgehen, es alleine schaffen, ohne die Sippe, frei und niemandem verpflichtet. Eine verrückte Vorstellung. Es sollte nicht sein, natürlich nicht.

Svetlana band sich die Schürze ab. Sie hatten es nicht geschafft, aber Anna würde es schaffen. Sie würde eines Tages in einem schönen Haus wohnen, und das Lachen ihrer Kinder würde die Räume erfüllen und sie vergessen lassen, was ihr in diesen Monaten widerfuhr – so viel Leid, dass es für ein ganzes Leben reichte. Für Anna würden hoffentlich irgendwann glückliche Zeiten anbrechen. Und alles würde vielleicht doch noch einen Sinn ergeben.

Sie holte unter der Küchenbank den kleinen Blechkasten hervor. Unter dem Stopfgarn, mit dem sie vorsorglich noch die Knöpfe an den Taschen verstärkt und festgezogen hatte, lag das kleine Stück Papier, das sie schon vor Wochen vorausschauend beiseitegelegt hatte. Sie zog die Gardine so weit auf, dass etwas Mondlicht hereinfiel. Eines Tages würde Anna verstehen, was ihre Mutter getan hatte, und bis dahin würde sie die Ratschläge befolgen, die sie ihr mit auf den Weg gab, denn Anna war ein kluges Mädchen, und gehorsam war sie außerdem. Svetlana schrieb:

> *Lerne.*
> *Sei fleißig.*
> *Halt dich aufrecht.*
> *Tu nichts, für das du dich später schämen musst.*
> *Werde glücklich.*

Sie faltete das Papier und ging damit hinter den Vorhang. Anna schlief ruhig und atmete tief. Sie strich ihrem Kind eine Strähne aus dem Gesicht, drückte ihre Lippen auf die warme Stirn und atmete ihren Duft ein. Dann schob sie den Zettel unter das Kopfkissen, trat zurück und nahm ihre Wolljacke vom Haken.

Anna würde ihren Weg finden, davon war Svetlana überzeugt, und sie würde ihr dabei nicht im Weg stehen. Alles war gut, alles hatte seine Richtigkeit, und der Herrgott stand ihr bei. Svetlana löschte die Flamme unter dem Kochtopf, stieg in ihre Gummistiefel und öffnete die Tür. Sie schaute nicht zurück.

Unter der Regentonne klaubte sie die beiden Steine hervor, die sie dort deponiert hatte, schob die Ziegel rechts und links in ihre Schürze, knöpfte die Taschen zu und zog die Strickjacke darüber zurecht.

Das Einmachglas mit den Maiglöckchen stand bei Jovan in der Werkstatt zwischen den Leim- und Farbtöpfen. Sie nahm das Glas und schöpfte aus der Tonne noch eine Handvoll Regenwasser hinein.

Um diese Zeit waren kaum noch Autos unterwegs, und auf der Straße begegnete ihr niemand. Als wäre sie allein auf der Welt, wanderte sie in ihren Gummistiefeln, in Kittel und Strickjacke, mit den Maiglöckchen durch die nächtlichen Straßen. Genau diesen Weg, dieselbe Strecke, war Dušan gegangen, in der Faust die Münzen, die Jovan, sein Vater, ihm mit der Erlaubnis gegeben hatte, sich ausnahmsweise, auch wenn es schon spät war, am Kiosk eine Tüte Drops zu kaufen. Schließlich hatte Dušan eine gute Note heimgebracht, eine Eins in Mathematik. Er war so stolz gewesen, und sie war es auch. Sie war es immer noch.

»Lauf«, hatte sie gesagt und ihn aus der Tür geschoben. »Und beeil dich.«

Zur Belgrader Straße ging es den Hügel hinauf, und mit den Steinen in den Taschen hatte sie ganz schön zu schleppen. Wer weiß, was aus Dušan geworden wäre. Vielleicht Lehrer oder – wie es seine Idee gewesen war – Straßenbahnfahrer. Er hätte es geschafft, hätte alle Hindernisse überwunden, die sie ihm mit der Geburt in die Wiege gelegt hatten.

Dass der Kiosk schon geschlossen war, registrierte sie, aber es war ihr egal. Sie hätte all den Menschen, die dabei gewesen waren und weggeschaut oder zugeschaut hatten, in die Augen gesehen, auch dem Kioskbesitzer. Ob sie dabei Hass gefühlt hätte, wusste sie nicht. Sie hatte keine Tränen mehr. Svetlana stellte das Glas mit den Maiglöckchen dort ab, wo es passiert war.

Sie hielt sich an der großen Kreuzung rechts, durchquerte den Park und achtete in der Dunkelheit nicht auf den Betrunkenen und das Liebespaar.

Die Branko-Brücke erstrahlte im gelben Licht, und auch wenn sie nicht mit dieser Helligkeit gerechnet hatte, kam es ihr vor, als würde man sie hier oben willkommen heißen. Autos waren nur vereinzelt unterwegs. Die Nacht hatte etwas Feierliches. Svetlana ging ohne Eile, bis sie glaubte, die Mitte der Brücke erreicht zu haben. Sie konnte den Fluss nicht sehen, aber riechen, und eine tiefe Ruhe und Zuversicht überkamen sie.

Das Geländer reichte ihr bis zur Brust und war niedriger, als sie gedacht hatte. Sie umfasste mit beiden Händen das kalte Eisen. Zwischen die senkrechten Streben passten bequem ihre Stiefelspitzen, wie auf einen kleinen Treppenabsatz. Sie zog sich hoch, legte sich bäuchlings über die Stange und zog das zweite Bein nach. In der Tiefe hörte sie den Fluss rauschen, es klang wie ein Flüstern, und die kühle Luft, die er zu ihr heraufschickte, hatte etwas Tröstliches.

Sie schlang die Arme um ihren Körper, als würde sie ihren kleinen Jungen umarmen, schloss die Augen und machte den Schritt ins Leere.

2

Milena fuhr auf der Fürst-Miloš-Straße stadtauswärts, wechselte auf die linke Spur, ohne sich um das Hupkonzert hinter ihr zu kümmern, und machte in Gedanken die Einkaufsliste für den Heimweg: Drei Pfund Butter für die Buttercreme, zwei Tüten Krokant und kleine Kerzen – elf Stück. Zu Adams Geburtstag plante Vera neben einem Frankfurter Kranz noch eine Schneetorte. Also sechzehn Eier. Nein, besser zwanzig. Ihr Telefon brummte.

Milena tastete auf dem Beifahrersitz, schaute auf das Display und nahm das Gespräch an.

»Hör mal«, rief Siniša am anderen Ende. »Ich habe im Hotel niemanden erreicht. Wann kommt noch mal dein Ex?«

»Philip kommt nächste Woche, Donnerstag, und Adam ist jetzt schon außer Rand und Band. Gibt es ein Problem?«

»Ich bin auf dem Weg nach Sarajevo und wollte vorschlagen, ob du da nicht selbst einfach mal vorbeifährst. Kleine-Save-Straße. Hotel Amsterdam. Die wollten am Montag eröffnen. Ich weiß, es ist eine Zumutung, aber ich kenne die beiden jungen Leute, sie haben so viel Arbeit und Liebe in ihr Projekt gesteckt, und ich finde, das muss man unterstützen.«

»Einverstanden.« Milena setzte den Blinker.

»Und hast du mit deinem Botschafter-Chef schon gesprochen?«

»Wegen deines Vertrages? Noch nicht.«

»Es eilt auch nicht. Wirklich nicht.«

»Gut, dass du mich erinnerst. Ich werde es gleich ansprechen«, versprach Milena.

»Übrigens: Ich habe ein wunderbares Geschenk für Adam. Der Kleine wird begeistert sein.«

»Der Kleine wird immer größer.«

»Eben!«

»Bis später.« Milena beendete die Verbindung, legte den Hörer auf das Armaturenbrett und kurbelte ihr Fenster herunter.

Der Pförtner, ein ganz junger Mann, kam aus seinem Häuschen und zog die Jacke seiner blauen Uniform straff. »Ihren Ausweis, bitte.«

»Ich arbeite hier, das wissen Sie doch.«

»Es geht nicht gegen Sie persönlich. So sind die Vorschriften.«

»Natürlich.« Milena zog ihre Tasche vom Beifahrersitz und begann zu wühlen. Zwischen ihrer

Geldbörse, Geleebananen und anderem Plunder fand sie, schneller als sie gedacht hätte, das kleine, in Plastik eingeschweißte Dokument.

»Kleiner Tipp«, sagte der junge Mann und gab ihr die Karte zurück. »Sie könnten sich den Ausweis auch an einem kleinen Band um den Hals hängen. Wie eine Kette. Dann müssen Sie nicht jedes Mal suchen.« Er legte kurz die Hand an seine Mütze und verschwand im Pförtnerhäuschen.

Kurz darauf ging die Schranke hoch, und Milena rollte auf das Botschaftsgelände. Rein rechtlich befand sie sich jetzt auf dem Territorium der Bundesrepublik Deutschland, und wie immer, wenn sie auf dem eigens für sie reservierten Parkplatz zum Stehen kam, war sie mit diesem Land, seinen strengen Vorschriften und den Menschen, die so gewissenhaft für deren Einhaltung sorgten, versöhnt. Wenn sie dagegen zusammenrechnen würde, wie viel Zeit sie schon bei der Parkplatzsuche oben in der Stadt, am Institut, vergeudet hatte!

Sandra, die Assistentin des deutschen Botschafters, stand im Vorzimmer an ihrem Schreibtisch und überprüfte den Inhalt eines Pakets, ein Stapel weißer Hemden in einem flachen Karton. Wie immer trug sie ein Kostüm mit breitem Gürtel, das ihre Wespentaille betonte, und ihr Make-up war so perfekt, als käme sie gerade vom Stylisten.

»Guten Tag«, sagte Milena und klopfte sachte an die Tür. »Ist Herr Kronburg in seinem Büro?«

»Graf Kronburg«, antwortete Sandra, ohne aufzuschauen, »ist in einer Besprechung.« Sie breitete das Seidenpapier über die Hemden und schob den Deckel darüber. Das Wappen auf dem laminierten Karton deutete auf einen noblen Absender hin. Wahrscheinlich kamen die Hemden von einem Herrenausstatter aus London.

»Sagen Sie mir bitte Bescheid, wenn Herr Kronburg zu sprechen ist?« Milena rückte den Riemen ihrer Tasche über der Schulter zurecht. »Was ich Sie noch fragen wollte …«

Sandra unterzeichnete einen Lieferschein, legte ihn auf den Karton und stellte beides auf den Aktenschrank. »Die Besprechung ist bis sechzehn Uhr angesetzt.«

»Hat Herr Kronburg sich schon zu meinem Vorschlag geäußert, Doktor Stojković einen Beratervertrag zu geben?«

»Doktor Stojković?« Sandra schaute Milena herausfordernd an. »Sie meinen Ihren Freund, diesen Anwalt? Tut mir leid. Über diese Angelegenheit weiß ich leider gar nichts.«

»Danke.« Milena drehte sich um und ging über den Flur in ihr Büro hinüber.

Am liebsten hätte sie mit der Tür geknallt. Dass

Sandra ›gar nichts‹ wusste, war unmöglich. Sie sprach drei Sprachen fließend, überließ nichts dem Zufall und wusste und überwachte alles. Sie sorgte sogar vorausschauend dafür, dass ihr Boss, Graf Alexander von Kronburg, am Abend im Restaurant auf jeden Fall Dill zum Fisch serviert bekam und bitte nicht die Petersilie, die eigentlich in Serbien üblich war. Milena warf ihre Tasche auf die Ledercouch und die Jeansjacke hinterher.

Aber vor allem war sie wütend, dass sie sich von einer jungen Frau, die mit Anfang zwanzig nicht einmal halb so alt war wie sie selbst, so schnell verunsichern ließ. Ein herablassender Ton und eine hochgezogene Augenbraue von dieser Person reichten bereits. Mit anderen Worten: Milena ärgerte sich, weil sie sich beim Versuch ertappt fühlte, einem guten Freund zu einem gut dotierten Beratervertrag zu verhelfen. Dabei kannte sich niemand besser im Dickicht der serbischen Paragraphen und Gesetzestexte aus als Siniša, und niemand war besser geeignet, ihr mit Rat und Tat zur Seite zu stehen und die EU-Integration Serbiens voranzubringen.

Milena ließ sich in den bequemen Schreibtischsessel fallen, und die exzellente Federung fing die Wucht ihres Gewichts spielend ab. Die Wiedervorlagemappe lag im rechten Winkel zur Schreibtischkante, die Blumen in der Vase waren frisch, und nirgends war ein Stäubchen zu sehen. Milena steckte sich eine Geleebanane in den Mund und öffnete das E-Mail-Programm.

Das Gesprächsprotokoll der Sitzung vom vergangenen Mittwoch. Die neue Stabliste, die Spesenabrechnung, viel unnützes Zeug. Und eine Nachricht von Philip, die kurioserweise im Spam-Ordner gelandet und schon zwei Wochen alt war. *Wir landen also am Donnerstag, 5. Mai, um 13 Uhr,* schrieb er, *Flughafen Nikola Tesla, Belgrad. Treffen wir uns mit Adam am Flughafen, oder sollen wir direkt ins Hotel fahren? Apropos: Welches? Schickst du mir noch die Koordinaten? Beste Grüße, Philip. P. S.: Jutta freut sich wahnsinnig, dich endlich kennenzulernen.*

»Ja, ja«, murmelte Milena. »Ich mich auch, ich kann es gar nicht mehr abwarten. Und einen roten Teppich rollen wir euch außerdem aus.« Aber das mit dem Hotel – das musste sie jetzt wirklich erledigen.

Sie öffnete die Suchmaschine, tippte »Hotel Amsterdam Kleine-Save-Straße«, und auf dem Bildschirm erschien die Mitteilung: *Website under construction.* Keine Telefonnummer, nichts. Und wenn sie einfach ein anderes Hotel buchte?

»Störe ich?« Alexander Kronburg, der deutsche Botschafter, lehnte in der Tür, eine Hand in der Hosentasche.

»Kommen Sie herein.« Milena strich sich eine Strähne aus dem Gesicht und hoffte, dass das Haar sich auf wundersame Weise zu einer schönen Welle ordnen würde.

»Bleiben Sie sitzen.« Alexander trat näher und wirkte seltsam schüchtern. »Sandra sagte, Sie wollten mich sprechen?«

»Richtig.« Milena überlegte, die Unordnung auf dem Sofa zu beseitigen, aber Alexander ließ sich bereits auf der Lehne nieder.

»Sie sehen so bekümmert aus«, sagte er.

»Ich war gestern in der amerikanischen Botschaft.«

»Und?«

»Die Amerikaner überlegen, sich aus dem Projekt zurückzuziehen.«

Alexander seufzte. »Das hatte ich befürchtet.«

»Wie bitte? Tatsächlich?«

»Weil unsere serbischen Partner bei den Emissionswerten tricksen, und die Amerikaner sind, was solche Manöver angeht, erfahrungsgemäß nicht besonders geduldig.«

»Aber wir stecken doch noch mitten in den Verhandlungen.«

»Was schlagen Sie vor?« Alexander streckte die Beine aus.

»Arbeitsteilung«, sagte Milena. »Ich sehe zu, dass

ich so schnell wie möglich den serbischen Energieminister treffe. Oder wenigstens den Staatssekretär.«

»Und ich?«

»Sie versuchen, bei den Amerikanern gut Wetter zu machen und ein bisschen Zeit zu schinden.«

»Einverstanden.« Alexander lächelte, und um seine Augen herum bildeten sich die kleinen Falten, die Milena so sehr mochte.

»Wie lange sind Sie jetzt eigentlich schon hier?«, fragte er plötzlich.

Milena überlegte. »Schon fast drei Monate.«

»Und mit der Doppelbelastung, Ihrer Arbeit am Institut, bei den Kriminalisten und Kriminologen, wird es Ihnen nicht zu viel?«

Milena machte eine unbestimmte Handbewegung. »Solange ich mir die Zeit frei einteilen kann, komme ich zurecht. Und die EU-Integration liegt mir am Herzen.«

»Das freut mich.« Er erhob sich. »Trotzdem hätte ich einen kleinen Vorschlag.«

»Nämlich?«

»Bringen Sie doch mal ein paar persönliche Gegenstände mit. Zum Beispiel ein Foto von Ihrem Sohn.«

Milena schaute sich erstaunt um.

»Und nächste Woche« – er wandte sich zum Gehen – »haben wir endlich mal Zeit, ein paar Dinge zu besprechen.«

»Was für Dinge?«

»Zum Beispiel, was wir mit Ihrem Freund machen, Ihrem Herrn Stojković.«

»Nur, dass wir uns nicht missverstehen«, Milena lächelte. »Er ist bloß ein Kollege.«

Alexander hob vielsagend die Hände und verschwand. Verwundert blieb Milena zurück.

Nächste Woche. Ausreichend Zeit. Alarmiert klickte sie in ihren Terminkalender. *5.–8. Mai. Geberkonferenz der West-Balkanländer, Auswärtiges Amt, Berlin.*

Milena lehnte sich zurück. Den Eintrag hatte sie noch nie zuvor gesehen. Am sechsten Mai war Adams Geburtstag, sein Vater und dessen Lebensgefährtin reisten am fünften aus Hamburg an, Vera backte Frankfurter Kranz und Schneetorte, und Siniša hatte ein wunderbares Geschenk – nie im Leben hätte sie diesem Termin zugestimmt.

Sie nahm den Telefonhörer, zögerte, legte ihn wieder zurück und ging hinüber ins Vorzimmer.

Sandra war am Tippen, und die Tür zu Alexanders Büro war zu.

Milena trat an Sandras Schreibtisch. »Der Termin, nächste Woche in Berlin«, sagte sie. »Ich kann da unmöglich mitfahren.«

Sandra nahm zwei kleine Kopfhörer aus den Ohren. »Jetzt haben wir ein Problem.«

»Wann haben Sie den Termin eingetragen? Erst kürzlich? Warum weiß ich nichts davon?«

»Ich führe darüber kein Buch, aber ich kann gerne den Techniker rufen, der wird diese Dinge sicherlich für Sie recherchieren.«

»Ich muss sofort mit Herrn Kronburg sprechen.«

»Der Graf befindet sich in einer Telefonkonferenz.« Sandra beugte sich über den Tisch und schaute Milena von unten herauf mit ihren großen, rehbraunen Augen an. »Frau Lukin«, sagte sie. »Wenn Sie wollen, übernehme ich in dieser Sache die Verantwortung. Kein Problem. Wirklich nicht. Aber wenn Sie mich jetzt entschuldigen wollen?« Sie steckte sich die Stöpsel zurück in die Ohren, und im nächsten Moment erfüllte wieder ein leises Klappern den Raum.

Milena ging über den Flur zurück in ihr Büro. Sie musste sich eben angewöhnen, regelmäßig ihre Termine zu checken. Dinge, die ihr aufgetragen wurden, zeitnah erledigen. Und sich ein Beispiel an Siniša nehmen und – wenn möglich – Aufgaben an andere delegieren.

Als sie mit dem Auto wieder stadteinwärts fuhr, klingelte ihr Telefon. Es war Vera, ihre Mutter. »Das Essen ist fertig«, sagte sie. »Wir warten auf dich.«

»Ich bin auf dem Weg«, antwortete Milena. »Ich muss nur noch einen kleinen Abstecher machen, das Zimmer für Philip und Jutta reservieren.«

3

»Wann kommt er?«, fragte Cecilia.
»Um vier.«
»Bist du nervös?«
Luca schaute auf seine Armbanduhr. »Warum sollte ich nervös sein?«
»Erzähl doch noch mal.« Sie rückte näher an ihn heran, nahm seinen Arm und legte ihn sich um die Schulter. »Also. Ihr habt euch gestern zum ersten Mal wiedergesehen.«
»Vorgestern.«
»Vorgestern«, wiederholte sie. »Nach wie langer Zeit?«
Luca strich ihr über die Wange. »Fünfundzwanzig Jahre.«
»Fünfundzwanzig Jahre.« Aus Cecilias Mund hörte es sich fast andächtig an. »Du warst damals siebzehn, oder?«
»Exakt.«
»Und er?«
»Ein Jahr jünger, sechzehn.«

»Und ihr wart beste Freunde.«
»Allerbeste.«
»Und ihr hattet seither keinen Kontakt mehr? Kein Brief, keine Karte, kein Anruf?«
»Nichts. Absolute Funkstille.«
Cecilia drehte den Kopf, um ihn ansehen zu können. »Und als du ihn jetzt getroffen hast, nach so vielen Jahren – wie war das?«
Luca zuckte die Achseln. »Wie soll es gewesen sein? Nett.«
»Nett?« Cecilia lachte. »Komm schon. Ich meine: Ist er noch so wie früher? Hast du ihn gleich wiedererkannt?«
»Er ist natürlich älter geworden«, sagte Luca. »Und, wie soll ich sagen? Das Unbeschwerte ist weg.«
»Unbeschwert? War er denn früher so ein Witzbold?«
Luca schüttelte den Kopf. »Ich würde eher sagen: ein Draufgänger. So einer, der nicht lange fackelt. Wenn du, zum Beispiel, zu ihm gesagt hättest: ›Wollen wir abhauen?‹, hätte er geantwortet: ›Okay.‹ Wäre losgegangen, hätte sich umgedreht und gefragt: ›Was ist, worauf wartest du?‹«
»Und dann? Seid ihr wirklich abgehauen?«
»Jurij hat immer den Eindruck vermittelt, als hätte er nichts zu verlieren.«

»Und du?«

»Sei mir nicht böse.« Luca küsste sie auf die Stirn. »Aber musst du nicht los?«

Sie nahm die Beine vom Sofa und zog ihre Schuhe an. In ihren grünen Augen lag plötzlich ein melancholischer Ausdruck. »Irgendwann«, sagte sie, »will ich ihn kennenlernen, deinen Jurij.«

Er strich ihr eine Strähne hinters Ohr. »Mach dir keine Sorgen«, sagte er. »Aber erst einmal muss ich da alleine durch.«

»Am Sonntag bin ich zurück«, rief sie, ohne sich noch einmal zu ihm umzudrehen.

Er hörte ihre Absätze auf dem Marmor. »Fahr vorsichtig!«, rief er ihr hinterher, aber da war sie wohl schon aus dem Raum.

Das Garagentor ging hoch, der satte Klang des Lancia, der sich schnurrend über die Auffahrt entfernte.

Er stand auf und ertappte sich dabei, wie er seufzte, ganz tief, als hätte er gerade eine schwierige Operation hinter sich gebracht. Dabei stand das eigentliche Ereignis doch noch bevor. Er trat durch die Flügeltür auf die Terrasse hinaus.

Wie still es hier draußen war. Die Amseln, die einem sonst den letzten Nerv rauben konnten, waren völlig verstummt. Er sog die würzige Luft ein, als müsste er vor sich selbst demonstrieren, dass alles in Ordnung war. Aber er war wirklich nicht nervös. Höchstens ein bisschen angespannt. Man könnte auch sagen: aufgeregt. In weniger als einer Stunde würde sein alter Freund Jurij dieses Haus betreten, zum ersten Mal nach all den Jahren, und würde sehen, wie er lebte und was aus ihm geworden war.

Er machte ein paar Schritte bis zur Rasenkante. Nicht, dass er protzen wollte, gar nicht. Im Gegenteil. Er würde Jurij erzählen, wie es war: dass Cecilia dieses Haus gefunden und gekauft hatte und dass es eine Bruchbude gewesen war. Der Wintergarten hatte den Namen nicht verdient, und der Kinosaal und die Sauna im Keller waren allein Cecilias Idee gewesen. Sein Ding war der Garten, und der war kleiner, als man von hier oben denken würde. Wenn das Laub erst dichter wurde, würde man nicht mal mehr die Donau da unten sehen.

Er schaute zur Ulme hinauf. Der Blick von da oben musste gigantisch sein. Vielleicht würde er irgendwann mal ein Baumhaus bauen, ein richtiges, wo man die Strickleiter hochziehen konnte. Von so etwas hatte er als Kind immer geträumt.

Jurij würde Witze machen, würde ihn »Luca-Laubenpieper« nennen.

Jurij Pichler. Er hatte ihn schmaler in Erinnerung gehabt und irgendwie auch größer. Zwei Mal hatten sie telefoniert, aber als er dann plötzlich bei ihm im Lokal stand, so typisch breitbeinig, war ihm doch der Schreck in die Glieder gefahren.

Trotz der grauen Schläfen hatte er sofort gewusst: Das ist er, hatte ihn sich erst einmal in Ruhe angeschaut, bevor er aus der Deckung kam, und sein größtes Problem war in dem Moment gewesen: Wie begrüßt man sich nach so langer Zeit und allem, was passiert war?

Sie hatten sich die Hand gegeben, ganz förmlich. Er hatte einen Tisch hinten in der Ecke reserviert, wo es ruhiger war, und erst einmal Vorspeisen bringen lassen. Wein? Jurij wollte nicht, das hatte ihn überrascht, aber er hatte sich ihm sofort angeschlossen. Ein bisschen Geplänkel, Jurij sagte, sein Restaurant sei ja »das erste Haus am Platz«, und Luca erklärte, der Standort sei das A und O. Was man eben so redet.

Hoffentlich hatte er nicht zu viel geredet. Aber er hatte das Gefühl, dass es Jurij wirklich interessierte. Die Systemgastronomie, erklärte er Jurij, sei die Zukunft. Die Leute wollten eben genau wissen, was sie für ihr Geld bekamen – egal, ob sie das Restaurant in London, Mailand oder Belgrad betraten. Und Cecilia und er waren ein gutes Team: Sie war Halbitalienerin, Immobilienmaklerin, hatte einen gewissen Lifestyle. Himmel, was hatte er für einen

Quatsch geredet. Cecilia war einfach cool, elegant. Nur mit dem Kinderkriegen – dafür hatten sie sich zehn Jahre zu spät kennengelernt.

»Okay«, hatte Jurij gescherzt: »Wenn ich den Karren vor die Wand fahre, bist du der Erste, den ich nach einem Job frage.«

Und dann hatten sie doch einen Roten bestellt. Den Chianti, übrigens.

Jurij erzählte, er sei gerade dabei, aus seinem Elternhaus ein kleines Hotel zu machen. Die Gegend unten am Hafen, Kleine-Save-Straße, sei im Kommen. Komischer Zufall, stellten sie fest, dass sie jetzt beide in der Gastronomie tätig waren. Seit einem halben Jahr war Jurij nun wieder in Belgrad, war mit einer Niederländerin verheiratet, hatte ebenfalls keine Kinder, und Englisch und Holländisch würde er inzwischen fast besser beherrschen als seine serbische Muttersprache. »Amsterdam« sollte das Hotel heißen.

Luca lauschte. Hatte da nicht gerade eine Tür geklappt? »Hallo?«, rief er.

Er nahm zwei Holzscheite vom Stapel, in jede Hand einen, und ging wieder hinein. »Cecilia?«, rief er. »Hast du etwas vergessen?«

Keine Antwort. Da hatte wohl wieder jemand vergessen, den Fensterladen einzuhaken.

Falls Jurij heute Abend länger blieb, würde er

später noch ein Feuer machen und ein Steak in die Pfanne hauen.

Von früher war bei ihrem ersten Treffen noch keine Rede gewesen. Keine alten Zeiten aufgewärmt, kein: »Weißt du noch?« Und das hatte ihm gefallen. Vorbei war vorbei. Sie waren beide weitergegangen in ihrem Leben, waren inzwischen erwachsene Männer, nicht mehr die dummen Jungs von früher. Immerhin, eine Bemerkung hatte Jurij fallenlassen: Nach Argentinien hatte seine Familie ihn damals geschickt. Sieben Jahre hatte er bei seinem Onkel in der Fabrik Schuhsohlen geklebt. Sieben verdammte Jahre. Derselbe Zeitraum, den Luca in der Haft und im Lager verbracht hatte.

Luca schaute auf die Uhr. Jurij müsste jede Minute hier sein. Würden sie heute darüber sprechen, was in jener Nacht, vor fünfundzwanzig Jahren, passiert war? Bitte schön, warum nicht? Er war mit sich und seiner Vergangenheit im Reinen. Und so tragisch, dumm und unnötig diese Geschichte damals auch gewesen sein mochte, sie hatte im Nachhinein ja auch ihr Gutes: Er, zum Beispiel, würde heute nicht hier stehen und nicht der sein, der er war, wenn nicht alles so gekommen wäre, wie es kam.

Er schlenderte in die Eingangshalle. Wollte Jurij wirklich nur an alte Zeiten anknüpfen? Oder ging es um etwas anderes? Brauchte er am Ende Geld? Einen günstigen Kredit für sein kleines Hotel?

Schlag vier klingelte es an der Pforte. Bevor Luca auf den Knopf drückte, betrachtete er das Bild, das die Überwachungskamera von der Straße übermittelte.

Jurij stand da, wie immer breitbeinig. Jurij Pichler, der einzige Freund, den er in seinem Leben gehabt hatte.

Er betätigte den Öffner und beobachtete, wie Jurij mit festen Schritten die Auffahrt heraufkam.

## 4

Die Kleine-Save-Straße war eine jener sanft ansteigenden Gassen, die den Hafen mit der oberen Altstadt verbanden. Rechts und links standen schmale Häuser, zwei und drei Stockwerke hoch, enge Gehwege. Milena fuhr Schritttempo und überlegte, ob Philip, ihr Ex, diese Gegend eigentlich kannte. Nur einmal war er nach Belgrad gekommen. Sie erinnerte sich genau. Es war kurz vor ihrer Hochzeit gewesen, sein Antrittsbesuch sozusagen. Sie hatte ihn durch die Stadt geführt und ihm all die Plätze und Ecken gezeigt, die in ihrem Leben wichtig waren: Wo sie geboren wurde, wo sie in den Kindergarten ging, wo zur Schule, wo sie studiert hatte. Der erste Kuss auf der Save-Promenade, der letzte Kaffee im Bahnhofslokal, bevor sie nach Deutschland ging und Philip in ihr Leben treten sollte.

Am Abend hatte er völlig erschlagen, mit Blasen an den Füßen, bei Vera in der Küche gesessen, und seine zukünftige Schwiegermutter hatte aufgetischt:

Gibanica, Gulasch, Grießflammerie. Milena übersetzte, dabei gab es kaum etwas zu übersetzen, und von dem wenigen, was Philip sagte, ließ sie manche Bemerkung lieber unter den Tisch fallen und erfand dafür an anderer Stelle noch ein bisschen dazu. Noch heute sagte Vera: »Dass er damals nichts gegessen hat, war schon ein schlechtes Zeichen.«

An diese Dinge dachte Milena, als sie mit ihrem Lada die Kleine-Save-Straße hochfuhr und nach dem Hotel Amsterdam Ausschau hielt, in dem sie ihren Ex und seine Lebensgefährtin unterbringen wollte.

Das schmale Haus stand in einer leichten Kurve und war das einzige, das frischverputzt und freundlich angestrichen war. Die Pilaster aus rotem Backstein und das Mauerwerk um die Sprossenfenster herum waren liebevoll herausgearbeitet und farblich abgesetzt. Milena schaltete die Warnblinkanlage ein und überlegte, ob an dieser Stelle früher vielleicht das Hutgeschäft gewesen war. Nein, der Laden existierte zwei Häuser weiter und sah im Vergleich zu diesem renovierten und sanierten Gebäude inzwischen noch verstaubter und armseliger aus. Das Hotel war ein kleines Schmuckstück, und Siniša hatte recht: Es war genau das Richtige für Philip und Jutta.

Milena stellte den Motor ab und stieg aus.

Die hohe Eingangstür aus Glas war verschlossen. Sie klingelte, aber kein Ton war zu hören. Vielleicht war die Anlage kaputt?

Drinnen war alles dunkel. Ein Bereich mit kleinen Tischen und bunt zusammengewürfelten Stühlen. Dahinter ein Empfangstresen, der abends anscheinend auch als Bar benutzt werden sollte. Seitlich davon gab es ein paar gemütliche Klubsessel und einen Kamin. Aber kein Mensch war zu sehen.

»Ich fürchte, hier ist schon wieder Sense«, sagte jemand hinter ihr.

Ein älterer Herr mit Schirmmütze schaute missmutig an der Fassade hoch. »Da hat sich wohl jemand finanziell ein bisschen übernommen.«

Milena folgte seinem Blick. Oben bewegte sich eine Gardine.

»Kennen Sie die Leute?«, fragte sie.

Der Mann schüttelte den Kopf. »Über dreißig Jahre habe ich hier mein Bier getrunken. Aber heutzutage muss ja alles umgekrempelt werden. Große Fenster und alles neu. Zum Kotzen.«

»Ich finde, das Hotel macht einen guten Eindruck.«

»Und ich erkenne meine eigene Stadt nicht mehr. Haben Sie mal gesehen, was hier am Wochenende für ein Volk unterwegs ist? Von sonst woher.«

Brummelnd zog er weiter, und Milena sah, wie

eine Frau, ungefähr ihr Alter oder etwas jünger, mit Einkaufstüten die Gasse entlangkam und in den schmalen Weg neben dem Hotel einbog.

»Entschuldigung!«, rief sie laut.

Die Frau blieb stehen. Über dem T-Shirt trug sie eine weitgeschnittene karierte Hemdbluse und auf der Nase eine schwarze Hornbrille. Hinter der Spiegelung waren die Augen kaum zu erkennen.

»Gehören Sie zufällig zum Hotel?«, fragte Milena. »Oder wissen Sie, was da los ist? Ich würde nämlich gerne ein Zimmer buchen.«

»Die Eröffnung ist bis auf weiteres verschoben.«

»Sind Sie die Besitzerin?«

Mit den Tüten rechts und links, pustete die Frau sich eine Strähne aus dem Gesicht und trat ein wenig zurück. »Darf ich fragen, wer Sie sind?«

»Milena Lukin ist mein Name. Ich muss nächste Woche Gäste aus Deutschland unterbringen. Der Tipp mit Ihrem Hotel kam von Siniša Stojković.«

»Herrn Stojković?« Das Gesicht der Frau hellte sich ein wenig auf. Sie musste ihre Tüten absetzen, um Milenas Hand zu ergreifen. »Tut mir leid«, sagte sie, »aber wir haben im Moment technische Probleme.«

»Siniša hatte versucht, Sie telefonisch zu erreichen, und da auch Ihre Internetseite nicht aktiv ist, bin ich jetzt einfach hierhergefahren.«

»Tut mir leid, dass Sie sich umsonst hierherbemüht haben. Wie gesagt ...« Sie zog ihre Umhängetasche nach vorne. »Aber das hier kann ich Ihnen geben.« Sie überreichte Milena einen Flyer und hob ihre Tüten wieder an.

»Warten Sie.« Milena kramte ihr Portemonnaie aus der Tasche hervor. »Falls es mit der Eröffnung kurzfristig doch noch klappen sollte« – sie gab der Frau ihre Karte –, »sagen Sie mir einfach Bescheid.«

Die Frau nahm die Karte und ließ sie in ihrer Hosentasche verschwinden. Dann drehte sie sich um, ging den holprigen Weg entlang und verschwand hinter dem Haus. Schutt und Steine türmten sich dort und die alten sanitären Anlagen – wahrscheinlich das ganze Zeug, das man bei den Bauarbeiten aus dem Haus geholt hatte.

*

Als Milena nach Hause kam und auf der Fahrt in den fünften Stock im Lift die Schmierereien an der Kabinenwand betrachtete, erinnerte sie sich, dass Vera heute Morgen angekündigt hatte, die Gardinen zu waschen. Hoffentlich hatte die alte Waschmaschine nicht gerade jetzt schlappgemacht, das hätte ihr noch gefehlt.

»Hallo!«, rief Milena und zog die Wohnungstür hinter sich ins Schloss, stellte ihre Einkaufstüte ab und hängte den Schlüssel ans Brett. Es roch nach überbackenem Käse, und sie merkte, wie hungrig sie war. Sie schlüpfte in ihre Pantoffeln.

Die Nebenkostenabrechnung war gekommen und lehnte dekorativ am Strohhut auf der Anrichte, außerdem ein Werbegutschein für den neuen Fußpflegesalon in der Carnegie-Straße. Die Gardinen im Wohnzimmer rochen frisch und sahen aus wie neu.

Fiona, die Katze, saß sittsam in der Küche auf Milenas Stuhl, zwischen Vera und Adam, die schon mit dem Essen begonnen hatten.

»Du bist spät«, sagte Vera. »Setz dich.«

Milena öffnete den Kühlschrank, um die Einkäufe zu verstauen. »Was macht dein Schnupfen?«, fragte sie und hielt ihre Hand an Adams Stirn.

»Oma und ich haben heute die Winterdecken weggepackt und die Sommerdecken rausgeholt«, sagte er.

Milena fuhr ihm über die Haare. »Sehr schön.«

»Und die Kopfkissen.«

»Das habt ihr gut gemacht.« Sie gab der Katze einen Stups, und Vera häufte eine große Portion vom Auflauf auf Milenas Teller. Die übriggebliebenen Putenschnitzel vom Vortag befanden sich darin, in Streifen geschnitten, außerdem Steinpilze und frischer Estragon.

»Haben wir noch Weißwein?«, fragte Milena.

Bevor Vera etwas sagen konnte, war Adam bereits aufgestanden und holte die Flasche aus dem Kühlschrank.

Milena schaute ihren Sohn erstaunt an. »Habt ihr Französisch zurückbekommen?«

»Wieso?«

»Ich frage ja nur. Hast du ein schlechtes Gewissen?«

»Lass den Jungen«, sagte Vera. »Es ist alles in Ordnung.«

Als er im Bett lag – die Zähne geputzt, Arme und Beine mit der guten Pavlović-Creme eingerieben – und Milena zurück in die Küche kam, legte Vera ihr Kreuzworträtsel beiseite. Milena schenkte sich einen Rest kalten Kaffee ein und setzte sich zu ihr an den Küchentisch.

»Was ist los?«, fragte sie.

Vera nahm ihre Brille ab. »Ich mache mir Sorgen«, sagte sie.

»Hat er etwas angestellt?«

»Ich glaube, er brütet etwas aus.«

»Wie kommst du darauf? Er hat dir heute bei den Betten geholfen.«

»Und bei den Gardinen.«

»Na also.«

»Das soll er aber nicht. Er soll lernen, sich wie ein Mann zu benehmen.«

»Aber ich will nicht, dass er im Stehen pinkelt.«

Vera schüttelte den Kopf. »Du willst mich nicht verstehen. Wir sind zwei Weiber, und wir müssen aufpassen, dass er nicht verweichlicht.«

»So ein Blödsinn.«

»Siniša ist völlig meiner Meinung.«

»Siniša? Was hat er jetzt damit zu tun?«

»Er hat angerufen. Er hat dich nämlich gesucht.«

»Geh schlafen, Mama.« Milena stellte ihren Becher in die Spüle. »Und mach dich nicht verrückt.«

Sie gab ihrer Mutter einen Kuss, ging in ihr Zimmer und knipste die Lampe über dem Schreibtisch an. Kurz horchte sie in den Flur, dann schloss sie die Tür, nachdem – im letzten Moment – Fiona hereinhuschte.

Milena nahm einen Zigarillo aus der Schachtel und stellte das Fenster auf Kipp. Sie rauchte, streichelte die Katze und starrte auf das Haus gegenüber, die graue Betonwand. Einmal im Leben kam Philip zu Besuch, und die ganze Familie drehte durch. Seit Wochen fieberte Adam seinem Geburtstag und seinem Vater entgegen. Milena war keine Psychologin, aber vielleicht hatte ihr Kind deswegen ein schlechtes Gewissen. Sie streifte die Asche ab.

Sie wusste nicht, ob sie bei ihrer Erziehung alles richtig machte, ob sie zu wenig Zeit mit ihrem Kind verbrachte, es zu sehr verhätschelte, nicht konsequent genug war, Vera zu viel Verantwortung aufbürdete. Aber Adam war ein geliebtes Kind. Und wenn er anders war als andere Jungs, zu sensibel, verweichlicht oder was auch immer – bitte. Sie hatte damit kein Problem.

Oder doch? Sie drückte den Zigarillo aus, setzte sich an den Schreibtisch und zog den grünen Ordner heraus, das Material für die nächste Sitzung, Kapitel 27 des EU-Vertrags. Das Gesetz zur Verringerung von Kohlenmonoxid.

Sie versuchte, sich zu konzentrieren. Die Serben tricksten bei den Emissionen und erklärten, das Verbrennen von Heizöl sei eine Form der regenerativen Energiegewinnung, was natürlich Blödsinn war. Für die Stromerzeugung brauchte man Biomasse, und Biomasse brauchte man, um die EU-Verträge zu erfüllen und endlich an die Gelder zu gelangen, die für den Aufbau des Landes so dringend benötigt wurden. Und genau das war das Problem. Der Energieminister hatte es kürzlich auf den Punkt gebracht. »Wir haben so viel Scheiße bei uns in Serbien, aber Kuhscheiße, die wir so dringend brauchen, haben wir nicht genug.«

Ihr Telefon leuchtete. Milena schaute auf das Display. Belgrader Nummer. Sie drückte auf die grüne Taste. »Hallo?«

»Spreche ich mit Frau Lukin?«

»Am Apparat.«

»Entschuldigen Sie die späte Störung. Pichler ist mein Name. Karen. Wir haben heute Nachmittag kurz gesprochen. Sie erinnern sich?«

»Hotel Amsterdam, natürlich. Was kann ich für Sie tun?«

»Ich habe wahrscheinlich einen etwas seltsamen Eindruck auf Sie gemacht.«

»Überhaupt nicht.«

»Sie sagten, Herr Stojković hätte versucht, uns anzurufen.«

»Richtig.«

»Könnten Sie mir vielleicht seine Nummer geben?«

»Haben Sie die nicht?« Milena schlug ihr Adressbuch auf.

»Leider nein.«

»Haben Sie etwas zu schreiben?« Milena diktierte die Nummer. »Und mit Ihrem Hotel«, fragte sie, »bleibt es dabei? Keine Eröffnung, oder haben Sie es sich anders überlegt?«

»Verstehen Sie mich nicht falsch, aber ich würde lieber erst einmal mit Herrn Stojković reden.«

»Natürlich. Rufen Sie ihn an. Er wird Ihnen sicher weiterhelfen.«

Stille am anderen Ende.

»Hallo?«, fragte Milena. »Sind Sie noch dran?«

Aber die Frau hatte schon aufgelegt.

## 5

Mit der Kuppe seines Zeigefingers fuhr er über ihre Augenbrauen, diesen feinen Bogen, jedes Härchen wie gemalt, und landete auf der Nasenwurzel, eine zarte, glatte Stelle. Wenn Anna und ihre Kosmetikerin nicht ständig gegen die Natur anarbeiten würden, könnte er jetzt mit dem Finger in einem durch auf dem schwarzen, seidigen Teppich weitergleiten, zur nächsten Braue. Die Härchen wuchsen dort, seitenverkehrt, in die andere Richtung.

»Hey«, flüsterte Steven. »Hörst du mich?«

Ihre Wimpern zuckten, aber sie dachte gar nicht daran, die Augen zu öffnen.

Also fuhr er mit dem Finger weiter. Bog ab, den Nasenrücken hinunter, eine schöne lange Strecke, bei der es rechts und links steil bergab ging. Dann landete er an der Spitze. Er küsste diese Spitze, zwei Mal, drei Mal, und fragte leise: »Bist du noch da?«

Jetzt öffneten sich ihre Lippen, als würde sie gleich zu ihm sprechen, ein Irrtum, sie sagte nichts.

Schon beim allerersten Anblick war er in diesen Lippen versunken. Sie ließ ihn gewähren, auch wenn sie mit ihren Gedanken schon ganz woanders war. Sie machte die Augen auf.

Er wurde aus diesen Augen nicht schlau. Als würde eine stumme Frage in diesem Blick liegen. Oder Verachtung? Nein, es war Liebe, etwas anderes konnte es nicht sein. Je länger er in diese Augen schaute, desto intensiver wurde ihr Grün.

»Anna«, flüsterte er und fasste nach ihrer Hand.

»Ich muss los«, sagte sie.

Müde ließ er seinen Kopf auf ihre Schulter sinken und hielt ihre Hand fest.

Sie schob seinen Kopf von sich – sanft, beinahe nachsichtig, wie einen Gegenstand, der zwar ganz hübsch, aber manchmal auch etwas lästig war. Er schaute zu, wie sie sich anzog, sich Stück für Stück verwandelte. Als am Ende die Ohrclips drankamen, war von seiner Anna, der rätselhaften Anna, die er liebte, anfassen und küssen wollte, nicht mehr viel übrig. Sie war jetzt die Anwältin. Die Frau, die immer fort von ihm ging.

»Wann kommst du zurück?« Er streckte den Arm nach ihr aus.

Seine Frage schien nur zu bewirken, dass sie überlegte, ob sie etwas vergessen hatte. Aber sie hatte noch nie etwas bei ihm vergessen. Wenn sie fort war, fand er nichts, was darauf hindeutete, dass sie jemals hier gewesen war. Und je länger ihre Abwesenheit dauerte, desto überzeugter war er, dass er alles wohl nur geträumt hatte.

Er hörte, wie sie in der Küche ein Glas spülte. Dann kam sie noch einmal zurück, setzte sich zu ihm auf die Bettkante, hob im Nacken ihre Haare hoch. Nicht, dass sie nicht selbst in der Lage gewesen wäre, den kleinen Reißverschluss hochzuziehen. Sie überließ ihm dieses Privileg – vielleicht, weil sie dachte, dass es ihm gefiel oder es sich so gehörte, wenn man miteinander schlief, weil es eine besondere Nähe und Intimität ausdrückte. Oder es war einfach nur bequem.

Bevor der letzte Zentimeter ihrer Haut unter dem Stoff verschwand, versuchte er, diesen Zentimeter zu küssen.

Sie stand auf. »Ich rufe dich an«, sagte sie, und in demselben Ton hätte sie auch »Lebwohl« sagen können. Sie zupfte das lange schwarze Haar vom Kopfkissen und entfernte es, nahm ihren Koffer, den sie in den vergangenen fünfzehn Stunden, die sie hier gewesen war, zwar geöffnet, aber nicht aufgeklappt hatte, und ging. Als die Tür hinter ihr ins Schloss fiel, herrschte Stille. Nur noch das Geräusch des Fahrstuhls.

Er könnte jetzt ans Fenster gehen und zuschauen,

wie sie da unten dem Taxifahrer ihren Koffer überließ. Wie sie einstieg, während er das Gepäckstück verstaute. Aber dann würde er doch nur wieder sehen, dass sie nicht noch einmal zu ihm hochschaute, dass es kein letztes Lächeln gab, kein Winken. Er würde nur sehen, wie das Taxi mit ihr am Ende der Straße um die Ecke verschwand.

Er drehte sich auf den Bauch und vergrub sein Gesicht dort, wo Anna eben noch gelegen hatte, wo noch ein Rest ihrer Wärme war und ihr Duft, und wünschte sich, er könnte einfach so liegen bleiben, bis die Tür wieder aufging und sie wieder bei ihm war. Aber wann würde das sein?

*

»Zum Flughafen«, sagte sie.

»JFK?« Der Fahrer schaute fragend in den Rückspiegel.

Anna nickte. Sie sah die Geschäfte vorbeiziehen, die Austern-Bar an der Ecke, in der sie gestern Abend noch mit Steven gesessen hatte. Er hatte so viel erzählt. Sie hatte sich nicht konzentrieren, ihm nicht folgen können und ihn nur angeschaut, wie ein schönes Bild. Und dieses Bild löste sich mit jedem Kilometer weiter auf, den sie sich von ihm entfernte.

Wie dramatisch das klang. Als wäre es nicht

immer so, wenn sie auf Reisen ging. Aber diese Reise war, im Gegensatz zu den vielen anderen, die sie im Auftrag der Kanzlei unternahm, rein privat, und sie hatte Angst, auch wenn sie es sich nur ungerne eingestand. Und warum der Fahrer jetzt die Siebzehnte entlangfuhr statt die Zwanzigste, war ihr ein Rätsel. Sie sah nicht den Vorteil, aber er würde schon seine Gründe haben. Sie mochte diese Gegend.

Auf der Schnellstraße war dichter Verkehr, aber den hatte sie bei ihrer Planung einberechnet, sie war gut in der Zeit. Sie zahlte, der Mann holte ihr Gepäck aus dem Kofferraum. »*Have a safe trip.*« Sie ging ohne Umweg zum Check-in, *fast lane*. Scanner, grünes Licht, Handgepäckkontrolle.

Sie besaß keine Waffe, nicht mal ein Pfefferspray, und bisher hatte sie auch noch nie über den Besitz einer Waffe nachgedacht.

In der Lounge trank sie ein Glas Wasser. Würde sie bei ihrer Rückkehr eine andere sein? Vielleicht. Der Himmel über New York war so farblos, aber das konnte auch an den getönten Scheiben liegen. Einstieg. Wie viele Menschen da unten wuselten. Hunderte. Auf dem Oberdeck war es ganz ruhig. Gedämpfte Stimmen. Sie saß, wie immer, Reihe eins, Sitz A. So hatte sie niemanden vor sich, und nach hinten schaute sie nicht.

*Boarding completed.* Sie legte den *New Yorker* auf den Nachbarsessel, und das hatte etwas Demonstratives, als bräuchte sie diese Zeitschrift, um sich zu erinnern, woher sie kam.

»Nein, danke«, sagte sie, als die Stewardess ihr ein Glas Champagner offerierte.

Beim Start schloss sie die Augen und lehnte sich zurück. Sie hatte keinen Plan – und das kam selten vor, eigentlich nie. Der Flug war ruhig, aber ihre Gedanken waren es nicht. Sie dachte an Jurij Pichler. Was wollte der Mann?

Sie hatte die Frage erst bei seinem zweiten Anruf gestellt, bei seinem ersten war sie nicht darauf vorbereitet gewesen. Wie auch? Der Anruf, dieser Mann, die ganze Geschichte – das war alles so plötzlich, ohne Ankündigung über sie hereingebrochen.

Der Kerl hatte ihre Frage einfach nicht beantwortet. Da war nur Stille gewesen, ein langes Schweigen, und dieses Schweigen war ihr plötzlich ganz intim vorgekommen, unangenehm. Sie hatte aufgelegt.

Danach hatte er sich nicht mehr gemeldet.

Sie probierte das Steak und aß das Gemüse. Seither – sie konnte es nicht abstellen – musste sie ständig an diesen Mann denken. Sie hatte keine Informationen über ihn im Internet gefunden, er war in keinem sozialen Netzwerk. Kein Gesicht. Sie kannte nur seinen Namen und seine Stimme. Und die hatte erschreckend normal geklungen. Sogar sympathisch?

So weit würde sie nicht gehen. Sie ließ sich ein Glas Cognac bringen, setzte die Schlafbrille auf, machte den Sitz zurück. Jurij Pichler. Was würde sie tun, wenn sie ihm gegenüberstand? Wollte er Absolution?

Sie versuchte, sich zu erinnern, aber da waren immer nur dieselben Versatzstücke: die ruhige Stimme ihres Vaters, die Hände ihrer Mutter, der geblümte Vorhang. Dušans Holzgiraffe, der Ball, der immer aufgepumpt werden musste: das Drama ihrer Kindheit. Plötzlich war Dušan weg, tot. Dann die Mutter – fort, für immer verschwunden. Spätestens da war ihre Kindheit vorbei gewesen. Das Letzte, was ihr Vater tat: Er hängte ihr einen Brustbeutel um den Hals, prall gefüllt mit vielen Geldscheinen, und küsste sie auf die Stirn. »Geh dahin, wo die Schwarzen sind«, hatte er gesagt. »Da fällst du am wenigsten auf.«

Sie schreckte hoch, schob ihre Schlafbrille auf die Stirn, schaute um sich. Nein, sie hatte nicht geheult. Nie mehr nach Dušans Tod hatte sie geweint. Sie hatte versprochen, tapfer zu sein. Und was sie versprach, pflegte sie zu halten. Sie bestellte Kaffee zum Wachwerden und stellte den Sitz gerade.

In Frankfurt landeten sie zwanzig Minuten früher als geplant. Westwind. Sie musste zum anderen Terminal und dort an das allerletzte Gate. Als sie ankam, war die Maschine, ihr Anschlussflug, zum Einsteigen bereit.

Reihe zwei, Sitz F. Den *New Yorker* hatte sie im Jumbo vergessen. Sie war jetzt in Europa, die Sonne schien, sie fühlte sich hellwach, wie angeknipst. Neben ihr saß ein Geschäftsmann, der ganz selbstverständlich ihre Armlehne okkupierte.

Sie blieb angeschnallt und starrte zweieinhalb Stunden aus dem Fenster. Sie näherte sich dem Land, das sie vor zweiundzwanzig Jahren verlassen hatte, und ihr Kopf war ganz leer. Dann kamen die ersten Wolkenlöcher.

Äcker, Straßen, ein paar Häuser. Sie suchte nach Unterschieden, glich die Bilder aus der Vergangenheit mit der Gegenwart ab. Flussauen und Wiesen waren da unten, und sie dachte an die Sommer auf dem Land, an ihre Cousins und Cousinen. Jemal war immer der Beste gewesen, der Schnellste, der Erste, vor allem beim Fröschefangen. Nie hatte sie an ihn gedacht, und jetzt sah sie ihn vor sich, auf seinem Kopf der verbeulte Hut, und auf der Krempe lag der Draht, zu einem Kranz gebogen. Ein Frosch nach dem anderen wurde auf den Draht gespießt und der Draht wieder geschlossen, und rund um Jemals Kopf zuckten und zappelten die Frösche und klatschten mit ihren Schenkeln aneinander. Und am nächsten Tag, wenn das weiße Fleisch, mit Grieß bestreut, in Schmalz gebacken, auf ihrem Teller lag und sie keinen Bissen davon herunterbekam, grinste Jemal sie über den Tisch hinweg an.

»Süß oder salzig?«

Sie starrte die Stewardess an, die ihre Frage auf Englisch wiederholte, und antwortete: »Nein, danke.«

Der Typ neben ihr betrachtete sie von der Seite und zog kurz darauf seinen Arm von der Lehne.

Der Boden kam immer näher, die Maschine setzte auf, Motoren dröhnten. Öde Grünflächen jenseits der Landebahn, wie bei allen Flughäfen der Welt. Die üblichen Ansagen, dann plätscherte amerikanische Pop-Musik aus den Lautsprechern. Kurz darauf das Klicken der Gurte.

Im Bus zum Flughafengebäude blieb sie stehen, gleich bei der Tür.

Keine *fast lane* bei der Einreise. Sie stellte sich hinten an. Vertraute Schrift. Fremde Reklame. Alles war neu und überhaupt nicht so in die Jahre gekommen wie am JFK oder in Frankfurt.

»Geschäftlich oder privat?« Der Grenzbeamte hinter der Scheibe hielt ihren US-amerikanischen Pass mit beiden Händen, wie ein Buch, und musterte sie.

»Privat.«

Stempel. Er klappte den Pass zu und gab ihr das Dokument zurück. »Der Nächste, bitte!«

Die Türen aus Milchglas öffneten sich. Hinter der Sperre drängelte sich ein ganzer Pulk von Menschen. Kinder juchzten und turnten auf den Schultern ihrer Großväter, und die runzligen Gesichter waren ihr erschreckend vertraut. Anna ging an allen vorbei. Sie war verschwitzt, ihr Herz raste, und sie hätte in Tränen ausbrechen können.

Sie war wieder in Belgrad.

## 6

»Für die Dame ein Stück von der Damaskustorte, und für mich …« – Siniša reichte der Bedienung die Karte und schaute dabei anerkennend an den langen, wunderhübschen Beinen entlang – »… die Konstantinopelschnitte.«

»Eine Frage.« Milena setzte ihre Brille auf und fuhr mit dem Finger die lange Liste der zur Auswahl stehenden Torten entlang. »Was ist ›das achte Weltwunder‹?«

»Das achte Weltwunder«, wiederholte die junge Frau mit der weißen Servierschürze und schaute mit ihren großen Augen schwärmerisch zur Decke. »Das ist, wie soll ich sagen?«

»Okay«, kürzte Siniša die Sache ab. »Wir nehmen ein Stück. Zum Probieren.«

»Sehr gerne.« Die Kellnerin schenkte Siniša ein strahlendes Lächeln und ging.

»Und zwei Kaffee, bitte«, rief Milena ihr hinterher.

Siniša seufzte und fasste über den Tisch nach

ihrer Hand. »Du wirst mit jedem Jahr schöner. Warum heiratest du mich nicht? Nenn mir einen Grund.«

Milena entzog ihm ihre Hand und verstaute die Brille im Etui. Sie dachte an das Stück Torte und daran, dass sie nach der Wildlederjacke, ihrem Lieblingsstück, nun auch ihre Jeansjacke bald nicht mehr zubekam.

Siniša stützte sein gebräuntes Gesicht in die Hand mit dem Siegelring und betrachtete Milena versonnen. »Wie läuft es in der Botschaft mit dem Deutschen, diesem Grafen? Erzähl. Hast du dich gut eingearbeitet?«

»Was deinen Vertrag angeht – da bin ich leider noch nicht richtig weitergekommen.«

»Das meine ich nicht.«

»Und dass ich kurzfristig eine Auslandsreise mit Kronburg absagen musste, wegen Adams Geburtstag – der Termin war mir einfach durchgerutscht –, hat er erst einmal tapfer geschluckt.«

»Sehr gut.« Siniša nickte zufrieden. »Lass dich von dem Mann nicht an der Nase herumführen.«

»Wie kommst du darauf?«

»Ich weiß doch, wie so etwas läuft.« Er zupfte an seinen Manschetten mit den goldenen Knöpfen. »Eine kleine Auslandsreise, immer hübsch Seite an Seite, wichtige Verhandlungen, die bis spät in die

Nacht dauern, dann – nach erfolgreicher Arbeit – ein kleiner, gemeinsamer Absacker an der Hotelbar ...«

Die Bedienung kam mit den Kuchentellern. »Das achte Weltwunder?«

»In die Mitte«, bat Milena.

»Liebling«, Siniša schob die Teller zurecht, »du bist da einfach ein bisschen naiv, und dieser selbstverliebte Kronburg, dieser neunmalkluge Schwätzer ...«

»Er ist kein Schwätzer.« Milena inspizierte die Tortenstücke, während die Bedienung Kaffeetassen und Wassergläser abstellte.

»Aber neunmalklug.« Siniša hielt ihre Hand fest. »Bitte hör mir zu. Das ist jetzt wichtig: Wenn dieser Schönling dir dumm kommt oder dich nicht gut behandelt, sag mir Bescheid. Dann knöpfe ich ihn mir persönlich vor.«

Das achte Weltwunder bestand zu einem Drittel aus Buttercreme und Schokolade sowie raffiniert eingelegten Kirschen, die schachbrettartig mit anderen kandierten Früchten verlegt waren, und obendrauf thronte ein Dach aus kühler Sahne. Das Problem war das äußerst wacklige, in Likör getränkte Fundament aus Biskuit.

»Sag mir bitte ...« Mit ein paar Gabelstichen hatte Milena das Weltwunder komplett zerstört, jetzt musste die Ruine Stück für Stück abgetragen werden. »Warum sind wir hier?«

»Du erinnerst dich an die Frau von dem kleinen Hotel?«, fragte Siniša.

»Karen Pichler. Ich habe ihr deine Nummer gegeben. Hat sie dich angerufen?«

»Ihr Mann ist verschwunden.«

Milena legte die Gabel ab.

»Seit drei Tagen ist er wie vom Erdboden verschluckt.«

»Habt ihr schon die Polizei verständigt?«

»Solange kein Anzeichen für eine Straftat vorliegt ...«

»Hast du einen Verdacht?«

»Eigentlich war ich gerade dabei, den Mann aus einer alten, ziemlich unangenehmen Geschichte herauszuhauen.«

»Was für eine Geschichte?«

»Die Sache ist fast fünfundzwanzig Jahre her, und mein Mandant versichert glaubhaft, dass er damals nur indirekt beteiligt war. Er war damals erst sechzehn Jahre alt. Seine Familie hatte ihn in einer Nacht-und-Nebel-Aktion ins Ausland verfrachtet. Jetzt ist er zurückgekommen und will reinen Tisch machen.« Siniša schob einen dünnen Umschlag über den Tisch.

»Was ist das?«

»Alles, was ich zu dem Fall von damals auftreiben konnte.«

Milena wollte den Umschlag öffnen, aber Siniša legte seine Hand darauf.

»Ich möchte, dass du das in Ruhe liest, möglichst unvoreingenommen, und dann sprechen wir weiter.«

»Ich verstehe kein Wort.« Milena trank ihren Kaffee aus und tupfte sich den Mund mit der Serviette ab. »Hat seine Frau, diese Karen Pichler, denn keine Idee, wo ihr Mann stecken könnte?«

»Sie glaubt an eine Verschwörung.«

Milena nahm den Umschlag und steckte ihn ein. »Ich rufe dich an.«

»Wann?«

»So bald wie möglich. Und wer weiß, vielleicht ist der Mann bis dahin ja schon wieder aufgetaucht.«

Siniša erhob sich und knöpfte sein Sakko zu. »Ich danke dir.«

\*

Milena genoss die Abende im Institut, wenn das Telefon stillstand, sie in Ruhe ihre Vorlesungen vorbereiten und alles abarbeiten konnte, was in der Woche liegengeblieben war. Ein Problem war, dass sie – neben ihrer Lehrtätigkeit in der Kriminalistik und Kriminologie und ihrem Beraterjob in der deutschen Botschaft – kaum noch an ihrer Habilitation schrieb. »Die Strafverfolgung des Kriegsverbrechens auf dem Territorium des ehemaligen Jugoslawiens in der Zeit von 1990 bis einschließlich 1999«, ein wichtiges Thema, drohte zu einem Langzeitprojekt zu werden.

Sie grüßte die jungen Leute, die im Erdgeschoss ein Programmkino betrieben, und stieg die Stufen hinauf. Das Schönste war hier das Glasdach, das sich über dem Treppenhaus wölbte. Im Gegensatz zur deutschen Botschaft mit den Veloursteppichen und schallschutzisolierten und gepanzerten Fenstern gab es hier noch eine Atmosphäre: Ritzen, durch die der Wind pfiff, Parkett, das bei jedem Schritt knarrte. Ihr Büro war im ersten Stock, vorletzte Tür links. Die Tür stand offen.

»Hallo?« Sie schaute um die Ecke.

Am Regal lehnten Kartons, klassische Umzugskartons, noch zusammengefaltet, und an ihrem Schreibtisch stand ein Mann in Latzhose.

»Guten Tag«, sagte Milena. »Was tun Sie hier? Kann ich Ihnen helfen?«

»Ich suche einen Stift.«

Irritiert hängte Milena ihre Tasche über den Stuhl. »Und was sind das für Kartons?«

»Reichen Ihnen die vier? Ich kann Ihnen sonst noch mehr besorgen. Allerdings erst am Montag.«

»Das muss eine Verwechslung sein. Ich brauche keine Kartons, und ich habe keine bestellt.« Milena stemmte eine Hand in die Hüfte. »Die können Sie alle wieder mitnehmen.«

Der Mann kratzte sich mit ihrem Kugelschreiber am Kopf. »Sind Sie sicher?«

»Wer hat Sie hier überhaupt hereingelassen?«

Er holte aus der Hosentasche einen Zettel hervor und faltete das Papier auseinander. »Umzugskartons, vier. Zimmer 108.« Suchend schaute er sich um. »Das sind Sie doch, oder?«

»Zimmer 108, richtig.«

»Also, alles korrekt.« Er machte auf seiner Liste einen Haken. »Ein Vorschlag zur Güte: Ich lasse Ihnen die Kartons erst einmal hier, und am Montag sehen wir weiter. Wäre das für Sie in Ordnung?«

»Nein.« Milena seufzte. »Aber jetzt gehen Sie schon. Schönes Wochenende.«

Sie folgte dem Mann hinaus, bis zum Büro von Boris Grubač. Der Institutsdirektor residierte im Turmzimmer, dem schönsten Raum im Institut. Die Tür stand meistens offen, damit er sehen konnte, wer vorbeikam. Nur wenn er sich einen genehmigte, meistens gegen Feierabend, war die Tür zu. Milena klopfte.

»Ja, mein Schatz, so machen wir es.« Grubač drehte sich mit dem Telefon am Ohr und einem

Zahnstocher zwischen den Lippen in seinem Chefsessel herum. Er nickte Milena zu. »Spätzelchen, das besprechen wir heute Abend in aller Ruhe, okay?« Er verzog das Gesicht, während Milena unschlüssig im Raum stand und notgedrungen den Stuck an der Decke betrachtete.

»Ja, mein Schatz, ich dich auch.« Grubač machte ein schmatzendes Geräusch und legte auf. »Entschuldigen Sie, Frau Lukin, aber meine Frau ist manchmal so entsetzlich unpraktisch.«

»Wie geht es ihr?« Milena nahm auf dem Stuhl Platz, eineinhalb Meter von seinem Schreibtisch entfernt, wodurch man sich immer wie ein Bittsteller am Königshof vorkam – und das war auch so beabsichtigt.

Grubač winkte ab. »Unser Sohn braucht einen neuen Rollstuhl, aber was dafür alles an Papierkram zu erledigen ist – Sie machen sich keinen Begriff.«

»Verstehe.« Milena nickte betroffen. »Haben Sie denn schon etwas gefunden, ich meine, etwas, das auch bezahlbar ist?«

»Das geht alles seinen Gang, aber danke der Nachfrage.« Grubač schaute schweigend aus dem Fenster und brach den Zahnstocher entzwei. »Was kann ich für Sie tun?« Er klang plötzlich ganz mutlos.

»Die Umzugskartons«, begann Milena.

»Was ist damit?« Er beugte sich geduldig vor und faltete seine Hände auf dem Schreibtisch.

»Das frage ich Sie! Ich brauche keine.«

»Haben Sie denn nicht das Memo bekommen? Sie kriegen ein neues Büro.« Er schaute auf einen Zettel. »Die 109.«

»Wie bitte?«

»Die Maßnahme ist notwendig, weil wir einen Neuzugang bekommen.«

»Davon weiß ich ja gar nichts.«

»Eine halbe Stelle, immerhin. Die Aufstockung bedeutet für unser kleines Institut eine nicht unbeträchtliche Aufwertung, gerade in diesen Zeiten, und das ist doch auch in Ihrem Sinne, oder?«

Milena schüttelte den Kopf. »Die 109 ist die Abstellkammer.«

»Jetzt seien Sie doch nicht so kleinlich. Wenn das Zimmer erst einmal eingerichtet ist, wird es sehr gemütlich sein. Außerdem – wie oft sind Sie denn jetzt überhaupt noch hier, so im Schnitt?«

»Drei Mal die Woche.«

»Warten Sie mal…« Er suchte nach einem Zettel auf seinem Schreibtisch. »Also: Vergangene Woche waren Sie zwei Mal da, die Woche davor ebenfalls, und diese Woche…«

»Führen Sie eine Strichliste?«

»Jedenfalls wird Frau Schröder mit zweieinhalb

Tagen pro Woche mehr Zeit bei uns verbringen. Und wenn ich sie in die 109 stecken würde, wäre das kein schönes Signal.«

»Verstehe.« Milena bemühte sich, nicht zu schnippisch zu klingen. »Wer ist denn diese Frau Schröder, wenn ich fragen darf?«

»Sie spricht fließend Englisch.« Grubač lehnte sich zurück und legte die Krawatte über seinem Bauch zurecht. »War Referendarin im Justizministerium. Und ist mir dort wärmstens empfohlen worden.«

»Und jung ist sie wahrscheinlich außerdem«, ergänzte Milena.

»Richtig.« Grubač klatschte in die Hände. »Und jetzt hören Sie auf zu maulen. Lernen Sie die Dame doch überhaupt erst einmal kennen.«

»Ich würde mir nur wünschen, dass ich in Ihre Entscheidungen einbezogen werde.«

»Meine Entscheidung steht fest.«

Als Milena an ihrem Schreibtisch saß, atmete sie erst einmal tief durch. Sie durfte sich nicht provozieren lassen. Und dass sie es doch tat, lag nur daran, dass sie sich wohl ein wenig überfordert fühlte. Wenn sie nicht aufpasste, schlitterte sie in exakt die Situation, die ihre beste Freundin Tanja ihr vorausgesagt hatte: Mit zwei Jobs lief sie Gefahr, weder am Institut noch in der deutschen Botschaft präsent zu sein und nirgends gute Arbeit zu machen. Das würde bedeuten, dass sie sich über kurz oder lang entscheiden musste: Sich mit Grubač herumschlagen und ihren Studenten beibringen, gute Wissenschaftler zu werden, eine Sisyphusarbeit, oder in der Politik dicke Bretter bohren.

Sie putzte sich die Nase, zog ihre Tasche auf den Schoß, fischte eine Handvoll Geleebananen heraus und legte sie in einer ordentlichen Reihe vor sich auf den Tisch. Fünf Stück, die Ration musste für heute Abend reichen. Die erste war jetzt sofort fällig.

Während die dunkle Schokolade im Mund zu schmelzen begann und die Zunge an den kühlen Körper aus Gelee stieß, holte sie den Umschlag von Siniša aus ihrer Tasche, einen Stapel Papier von zirka dreißig Seiten. Obenauf lag ein Zeitungsartikel, fünfundzwanzig Jahre alt.

»Warum musste der kleine Dušan sterben?«, stand da in großen Lettern.

Sie fing an zu lesen. Zwischen ihren Fingern begann im Cellophanpapier Geleebanane Nummer zwei zu schmelzen, und Milena bemerkte es nicht.

7

»Pass auf«, sagte er. »Ich halte dich, siehst du? Meine Arme sind genau hier, unter dir. Dir kann also überhaupt nichts passieren.«

Der kleine Scheißer ruderte mit den Armen, und die Bewegungen erinnerten nur sehr entfernt an das, was er ihm seit Tagen zeigte, immer und immer wieder. Sei's drum. Aus den Augenwinkeln sah er Svenja.

Wie hingegossen saß sie auf dem gekachelten Mauervorsprung, in der Nähe vom Beckenrand, und pulte an ihren süßen, schwarz lackierten Zehennägeln. Und außerdem sah er ihr Bikini-Oberteil mit den schwarzen Punkten. Der dünne Stoff verhüllte gerade so viel, dass noch reichlich Platz für seine Phantasie blieb. Keine in seiner Jahrgangsstufe hatte solche Dinger. Warm und fest stellte er sie sich vor, mit riesigen Nippeln, wie er sie auf den Internetseiten von seinem Vater gesehen hatte.

Der kleine Scheißer prustete, strampelte, schluckte Wasser und japste. Rasch griff er mit seinen Armen wieder drunter. »Ich hab dich«, rief er. »Kein Grund zur Aufregung.«

»Du hast gesagt, du hältst mich!« Puterrot war der Junge im Gesicht, und seine verdammte Stimme gellte durch die ganze Halle. »Aber du hast mich nicht gehalten!«

»Beruhig dich. War nur ein kleiner Test. Kommt nicht wieder vor, okay? Komm, weiter geht's.«

Jetzt fing der kleine Scheißer auch noch an zu heulen, und Svenja reckte den Hals. Er machte ihr ein Zeichen. Alles gut. Am liebsten hätte er den kleinen Scheißer mal kurz unter Wasser gedrückt.

»Was habe ich dir gesagt?«, fragte er streng. »Wie sollst du die Hände halten? Als ob du das Wasser zerteilst. Versuch es. Zerteile das Wasser. Genau so. Perfekt machst du das.«

Svenja hatte sich wieder zurückgelehnt und zupfte an ihrem Oberteil. Ausgerechnet ihn hatte sie auserwählt, ihrem kleinen Bruder Schwimmen beizubringen. Er konnte sein Glück zuerst gar nicht fassen. Ausgerechnet er, wo die Typen nicht nur aus seiner Jahrgangsstufe sabbernd bei ihr Schlange standen. Alle dachten sie beim Wichsen an Svenja, aber er war derjenige, der mittlerweile fast jeden Nachmittag in ihrer Nähe verbrachte, und er arbeitete daran, dass er demnächst, spätestens im Sommer, ein Date mit ihr bekommen würde. Seine

Rechnung ging so: Er brachte dem kleinen Scheißer (Svenja nannte ihn selbst so) Schwimmen bei, war unentbehrlich, sammelte Pluspunkte, und dann, wenn der Sommer anbrach und der Kleine das Schwimmen gelernt hatte, würde er mit den beiden an die Donau gehen, und er wusste auch schon, wohin: an seine Lieblingsstelle, die man vom Uferweg nicht einsehen konnte. Wo er immer hinging, wenn er allein sein wollte mit seinen Gedanken, ohne dass er Angst haben musste, dass ihn jemand störte, wie zu Hause, wo ständig jemand ins Zimmer kam oder an der Badezimmertür rüttelte.

Dort, am Ufer, würde er jedenfalls mit ihr sitzen, der kleine Scheißer würde irgendwo herumschwimmen, beschäftigt sein, und er würde wie beiläufig ihre Hand berühren. Weiter wusste er nicht, aber der Rest würde sich dann schon irgendwie ergeben. So stellte er es sich vor. Nach so vielen gemeinsamen Nachmittagen würden sie sich endlich näherkommen, es ging ja gar nicht anders. Er war zwar noch nicht auf der Zielgeraden, aber kurz davor.

»Sehr gut«, sagte er so laut, dass Svenja es hören musste. »Versuch, die Arme wirklich durchzuziehen, hörst du? Genau so. Super machst du das!«

Was er nicht bedacht hatte, waren all die Typen hier, teilweise älter als er, jeden Nachmittag dieselben. Scharwenzelten um Svenja herum. Posierten auf dem Startblock, machten Kopfsprünge und zogen ihre Show ab. Svenja tat, als ginge sie das alles nichts an, als würde sie die Kerle nicht mal bemerken, aber er hatte schon mitbekommen, dass sie immer mal wieder einen Blick riskierte.

»Arme und Beine immer gleichzeitig«, sagte er. »Und Augen geradeaus.«

Der Typ in der schwarzen Badehose war der Schlimmste. Drehte die ganze Zeit schon Pirouetten, und was machte er jetzt? Was für eine dreiste Nummer. Baute sich vor Svenja auf, stützte die Hände auf seine Knie, streckte seinen fetten Arsch raus, und wenn er nicht aufpasste, würde er gleich mit seiner dummen Fresse direkt auf sie drauffallen. Ja, schau nur genau hin! Was quatschte der denn die ganze Zeit? Und er stand hier im pisswarmen Babybecken und kämpfte mit dem kleinen Scheißer.

Svenja lächelte den Typen an, strich ihre langen, welligen Haare zurecht und legte sie dekorativ über ihre linke Schulter. Fehlte nur noch, dass sie ihr Handtuch beiseitenahm und den Typen einlud, sich neben sie zu setzen. Als ob der Kerl eine Einladung brauchte. Nicht zu fassen, wie der ranging. Und sie hörte sich das alles an und tat, als würde es sie interessieren!

»Hör mal«, sagte er zum kleinen Scheißer. »Wir machen Schluss für heute.«

Natürlich wollte der Junge nichts davon wissen. Paddelte wie ein Kaulquappe.

»Aber wenn du willst«, fügte er hinzu, »kannst du dir ein bisschen was verdienen.«

Der Scheißer planschte und grinste. »Und wenn ich mir nichts verdienen will?«

Er hätte wirklich nicht übel Lust, ihn mal kurz unterzutauchen. »Du tust einfach, was ich dir sage, ist das klar? Sonst ist Schluss hier, ein für alle Mal.«

»Wie viel?«

»Kommt darauf an, wie klug du dich anstellst.«

Eine halbe Stunde später war er mit Svenja und dem kleinen Erpresser raus aus dem Hallenbad. Wie immer gingen sie an der Donau entlang, wortlos. Svenja trug die Schwimmsachen von ihrem kleinen Bruder und hatte so ein feines Lächeln auf den Lippen, so etwas Versonnenes, dass es ihm fast das Herz brach. Anscheinend war sie in Gedanken noch bei der schwarzen Badehose. Jetzt waren sie gleich an der Stelle, und er war fix und fertig.

»Ich geh mal ein paar Steine schnippen.« Der Junge lief den Trampelpfad zwischen den Sträuchern zum Donauufer hinunter. Genau wie er es ihm aufgetragen hatte.

Fragend schaute Svenja ihn an.

Er zuckte betont gleichgültig die Achseln, aber insgeheim frohlockte er. Jetzt würde er Svenja die

Stelle zeigen, seinen Lieblingsplatz, immerhin. Dann würde sie diesen Ort schon mal kennen, und später, wenn seine Zeit dann gekommen war ...

Plötzlich nahm sie seine Hand, zog ihn hinter sich her. Er dachte, er träume. Seine Hand in ihrer. Er folgte ihr. Sie ließ seine Hand nicht los. Sie rannte, und er rannte mit. Sie lachten. Sie schaute ihn an, ihre Augen sprühten Funken, noch nie hatte er sie so gesehen, und sein Herz schlug wie verrückt.

»Worauf wartest du?«, flüsterte sie.

»Aber der kleine Scheißer ...«, stotterte er.

»Scheiß auf den Scheißer.«

»Was hast du gesagt?«

»Küss mich.«

Er spürte ihren Atem und schloss die Augen. Plötzlich – ein gellender Schrei.

Erschrocken fuhren sie auseinander. Wieder dieser Schrei. Etwas so Durchdringendes hatte er noch nie gehört. Svenja starrte ihn mit aufgerissenen Augen an, wie gelähmt.

Er rannte los, runter zum Fluss. »Simon!«, schrie er. »Wo bist du?« Hastig zog er seine Schuhe aus.

Der Junge konnte noch nicht schwimmen. Das Ufer war tückisch, die Strömung enorm. Er bog das Schilf auseinander. Dann sah er ihn.

Bis zu den Knien stand er im Wasser, und in der Hand hielt er einen Stock.

»Simon«, rief er. »Was ist los?«

Das Gesicht angstverzerrt, den Mund weit aufgerissen, deutete der Junge auf eine Stelle im Schilf.

Zuerst dachte er, dort würden Kleidungsstücke liegen. Aber es war ein Körper, der im Wasser trieb, Arme und Beine von sich gestreckt, wie ein Fallschirmspringer, der vom Himmel gefallen und im Schilf aufgeschlagen war. Die Jacke des Toten war aufgebläht, als wäre der Wind hineingefahren.

»Schnell.« Er packte den weinenden Jungen, klemmte ihn einfach unter den Arm. »Weg von hier.«

## 8

Milena setzte ihre Brille ab. Ihre Augen brannten. Die gesammelten Zeitungsartikel von damals, der kleine Junge – sie schob die Zettel, die Siniša ihr zu lesen gegeben hatte, zurück in den Umschlag. Was für ein grausamer, sinnloser Tod. Sie nahm ihre Jacke, die Tasche, schob den Stuhl ran und knipste die Schreibtischlampe aus.

Sie mied die Menschenmassen auf der Fürst-Michael-Straße und ging am ›Roten Hahn‹ vorbei, nach links, die Gračanica-Straße hinunter. Die Dämmerung hatte eingesetzt, und die Straßenlaternen brannten, ohne dass ihr Licht schon große Schatten werfen würde. Nur zehn Jahre alt durfte der kleine Dušan werden und war somit fast so alt wie Adam heute. Jetzt wäre der Junge – Milena rechnete: ein Mann von Mitte dreißig. Was wohl aus ihm geworden wäre? Ein Roma-Junge war von Geburt an stigmatisiert und hatte wenig Chancen. Anders als ein Adam Lukin, der zweisprachig aufwuchs und von allen Seiten gefördert und gepampert wurde.

Milena ging ohne Ziel, wollte noch nicht nach Hause, überquerte an der Ampel die Pariser Straße und folgte dem schmalen asphaltierten Weg, der auf ein weitläufiges Gelände führte: ein Park mit Bäumen, Rasenflächen und Mauerresten – die Festung Kalemegdan. Drops hatte der kleine Dušan sich an jenem Abend kaufen wollen, und die Erlaubnis und ein paar Groschen hatte er von seinen Eltern bekommen, weil er an dem Tag eine gute Note nach Hause gebracht hatte. So hatte sie es in einem der alten Zeitungsartikel gelesen. Die Eltern ließen ihren Jungen ziehen, ohne zu ahnen, dass er nie mehr zurückkommen würde.

Die Souvenirverkäufer waren dabei, einzupacken und ihre Stände dichtzumachen. Milena ging an den Tischen mit den Schachspielern vorbei, an denen vor allem alte Männer saßen, manche mit altmodischen Krawatten. Hier und da, wo die Leute Picknick machten, brannten Kerzen. Der Junge, so stand es in den Zeitungsartikeln von damals, war den beiden Jugendlichen bloß zufällig über den Weg gelaufen. Zuerst wollten sie Geld von ihm, dann begannen sie ihn zu schubsen, zu schlagen und mit Fußtritten zu traktieren, bis einer von ihnen das abgebrochene Stück einer Regenrinne zu fassen bekam.

Die Bank am äußersten Ende der Festung war besetzt. Milena wollte schon kehrtmachen, als das

Pärchen aufstand und Arm in Arm an ihr vorbeischlenderte. Milena setzte sich. Nur wenn sie die Augen schloss, glaubte sie, den Fluss zu hören – zwei Flüsse, Donau und Save, die sich hier vereinigten und in einem breiten Strom Richtung Rumänien und weiter ins Schwarze Meer flossen. Die Ruhe, die Milena hier umfing, und der Zauber, der von diesem Ort ausging, waren heute kein Trost. Im Gegenteil: Milena empfand die Grausamkeit der Tat umso stärker. Dass zwei Jugendliche einen wehrlosen Jungen zu Tode geprügelt hatten – ohne Grund, einfach so: aus Hass, aus Frust, aus Langeweile – dafür gab es keine Erklärung, keine Entschuldigung.

Ein kühler Wind kam auf. Milena wanderte immer an der Festungsmauer entlang und gelangte einige Minuten später an die Treppe, die hinunter zum Hafen führte. Tanjas Haus befand sich hier auf halbem Weg, direkt an den Stufen. Ihre Tür stand meistens offen und war nur nachts abgeschlossen oder wenn Tanja nicht zu Hause war. Als würde man auf dem Dorf leben, wo jeder jeden kannte, und nicht in der anonymen Großstadt, wo täglich Verbrechen verübt wurden. Milena tat, was beste Freundinnen tun: Sie klopfte und öffnete. »Hallo!«, rief sie. »Jemand zu Hause?«

Sie schob mit dem Fuß zwei Schuhkartons beiseite und hängte ihre Jacke auf. Die Kirschzweige in der großen Vase trieben rosafarbene Blüten.

»Ob du es glaubst oder nicht«, rief Tanja, »ich habe gerade an dich gedacht!« Sie kam im grauseidenen Hausmantel aus dem Arbeitszimmer, die roten Locken zum Knoten gebunden, und eine Brille auf der Nase – Milena hatte sie noch nie zuvor an ihr gesehen.

»Das ist schicksalhaft!« Sie umarmte Milena. »Ich buche nämlich gerade. Übernächstes Wochenende, zum Frisör. Wie wär's? Hättest du Lust?«

»Nach München?« Milena folgte ihrer Freundin in die Küche.

»Saunabesuch inklusive. Und von mir aus auch noch ein bisschen Kultur. Vielleicht die Pinakothek?« Tanja öffnete den Kühlschrank. »Es gibt Sushi, allerdings von gestern.«

»Vielleicht gar keine schlechte Idee«, murmelte Milena und spürte plötzlich, wie ihr das Wasser in die Augen stieg.

Tanja warf ihr einen prüfenden Blick zu, holte wortlos eine Flasche Champagner aus dem Kühlschrank und nahm zwei Gläser vom Regal. »Was ist passiert?«, fragte sie.

»Ich bin eine dumme Kuh.« Milena schüttelte den Kopf. »Außerdem liegt die Geschichte schon fünfundzwanzig Jahre zurück.«

Tanja öffnete den silbernen Verschluss, füllte zwei Gläser, und Milena erzählte von den alten Zeitungsartikeln und dem kleinen Jungen, Dušan Jovanović, einem Angehörigen der Roma, der von zwei Jugendlichen zu Tode geprügelt worden war.

Tanja hob grimmig das Glas. »Hat man die Kerle wenigstens gekriegt?«

»Einer wurde verknackt, der andere ist abgehauen.« Milena nippte an ihrem Champagner. »Und jetzt ist er zurückgekommen, will sich angeblich seiner Vergangenheit stellen. Jurij Pichler heißt er, und Siniša hat seine Verteidigung übernommen – kannst du dir das vorstellen?«

Tanja schlug Eier in die Pfanne, und die Butter zischte. »Wenn dieser Mann nach so vielen Jahren entschieden hat, reinen Tisch zu machen, finde ich daran erst einmal nichts Schlechtes«, sagte sie. »Und auch in der Situation hat er ein Recht auf Verteidigung.«

»Klar.« Milena nickte. »Aber so wie es aussieht, hat er schon wieder kalte Füße bekommen. Ist spurlos verschwunden, und seine Frau sitzt da und versteht die Welt nicht mehr.«

»Und wieso wollte Siniša, dass du dich in die Geschichte einarbeitest?« Tanja schob die Spiegeleier auf zwei Schinkenbrote.

»Er braucht wohl meine Einschätzung, und die kann er gerne haben.«

Mit den Tellern, der Flasche und den Gläsern zogen sie ins Wohnzimmer, und wieder einmal war Milena überwältigt. Wohl von keinem Ort der Stadt konnte man so gut auf das nächtliche Belgrad schauen, den Hafen und die erleuchtete Branko-Brücke. Wenn sie hier wohnen würde, würde sie vermutlich nur noch auf der Couch liegen und nach draußen starren. Wie dieser Mann: lang ausgestreckt, mit riesigen Kopfhörern auf den Ohren und rhythmisch die nackten Zehen bewegend.

»Ich wusste nicht, dass Stefanos zu Besuch ist«, sagte Milena.

»Ich auch nicht«, erwiderte Tanja. »Bis er gestern angerufen hat und fünf Stunden später vor der Tür stand.« Von hinten trat sie an ihren Liebsten heran und nahm ihm die Kopfhörer ab. »Willst du nicht hallo sagen?«

Stefanos schaute überrascht hoch und lächelte. »Milena!« Er schälte sich aus der Wolldecke, stand auf und gab ihr einen Kuss. »Wie schön, dich zu sehen!« Seine türkisfarbenen Boxershorts waren mit Fliegenpilzen bedruckt, und wohl nur jemand, der Tauchlehrer auf Zypern war, konnte im Unterhemd so gut aussehen. »Geht's dir gut?«, fragte er. »Wir haben uns ja seit Ewigkeiten nicht gesehen. Wie lange? Eineinhalb Jahre?«

Milena lächelte. »Könnte hinkommen.«

Tanja berührte mit der Fingerspitze seine schwarzen Koteletten, an denen die ersten grauen Haare sprießten, und sagte: »Und jetzt lässt du uns bitte alleine. Wir Mädels haben nämlich etwas zu besprechen.«

»Lass uns doch mal alle zusammen etwas machen«, schlug Stefanos vor. »Essen gehen oder so.« Er hob die Hand. »Man sieht sich, versprochen?«

»Versprochen.« Milena nickte.

»Wie alt ist er jetzt?«, fragte sie, als Stefanos mit der Decke um die Schultern verschwunden war.

»Dreiunddreißig.« Tanja seufzte. »Aber das ist nicht das Problem.«

»Sieht gar nicht so aus, als ob es zwischen euch Probleme gäbe.« Milena setzte sich.

»Er will unbedingt heiraten und lässt sich von dieser Schnapsidee einfach nicht abbringen.«

»Er liebt dich. Was ist daran so schlimm?«

Tanja stopfte ihr ein Kissen in den Rücken. »Ich liebe ihn auch, aber deshalb muss ich ihn nicht jeden Tag auf dem Sofa sitzen haben. Im Gegenteil. Es wäre der Anfang vom Ende, und da wären wir nicht die Ersten. Erinnere dich, wie es bei dir und Philip war. Nein, so, wie es jetzt ist, ist es perfekt. Warum sollte ich daran etwas ändern? Und außerdem …«

Tanja schaute nachdenklich aus dem Fenster.

»Was?«

»Seit Dejan habe ich einfach keine Lust mehr auf diesen Eheleute-Zirkus.«

Milena nippte an ihrem Glas. Dejan. Der Sohn aus alter Belgrader Arztfamilie, der so gut singen und Gitarre spielen konnte. Tanja hatte ihn während ihrer Ausbildung in der Klinik kennengelernt und sich Hals über Kopf in ihn verliebt. Aber kurz nachdem sie beschlossen hatten zu heiraten, war nur noch alles schiefgegangen. Plötzlich musste Dejan nach Klagenfurt, plötzlich in die USA, bis Tanja aus der Yellow Press erfuhr, dass ihr Mann mit einem bekannten russischen Model liiert war – das jetzt, viele Jahre später, bei Tanja übrigens regelmäßig zur Schönheits-OP einrückte.

»Glaubst du«, fragte Milena, »dass Menschen sich ändern können?«

Tanja überlegte. »Menschen sind, wie sie sind.« Sie stellte ihr Glas ab. »Nur an eine Sache glaube ich ganz sicher.«

»Und die wäre?«

»Dass jeder Mensch – egal, was er getan hat – das Recht auf eine zweite Chance hat.«

Als Milena um kurz nach halb eins nach Hause kam und die Wohnungstür aufschloss, mussste sie an die Fliegenpilze auf Stefanos' Boxershorts denken. Die Tasche rutschte ihr von der Schulter, und sie kicherte wie ein Teenager. Beim Händewaschen schaute sie in den Spiegel und stellte fest, dass sie wohl ein bisschen beschwipst war.

Adam schlief mit dem Buch in der Armbeuge. Vorsichtig entwand sie ihm die Abenteuer von Tom Sawyer und Huckleberry Finn und küsste ihn auf die Stirn.

In der Küche inspizierte sie den Inhalt der Töpfe – Bœuf Stroganoff, Spätzle und frischer Spinat –, löschte das kleine Licht über dem Herd und ging in ihr Zimmer. Fiona folgte. Leise schloss Milena hinter der Katze die Tür. Während sie die Ohrringe abnahm, kontrollierte sie ihr Telefon: Fünf Anrufe in Abwesenheit. Zwei von Vera. Drei von Siniša. Und eine Nachricht auf der Mailbox. Um 22.35 Uhr, wie die automatische Ansage verkündete.

»Guten Abend.« Es war die Stimme von Alexander Kronburg, im Hintergrund gedämpfte Musik. Milena setzte sich überrascht auf die Bettkante.

»Entschuldigen Sie die späte Störung.« Alexander hörte sich vergnügt an. »Aber ich hatte gerade ein Essen mit dem amerikanischen Botschafter. Stichwort ›Kuhscheiße‹ – wie Sie immer so schön sagen. Ich würde mal behaupten: Es sieht gar nicht so schlecht aus. Ein bisschen konnte ich, glaube ich, die Wogen glätten und Vertrauen aufbauen. Also: Jetzt sind Sie dran. Aber vorher wollte ich eigentlich noch von Ihnen ausführlich gelobt werden. Möglicherweise ...« Irgendwo klirrten leise Gläser, und weit weg war Gelächter zu hören. »Vielleicht hätten Sie ja Lust, noch irgendwo einen Drink zu nehmen.« Er klang plötzlich etwas heiser und räusperte sich. »In der Nähe vom Theater soll es eine neue Bar geben, das wäre von Ihnen aus, glaube ich, gar nicht so weit.« Pause. »Wenn Sie überhaupt zu Hause sind.« Seine Stimme klang jetzt wieder ganz geschäftsmäßig. »*Anyway*. Sonst sehen wir uns ja wahrscheinlich morgen im Büro. Gute Nacht.« Noch ein paar Takte Klaviergeklimper, und die Verbindung war beendet.

Milena legte das Telefon auf ihren Nachttisch und betrachtete verblüfft das kleine Gerät. Ob Alexander auch ein bisschen beschwipst war? Nein, er hatte sich eigentlich ganz klar angehört.

Kurzentschlossen nahm sie das Telefon und tippte eine Nachricht: *Sind Sie noch wach?*

Sie wollte schon auf »Senden« drücken, als das Telefon zu leuchten begann und Sinišas Name auf dem Display erschien. Um diese Zeit? Sie seufzte, nahm ab und sagte: »Siniša, ist dir eigentlich klar, wie spät es ist?«

»Wo warst du?« Er schrie fast. »Warum gehst du nicht an dein Telefon?«

»Entschuldige, aber ich war bei Tanja.« Milena

sprach ganz ruhig. »Nach der Lektüre all dieser Zeitungsartikel, die du mir gegeben hast, habe ich ein bisschen Ablenkung gebraucht.« Sie fuhr sich müde über das Gesicht. »Hör mal, was für eine schreckliche Geschichte. Und wenn du mich fragst – ich weiß nicht, ob ich an deiner Stelle die Verteidigung von diesem Jurij übernehmen würde. Andererseits – vielleicht hat er eine zweite Chance verdient. Bist du noch dran?«

»Er ist tot.«

»Was hast du gesagt?«, flüsterte Milena.

»Man hat ihn unten an der Donau gefunden.«

»Das ist ja grauenhaft.«

»Ich hatte die ganze Zeit schon so ein beschissenes Gefühl.«

»Was ist denn passiert? Mein Gott, die arme Frau Pichler.«

»Verdammt, Milena, ich glaube, ich habe den Kerl einfach falsch eingeschätzt. Ich dachte, er weiß, was er tut, mit allen Konsequenzen. Aber vielleicht war er nicht so stark, wie wir alle gedacht haben.«

»Du meinst …«

»Natürlich wollte ich für Freispruch plädieren, aber selbstverständlich habe ich mich gehütet, ihm allzu große Hoffnungen zu machen. Im Gegenteil, ich habe auch versucht, ihn auf den *worst case* vorzubereiten.«

»Dann war es Selbstmord?«

»Sie haben Steine in seinen Taschen gefunden.«

»Siniša, hör mir zu. Du wolltest ihm helfen, aus der Geschichte rauszukommen, und das hättest du auch geschafft. Dass der Mann so labil ist, konntest du nicht wissen. Du bist kein Psychologe.«

»Ich weiß, es ist albern, aber diese erste Begegnung, morgen, mit Frau Pichler, bevor wir in die Gerichtsmedizin fahren, davor graut mir ein wenig.«

Milena schaute auf die Uhr.

»Und ich überlege, ob wir morgen früh nicht zusammen hinfahren und ihr unser Beileid aussprechen sollten.«

»Natürlich, Siniša. Wir treffen uns um neun.«

»Danke. Du bist ein Schatz.«

Milena beendete das Gespräch und legte das Telefon auf den Tisch. Dort lag der Flyer vom Hotel Amsterdam.

Ein hübscher Schriftzug, Abbildungen von Zimmern und dem Empfangsbereich. Auf der Rückseite die Preisliste und ein kleines Foto.

Milena setzte ihre Brille auf und betrachtete die Abbildung. Jurij Pichler. So harmlos sah einer aus, der seit fünfundzwanzig Jahren damit gelebt hatte, ein Menschenleben auf dem Gewissen zu haben.

9

Karen Pichler trug die karierte Hemdbluse wie eine Jacke über dem T-Shirt, dieselbe wie vor zwei Tagen. »Der Polizist ist noch hinten bei meiner Schwiegermutter«, sagte sie, nachdem Siniša und Milena ihr das Beileid ausgesprochen hatten.

»Kann ich Ihnen etwas anbieten?« Sie ging hinter die Theke. »Ich brauche jetzt nämlich erst einmal einen Kaffee.«

Siniša war ganz blass und machte eine abwehrende Handbewegung, aber Milena nickte. »Gerne.«

»Frau Pichler«, sagte Siniša. »Natürlich stehe ich Ihnen weiter zur Seite und werde mich um alles kümmern, sofern Sie das wünschen.«

Karen Pichler klopfte den Kaffee aus dem Behälter, als hätte sie nie etwas anderes gemacht. »Nehmen Sie Zucker?«

»Einfach schwarz«, sagte Milena. »Danke.«

»Jurijs Tod geht mir sehr nahe«, fuhr Siniša fort. »Wir hatten über die Wochen so oft miteinander gesprochen, und ich habe überhaupt nichts bemerkt.«

Karen Pichler starrte durch die Scheibe hinaus auf die Straße. Die Tasse mit der Untertasse in ihrer Hand klirrte leise.

»Frau Pichler?«, wiederholte Siniša.

»Ich kann nicht glauben, dass er mich hier einfach alleine lässt«, sagte sie. »Mit diesem Hotel. Mit seiner Mutter, seiner Schwester, mit unserem gemeinsamen Traum und der ganzen Verantwortung. Mit allem.«

Milena rückte den Stapel mit den Flyern zurecht. »Was denken Sie?«, sagte sie. »Halten Sie es für möglich, dass Ihr Mann sich das Leben nahm?«

Karen Pichler schaute überrascht auf. »Ich danke Ihnen für diese Frage, Frau Lukin. Und ich sage Ihnen: Nein! Jurij steckt sich keine Steine in die Taschen und geht ins Wasser.« Sie schüttelte den Kopf. »Niemals. Das ist Schwachsinn.«

»Wir müssen die Ergebnisse der Obduktion abwarten«, wandte Siniša ein.

»Haben Sie einen Verdacht?«, fragte Milena. »Verzeihen Sie, dass ich Ihnen all diese Fragen stelle. Ich bin ja keine …«

»Frau Lukin arbeitet am Institut für Kriminalistik und Kriminologie«, erklärte Siniša.

Karen Pichler schluchzte auf, stellte ihre Tasse ab und presste sich die Hand vor den Mund.

Milena ging um die Theke herum, fasste sie

vorsichtig bei der Schulter und nahm sie in den Arm.

Und plötzlich war es vorbei. Karen Pichler fuhr mit dem Finger unter dem Brillengestell entlang, schniefte, lächelte verlegen, und noch einmal quollen die Tränen.

Milena reichte ihr ein Taschentuch, als eine Stimme hinter ihr sagte: »Frau Pichler, wären Sie dann so weit?«

Milena drehte sich um. Den Mann mit dem graumelierten Bürstenhaarschnitt und den wachen, braunen Augen hatte sie schon einmal gesehen.

»Frau Lukin«, rief der Mann überrascht. »Was tun Sie denn hier?«

»Kommissar Filipow!« Sie reichte ihm die Hand. »Beinahe hätte ich Sie nicht erkannt.« Er hatte abgenommen, sah viel drahtiger aus, aber auch ein bisschen ungesund und blass.

»Ich bin bereit.« Karen Pichler schneuzte sich. »Herr Stojković ist so nett, mich zu begleiten.«

Siniša trat vor. »Der Verstorbene war mein Mandant. Stojković ist mein Name.«

»Ist mir ein Begriff.« Filipow lächelte etwas gequält und sagte zu Karen Pichler: »Es wird nicht lange dauern. Aber Ihre Schwiegermutter sieht sich außerstande, ihren Sohn zu identifizieren, und Ihre Schwägerin …«

Karen Pichler nahm ihre Jacke vom Garderobenständer. »Es ist in Ordnung. Bringen wir es hinter uns.« Und halblaut zu Milena: »Kann ich Sie anrufen?«

»Natürlich«, antwortete Milena. »Jederzeit.« Und leise fragte sie: »Verraten Sie mir noch, wo ich die Toilette finde?«

Kommissar Filipow brachte Karen Pichler zum Auto und hielt ihr die hintere Wagentür auf, als würde er sie abführen. Gut, dass Siniša an ihrer Seite war. Milena öffnete die Tür hinter der Theke und tastete im dunklen Flur nach dem Lichtschalter.

Nicht die erste Tür solle sie nehmen, sondern die zweite. Milena legte ihre Hand auf die Klinke, als sie gegenüber eine heisere Frauenstimme hörte: »Schluss jetzt. Wir müssen es akzeptieren. Punkt.« Eine zweite Stimme klang erregt und weinerlich und war nicht zu verstehen. Milena wollte schnell verschwinden, als die Tür plötzlich aufging.

Eine Frau, ganz in Schwarz, die blondgefärbten Haare zum Dutt aufgetürmt, die Lippen rosa angemalt, starrte Milena erschrocken an.

»Entschuldigung«, stammelte Milena. »Ich suche die Toilette.«

»Wer sind Sie?«

»Ich kam mit Herrn Stojković …«

Die Frau übersah Milenas ausgestreckte Hand, ging wortlos an ihr vorbei und stieß die Tür zum WC auf.

»Danke«, sagte Milena und huschte hinein.

Als sie sich die Hände gewaschen hatte und wieder hinaus auf den Flur trat, sah sie, dass gegenüber eine junge Frau am Küchentisch saß, den Kopf müde in die Hände gestützt. Die silbernen Gastronomieschränke waren noch mit bläulicher Schutzfolie überzogen.

Milena klopfte vorsichtig an den Türrahmen und sagte: »Es tut mir leid. Ich wollte vorhin nicht lauschen.«

Die junge Frau sah verweint aus, und ihr zartes Gesicht drückte eine solche Traurigkeit aus, dass Milena ganz elend zumute wurde.

»Mein aufrichtiges Beileid«, sagte sie.

Die junge Frau lächelte schief.

»Milena Lukin ist mein Name.«

Sie schneuzte sich leise. »Kannten Sie Jurij?«

Milena schüttelte den Kopf. »Ich weiß nur, dass er dieses Hotel eröffnen wollte und dass Herr Stojković seine Verteidigung übernommen hat.« Unschlüssig blieb sie in der offenen Tür stehen.

»Seine Verteidigung?«, fragte die junge Frau überrascht. »Wieso sollte Jurij verteidigt werden? Vor Gericht? Hat er denn etwas angestellt?«

»Wissen Sie«, sagte Milena und zog es vor, vage zu bleiben. »Es ist alles etwas kompliziert.«

»Ich heiße übrigens Sonja.« Die junge Frau gab Milena die Hand. »Jurij war mein Bruder.« Sie verschränkte die Arme. »Aber eigentlich habe ich ihn überhaupt nicht gekannt.«

Milena lehnte sich an den Türrahmen. »Wieso?«

»Ich wusste nur immer: Da gibt es den Jurij, er lebt in Argentinien. Dann: Der Jurij ist jetzt in den USA. Und irgendwann: Jurij lebt jetzt in Amsterdam.«

»Verstehe.« Milena schaute ratlos über den Tisch, die Marmeladengläser, Aktenordner und einen Korb mit Bügelwäsche. »Wie alt sind Sie?«

»Dreiundzwanzig.«

»Das heißt, als Ihr Bruder fortging, waren Sie noch gar nicht geboren.«

Sonja putzte sich die Nase. »Sie glauben nicht an diese Selbstmord-Geschichte, oder?« Sie forschte in Milenas Gesicht. »Keiner glaubt sie. Auch meine Mutter nicht, obwohl sie es nie zugeben würde.«

»Ist das so?« Milena hängte sich ihre Tasche über die Schulter.

»Warum verschwinden Sie nicht endlich?« Die Frau mit dem Dutt, Jurijs Mutter, stand plötzlich hinter ihr. »Lassen Sie uns in Ruhe. Sehen Sie nicht, wie meine Tochter das alles belastet?«

»Verzeihen Sie.« Milena trat zurück in den Flur. »Sie haben völlig recht.« Sie schaute noch einmal in die Küche und sagte: »Auf Wiedersehen.«

Aber die junge Frau, Jurijs kleine Schwester, starrte aus dem Fenster, als ginge sie die Welt um sie herum überhaupt nichts an.

## 10

Er streckte den Arm, griff zwei Mal ins Leere, dann hatte er das Seil. Er umklammerte die Schlaufe, pustete, biss die Zähne zusammen und zog sich hoch.

Die Schmerzen im Knie waren höllisch. Und dass das Seil unter seinem Gewicht nachgab, war keine Einbildung. Wahrscheinlich riss jedes Mal, wenn er sich daran hochzog, eine Faser. Und wenn der Strick erst durch war, hatte er ein Problem. Dann funktionierte seine Konstruktion nicht mehr, und er würde hier unten wie ein Käfer auf dem Rücken liegen, mit den Armen und Beinen zappeln, bis ihn die Kräfte verließen. Kein schöner Tod, und ein lächerlicher noch dazu.

Er musste sich kümmern. Ein neues Seil oder eine Wäscheleine, irgendetwas Stabiles, was dann zu halten hatte, bis der Herrgott ihn endlich zu sich rief. Aber noch war es wohl nicht so weit. Noch hatte er zu tun.

Kaum dass er auf seinen Beinen stand und der

Schwindel nachließ, musste er neue Kraft sammeln. In dem alten Blechkasten unter dem Strohsack war sein ganzer Besitz. Kleingeld und die Rasierklinge, die zwar schon rostig war, aber ihren Dienst noch tat. Im doppelten Boden befanden sich der Revolver und Fotos, die er früher als junger Kerl gemacht hatte. Der Apparat war schon lange perdu, und die Fotos schaute er nicht mehr an. Der doppelte Boden in der Blechkiste war sein dunkler Keller, in den er nicht hinabstieg.

Er klaubte die Münzen heraus und steckte sie in seine Brusttasche. Bei der Hosentasche konnte man nie sicher sein, irgendein Loch gab es immer. Aber das Marmeladenglas passte gut hinein. Was er tat, mochte seltsam sein, aber er erledigte es einfach. Und seit er die Krücke hatte, war alles leichter.

Er kraxelte die Auffahrt hinauf – von Gehen konnte keine Rede sein –, und damit war das Schlimmste auch schon geschafft. Der Gehweg war auf diesem Abschnitt schmal, Passanten, die ihm auswichen, senkten den Blick, und daran war er gewöhnt. Manchmal passierte es, dass ihm jemand etwas zusteckte, ein paar Münzen oder etwas zu essen. Aber das war selten, und er fragte nicht nach Almosen. Er bettelte nicht. Er spuckte nicht aus, er stellte die leere Flasche neben den Mülleimer, wie eine ferne Stimme es ihm sagte. Im Oberstübchen drehten sich die rostigen Räder zwar langsam, aber noch drehten sie sich.

»Na, Jovanović?« Der Mann vom Blumenladen zog an seiner Zigarette. »Wieder auf Achse?« Er schnippte die Kippe in den Rinnstein, schob ihm etwas in die Tasche und sagte: »Keine Ursache, Opa. Hau ab.«

Jovan humpelte über die Ampel, unter dem Gerüst hindurch und dann nach rechts. Er kannte hier jeden Bordstein, jeden Hauseingang, jeden Kaugummi auf dem Gehweg, jedes Loch im Asphalt. Hier war er sein Leben lang mit dem Handkarren entlanggezogen, hatte für Svetlana die Wäsche transportiert und den Hausrat, all die Transistorgeräte, Kaffeemühlen, Brummkreisel, die die Leute ihm zum Reparieren mitgegeben hatten. Jetzt war nur noch er übriggeblieben. Er bog beim Kiosk um die Ecke, ging zur Regentonne, holte das Marmeladenglas aus der Tasche und schöpfte etwas Wasser hinein.

Die Krücke lehnte er ans Auto, hielt sich am Straßenschild fest, stellte die Maiglöckchen ins Glas und beides zusammen auf den Gehweg.

Was hier passierte, war lange her, es hatte sich zu etwas verselbständigt und abgekapselt wie ein Geschwür, das zu ihm gehörte, ihn aber nicht mehr beeinträchtigte. Als hätte die ganze Geschichte nichts mehr mit ihm zu tun. Das war eine Lüge, aber manchmal war es gut, an die Lüge zu glauben – wie er früher an Gerechtigkeit geglaubt hatte, an Zukunft und dass Svetlana und er es gemeinsam schaffen würden. Alles ein Irrtum und eine große Lüge.

Er humpelte zurück. Die Straße hinunter, und plötzlich, ohne darüber nachzudenken, tat Jovan etwas, was er sonst nie tat: Er blieb stehen, drehte sich langsam herum, kniff die Augen zusammen. Und fixierte auf der anderen Straßenseite einen Punkt, der ihm folgte, ein Schatten, der sich bei genauerem Hinsehen als Person entpuppte. Ob es ein Mann war oder eine Frau, konnte er nicht erkennen.

Er war ein Narr. Auf der ganzen Welt gab es niemanden, der ihm folgte. Er ging weiter, Schritt für Schritt. Als er sich noch einmal umdrehte, war die Person verschwunden.

Er brauchte ein Seil oder eine Leine. Er durfte die Sache nicht zu lange aufschieben. Er musste sich kümmern.

II

Normalerweise nahm Milena immer die Abkürzung über den Hinterhof. Doch heute war der Durchgang gesperrt, alles eingerüstet, und wo es sonst, mitten in der Stadt, diese wunderbare Stille gegeben hatte, lärmten jetzt die Presslufthämmer. Bagger verluden Schutt auf Container, LKW rangierten, und Bauarbeiter schrien sich die Lunge aus dem Hals. Früher hatte hier die staatliche Druckerei ihren Sitz, später kamen Künstler und richteten sich ihre Ateliers ein, kurz darauf hatten eine Ballettschule und eine große Fotoagentur eröffnet. Jetzt wurde auf dem riesigen Schild neben der Baustelleneinfahrt die Entstehung vollklimatisierter Luxuslofts und zweier Penthäuser gepriesen. Als Bauherr firmierte die Investorengruppe »City Lights«, und Milena vermutete, dass dahinter wieder einmal Geschäftsleute aus Saudi-Arabien steckten. Seit Jahren kauften diese Leute nicht nur die Filetgrundstücke im Zentrum, sondern ganze Straßenzüge auf, und die serbische Regierung überließ sie ihnen bereitwillig zum Schnäppchenpreis.

Kurz vor dem EU-Beitritt herrschte in Belgrad Goldgräberstimmung, und man brauchte nicht besonders viel Phantasie, um sich vorzustellen, wie Politiker und Beamte an den Schaltstellen der Macht die Gunst der Stunde nutzten und sich noch schnell die Taschen mit Schwarz- und Schmiergeld vollstopften, bevor die EU-Gesetze greifen und dem verbrecherischen Treiben hoffentlich bald ein Ende bereiten würden. Aber der Schaden, der bis dahin an Bausubstanz und Infrastruktur entstand, war irreparabel. Milena wich dem Betonmischer aus und bahnte sich ihren Weg zur Kosmaj-Straße.

Sinišas Kanzlei befand sich im ehemaligen Haus der Sozialistischen Jugend. Im verlassenen Foyer bröckelte still ein riesiges Wandmosaik vor sich hin und erinnerte an die Zeit, als die Idee von einem jugoslawischen Vielvölkerstaat noch lebendig war. Es konnte nicht mehr lange dauern, bis auch hier die Abrissbirne zum Einsatz kam und Siniša da oben, im vierten Stock, seine kleine Büroflucht räumen musste. Bis es so weit war – das musste man auch mal sagen –, würde er die Situation, die sich in der postsozialistischen Zeit nicht selten ergab, kräftig ausgereizt haben: Weil die Eigentumsverhältnisse bis heute ungeklärt waren, zahlte er weder Miete noch Strom und hatte darüber hinaus keine Skrupel, selbst als Vermieter aufzutreten und einzelne Räume gegen ein Entgelt an Kleinstunternehmer zu vergeben. Milena kritisierte ihn für diese illegalen Machenschaften, die ihn keinen Deut besser machten als die korrupten Politiker und Beamten der Ministerialbürokratie. Aber die Geschäfte bescherten Siniša ein hübsches Zubrot, mit dem er bequem einen Teil seiner laufenden Kosten bestreiten konnte – darunter, zum Beispiel, das Gehalt seiner Sekretärin Alisa.

Diese Dame von Mitte fünfzig saß, wie immer, geduckt hinter ihrer elektrischen Schreibmaschine und machte einen erschrockenen Eindruck. Als Sekretärin oder – wie man heute sagen würde – Assistentin war sie eigentlich eine Fehlbesetzung: Telefonieren war ihr ein Graus, Fremdsprachen, zum Beispiel Englisch, beherrschte sie nicht, und mit dem Computer stand sie bis heute auf Kriegsfuß. Außerdem hatte sie die Angewohnheit, bei der kleinsten Kritik oder Veränderung der Abläufe in Tränen auszubrechen.

»Was soll ich tun?«, pflegte Siniša zu sagen. »Sie feuern? Und wovon, bitte schön, soll sie dann leben?«

Zur Begrüßung rückte Alisa den glitzernden Plastikreifen auf ihren Haaren zurecht und erklärte:

»Doktor Stojković wird jede Minute hier sein. Kann ich Ihnen so lange einen Kaffee anbieten?«

Milena traute sich nicht zu sagen, dass ihr Kaffee zu dünn war und schlimmer schmeckte als das berüchtigte Spülwasser, und antwortete feige: »Sehr gerne.«

»Gehen Sie doch schon durch, Frau Lukin.«

Milena nahm in Sinišas Büro am großen Besprechungstisch Platz, hinter Stapeln von Aktenordnern, CDs, einer großen Flasche Aftershave und der eingeschweißten Geschenkausgabe von Dantes *Göttlicher Komödie*.

Alisa servierte zum Kaffee ein trockenes Plätzchen.

»Wie geht es Ihrer Mutter?«, fragte Milena.

»Danke für die Nachfrage, Frau Lukin. Ich will nicht klagen, aber es wird im Alter nicht gerade leichter mit ihr.«

»Und Ihr Sohn?«

»Wird jetzt aus der Armee entlassen.«

»Und dann? Hat er schon Pläne?«

»Pläne?« Alisa schaute trübsinnig aus dem Fenster. »Wer weiß. Er spielt gerne am Computer. Und der Herr Doktor hat versprochen, sich umzuhören. Es wird sich schon alles finden, nicht wahr?«

Bevor sie zur Tür hinaus war, fragte Milena: »Haben Sie eigentlich mal Jurij Pichler kennengelernt?«

»Herrn Pichler?« Alisa schüttelte erschrocken den Kopf. »Sei ihm die Seele leicht, und man soll ja über Tote nichts Schlechtes sagen. Aber ich bin froh, dass ich ihm nie die Hand schütteln musste.«

»Wenn ihr etwas gegen den Strich geht, hat Alisa einen Arzttermin. So einfach ist das.« Siniša kam herein und knallte seinen Aktenkoffer auf den Tisch. »Keinen Kaffee, bitte, und keine Anrufe«, sagte er. Und zu Milena: »Entschuldige, ich bin spät.« Er hatte Schweißperlen auf der Stirn, gab Milena einen Kuss auf die Wange und Alisa seinen Mantel und den Seidenschal. »Auf dem Weg hierher habe ich mit Hinz und Kunz telefoniert, und niemand von diesen Halunken konnte mir etwas zum Obduktionsbericht sagen.«

Nachdem Alisa gegangen und die Tür hinter sich zugemacht hatte, sagte Milena: »In dem Material, das du mir zu lesen gegeben hast, sind nur die Presseberichte von damals.«

»Richtig.«

»Hattest du bei der Prozessvorbereitung keinen Zugang zu den Polizeiakten?«

»Meine Anfrage liegt der Staatsanwaltschaft vor.«

»Und?«

»Sie liegt da immer noch.«

»Aber die Behörden müssen doch irgendwann mal reagieren. Hast du nicht nachgehakt?«

Siniša zog sich einen Stuhl heran. »Wie du weißt, war meine Strategie im Fall Jurij Pichler folgende: Nicht gleich das große Besteck rausholen, sondern versuchen, die Angelegenheit still beizulegen.«

»Du wolltest mauscheln«, stellte Milena fest.

»Ich wollte das Beste für meinen Mandanten.«

»Und jetzt ist er tot.«

Siniša stand auf und ging zum Fenster.

»Der andere junge Mann«, fuhr Milena fort, »der damals an der Ermordung des kleinen Roma-Jungen beteiligt war …«

»Man spricht in diesem Fall von Totschlag«, korrigierte Siniša und fügte leise hinzu: »Was es natürlich nicht besser macht.«

»Was weiß man über den zweiten Täter?«

»Er wurde damals verurteilt und hat seine Strafe abgesessen.«

»Wie heißt er?«

»Luca.«

»Nachname?«

»Weiß ich nicht.«

»Wie bitte? Der Mann ist doch ein wichtiger Zeuge.«

»Dieser zweite Täter hat bei meiner Strategie keine Rolle gespielt. Im Gegenteil. Ich hatte Angst, dass wir nur alles unnötig verkomplizieren. Ich wollte mich ganz auf Pichler konzentrieren und alles andere außen vor lassen.«

»Und was ist mit den Roma, der Familie des ermordeten Jungen, Familie Jovanović?«

»Dasselbe. Füße stillhalten, habe ich zu Jurij gesagt, bis wir den Prozess über die Bühne gebracht haben. Alles andere wäre dann seine Privatangelegenheit gewesen.«

»Das heißt, du wolltest weder den Mittäter, diesen Luca, noch die Hinterbliebenen als Zeugen laden?«

»Ich wollte die Sache so geräuschlos wie möglich beilegen.«

»Um was geht es hier eigentlich?«, sagte Milena. »Um zwei Jugendliche. Einer von ihnen wurde rechtskräftig verurteilt und hat seine Strafe abgesessen, der andere stellt sich nach fünfundzwanzig Jahren und soll zur Rechenschaft gezogen werden. Was hätte ihm geblüht? Eine Bewährungsstrafe?«

Siniša hob die Hände. »Vielleicht hätte ich sogar einen Freispruch hinbekommen.«

»Klar.« Milena nickte grimmig. »Dušan Jovanović war ein Angehöriger der Roma, und Roma haben keine Lobby.«

»Ich habe als Anwalt die Interessen meines Mandanten zu vertreten. Punkt. Also hör auf damit.« Siniša lockerte seinen Krawattenknoten. »Okay, angenommen, Jurij Pichler wurde ermordet – wo, bitte, ist das Motiv?«

»Ich weiß es nicht. Vielleicht wollten die Roma Rache nehmen?«

»Du meinst, die Familie Jovanović? Und warum wird die Staatsanwaltschaft dann nicht aktiv?«

»Das ist die Frage.«

»Also gut«, sagte Siniša. »Bevor wir uns in irgendetwas verrennen, versuche ich, Einsicht in den Obduktionsbericht und die Polizeiakten zu bekommen. Ich mache da jetzt Druck. Zufrieden?«

»In Ordnung.« Milena stand auf.

»Morgen wissen wir mehr«, rief Siniša ihr hinterher. »Versprochen.«

*

Milena musste sich jetzt eigentlich in der deutschen Botschaft ans Telefon hängen und ihre »serbischen Freunde auf Trab bringen« – wie Alexander immer so schön sagte. Regenerative Energiegewinnung, Rechenfehler, Emissionsbericht. Andererseits hätte sie am Institut für Kriminalistik und Kriminologie auch genug zu tun, und dieser Arbeitsplatz lag gleich um die Ecke. Überall saßen Leute in den Straßencafés, und eine Bäuerin pries die ersten Maiglöckchen an. Milena kaufte einen Strauß und beschloss, dass es ganz vernünftig wäre, wenn die deutsch-serbische Politik erst am Nachmittag drankäme und sie sich jetzt um ihr Lieblingsprojekt, ihre Habilitation, kümmerte.

Es war noch nicht elf Uhr, als sie das Foyer durchquerte und unter dem Glasdach die Treppe hochstieg. Auf dem Gang holte sie ihren Schlüssel aus der Tasche und sah, dass nebenan die Tür zur Abstellkammer, Zimmer 109, offen stand.

»Hallo?« Milena schaute um die Ecke.

Hinter ausrangierten Schreibtischen, Aktenschränken, Blechkästen und Stapeln zusammengeschnürter Zeitungen stand eine junge Frau am offenen Fenster und rauchte.

Milena trat verwundert ein. »Kann ich Ihnen helfen?«

Die Frau pustete den Rauch zum Fenster hinaus. »Katharina Schröder mein Name. Ich bin die Neue.«

»Die halbe Stelle.« Milena lächelte überrascht. »Ich wusste nicht, dass Sie schon heute kommen.«

»Zweiter Mai!« Die Frau streckte Milena ihre Hand entgegen. »Nett, Sie endlich persönlich kennenzulernen.«

»Wissen Sie, als hätte ich es geahnt ...« Milena überreichte ihr den kleinen Blumenstrauß. »Herzlich willkommen.«

»Danke schön!« Gerührt nahm die junge Frau die Maiglöckchen entgegen.

Milena schaute sich um. »Ich kümmere mich darum, dass die Sachen hier rauskommen, und dann räume ich im Laufe der Woche mein Büro. Wäre das in Ordnung?«

»Auf keinen Fall.« Die junge Frau holte aus einer der Kisten eine leere Dose hervor und ging damit zum Waschbecken. »Sie bleiben, wo Sie sind. Ich habe schon alles mit Professor Grubač besprochen.«

»Sind Sie sicher?«

Die neue Kollegin stellte die Dose mit den Maiglöckchen auf die Fensterbank und sagte: »Bitte nennen Sie mich Katharina.«

Bei der ersten gemeinsamen Zigarette erfuhr Milena, dass Katharina einen deutschen Vater und eine bosnisch-serbische Mutter hatte, dass sie ihre Kindheit in Freiburg verbracht hatte und die Ferien auf einem Dorf bei Banja Luka. Und dass sie »momentan« mit einem Palästinenser liiert sei, der hier Maschinenbau studierte.

»Es hat einfach ›Peng‹ gemacht – kennen Sie das?«

Milena drückte ihre Zigarette aus. »Kommen Sie«, sagte sie. »Wir schieben das ganze Zeug jetzt einfach mal in die Ecke. Dann haben Sie schon mal Platz für einen Schreibtisch.« Milena zog ihre Jacke aus.

Mit vereinten Kräften räumten sie die Kisten zusammen und stapelten darauf die Blechkästen und Zeitungen, dann war der Schreibtisch dran. Das Monstrum war schwerer als gedacht.

»Vielleicht«, überlegte Katharina, »sollten wir zuerst die Schubladen rausnehmen.«

Milena stand eingeklemmt zwischen Fenster und Schreibtisch, als ihr Telefon klingelte. Sie schaute auf das Display – Belgrader Nummer – und nahm ab.

Karen Pichler war am anderen Ende, entschuldigte sich für die Störung und erklärte: »Das Hotel ist ab morgen geöffnet.«

Milena strich sich die Haare aus dem Gesicht. »Das sind ja wunderbare Neuigkeiten.«

»Und zufällig bin ich gerade in der Nähe Ihres Instituts.«

Milena drehte sich um und schaute hinunter auf den Platz. Karen Pichler saß unter dem Denkmal von Herzog Vuk, starrte beim Telefonieren auf ihre Schuhspitzen und hatte wohl keine Ahnung, dass Milena sie sehen konnte.

»Wenn Sie zufällig da sind«, sagte Karen Pichler und versuchte, ihrer Stimme einen munteren Klang zu geben, »und Lust auf einen Kaffee hätten …« Sie schaute hinauf in den Himmel. »Sie müssen mich für schrecklich aufdringlich halten, aber ich müsste einfach mal mit Ihnen sprechen.«

Zehn Minuten später überquerten sie gemeinsam die Fürst-Michael-Straße, ließen die Touristenströme und Straßenmusikanten hinter sich, den ganzen Radau der Fußgängerzone, und gingen weiter die König-Peter-Straße hinunter, nach Dorćol, dem ehemals jüdischen Viertel mit verwinkelten Hinterhöfen, Villen, kleinen Gärten und Geschäften, und Karen Pichler sagte, dass sie hier noch nie gewesen sei.

Milena machte sie auf die Drogerie aufmerksam, in der seit Jahr und Tag die besten Hautpflegeprodukte angerührt wurden, alles auf Pflanzenbasis, und registrierte im Vorbeigehen, dass der alte Juwelier, bei dem ihr Vater noch seine Eheringe erstanden hatte, inzwischen geschlossen hatte. »Wir bedanken uns für 64 Jahre treue Kundschaft«, stand auf dem vergilbten Schild im Fenster.

Daneben hatte schon vor längerer Zeit der Optiker aufgegeben, der Milena als Kind – und zuletzt Adam – die erste Brille machte. Jetzt betreiben junge Leute in dem Laden eine Eisdiele, was die ganze Ecke hier veränderte. Draußen, vor den großen Scheiben, drängelten sich die Hipster mit ihren Kapuzenjacken und großen Sonnenbrillen, aber auch Hausfrauen mit Einkaufstüten und Geschäftsleute in Businessanzügen standen dort und stocherten mit bunten Löffeln in umweltfreundlichen Pappschälchen. Milena war hier schon mehrmals mit Adam gewesen und immer noch dabei, sich an die laute Musik zu gewöhnen und sich peu à peu durch das Sortiment zu probieren, das aus den abenteuerlichsten Sorten bestand. Jetzt, fand Milena, war die Zeit reif für Marzipaneis, und Karen Pichler war auf der Stelle einverstanden.

»Ist es nicht seltsam«, fragte Karen, als sie mit ihren Eisbechern draußen auf der schmalen Holzbank saßen, »dass alles so weitergeht, als wäre nichts geschehen?«

»Und gleichzeitig ist es die Rettung«, erwiderte Milena. Sie aßen schweigend, und Milena ergänzte: »Es ist gut, dass Sie sich entschlossen haben, jetzt das Hotel zu eröffnen. Erst einmal weitermachen, auch wenn es schwer ist. – Übrigens, bevor ich es vergesse: Ich brauche das Doppelzimmer von Donnerstag bis Montag.«

Karen Pichler nickte, und Milena berichtete, dass ihr Exmann zum Geburtstag ihres gemeinsamen Sohnes anreise, zusammen mit seiner Lebensgefährtin, und dass sie diesem Besuch, dem ersten seit vielen Jahren, mit etwas gemischten Gefühlen entgegenschaue.

Karen Pichler löffelte schweigend weiter und beobachtete den Hund, der reihum von den Leuten die Schälchen ausleckte. Milena lehnte sich mit dem

Rücken an die große Scheibe. »Darf ich Ihnen eine Frage stellen?«

»Natürlich.« Karen Pichler nickte. »Es ist so angenehm, hier mit Ihnen zu sitzen. Fragen Sie.«

»Wussten Sie von der Vergangenheit Ihres Mannes? Dass er das Leben eines zehnjährigen Jungen auf dem Gewissen hatte?«

Karen Pichler schien die Frage erwartet zu haben. »Er hat es mir gesagt«, erklärte sie. »Da kannten wir uns ungefähr ein Jahr.«

»Wie haben Sie reagiert?«

Karen Pichler hielt den kleinen Löffel an ihre Unterlippe. Dann wandte sie sich zu Milena und fragte: »Was glauben Sie, wie hätten Sie in einer solchen Situation reagiert?«

»Ich weiß es nicht.« Milena betrachtete den Hund, der jetzt schwanzwedelnd zu ihr aufblickte. »Ob ich mit jemandem zusammenleben könnte, der so etwas getan hat? Ich kann es mir nicht vorstellen.«

Karen Pichler nahm ihre Brille ab. »Als Jurij mir davon erzählt hat, kam es mir tatsächlich vor, als würde er von einem anderen sprechen, einem Fremden, und nicht von sich, dem Jurij, den ich kannte.« Sie fasste mit Daumen und Zeigefinger an ihre Nasenwurzel und presste dort, wo die Tränen zu quellen drohten. »Schauen Sie, jetzt spreche ich schon in der Vergangenheitsform.«

Milena legte ihr mitfühlend eine Hand auf den Arm.

»Es war ja überhaupt das erste Mal in seinem Leben«, fuhr Karen Pichler leise fort, »dass er jemandem von seiner Tat erzählt hat und Worte dafür finden musste.« Sie setzte ihre Brille wieder auf und rückte das große Gestell auf ihrer Nase zurecht. »Und das war dann der Anfang. Damit ist bei ihm etwas in Gang gekommen, was letztlich zu seinem Entschluss geführt hat, sich seiner Vergangenheit und der serbischen Justiz zu stellen. Dafür habe ich ihn bewundert, und er hatte meinen Respekt und meine volle Unterstützung.«

»Was hat er Ihnen von der Tat damals erzählt?«, fragte Milena. »Entschuldigen Sie, dass ich so offen frage. Wenn Sie nicht darüber sprechen wollen ...«

Karen Pichler schüttelte den Kopf. »Ich bin froh, Frau Lukin, darüber mit jemandem zu sprechen, der nicht direkt betroffen ist und zur Familie gehört.« Sie umfasste ihr Knie, als müsse sie sich daran festhalten, und erzählte, wie Jurij die Tat damals dargestellt hatte: Wie er mit seinem besten Freund Luca durch die Straßen zog, alkoholisiert, ein bisschen bekifft, wie ihnen der Roma-Junge über den Weg lief, der ihnen nichts getan hatte, außer dass er ihnen, abgesehen von ein paar Groschen, kein Geld geben konnte. Wie er gerade recht kam, damit

Jurij und Luca an ihm ihre Langeweile, ihren Frust und ihre Wut auf die Welt ablassen konnten. Wie sie ihn drangsalierten, schubsten und schlugen. Wie die Sache eskalierte, wie Luca nicht mehr aufhörte, auf den Jungen einzuschlagen, und Jurij wie gelähmt nichts dagegen unternahm. Dann das Blaulicht in der Straße und Jurij, der davonrannte, einfach nur rannte.

Die Familie, erzählte Karen Pichler weiter, hatte Jurij noch in derselben Nacht zu einer Tante aufs Land gebracht, und keine zwei Tage später sei er von seinem Vater nach Wien gefahren und dort in ein Flugzeug nach Lissabon gesetzt worden. Dort musste Jurij bei einem Cousin ausharren, der den Auftrag hatte, ihn als Schiffsjungen auf einem Frachter nach Argentinien unterzubringen. Das war der Plan, und genau so wurde er in die Tat umgesetzt. Nicht dass Jurij protestiert hätte, aber er wurde ohnehin nicht gefragt.

In Buenos Aires erwarteten ihn sein Großonkel und die Arbeit in der Schuhfabrik. Jurij stand jetzt am Fließband, erhielt nach einem Jahr sogar ein kleines Gehalt und von den Behörden eine Aufenthaltserlaubnis. Dann, nach ungefähr fünf Jahren, nahm er sein Erspartes, packte seine Sachen, sagte »Danke schön, lebt wohl« und ging. Er landete über Umwege in Miami und arbeitete dort illegal als Maler und Anstreicher. So lernte er Karen kennen. Sie jobbte in einer Galerie, und er strich im Haus gegenüber die Wände. Malte die Laibungen, Balkone, die Fensterrahmen an. Zuerst gab es nur Blickkontakt, dann winkten sie sich, und schließlich hielt er ein Schild hoch: »Gehst du heute Abend mit mir aus?« Zweites Schild: »Bitte!« Drittes: »Ich sterbe sonst!« Er brachte sie zum Lachen.

Nach dem Sommer ging sie zurück in ihre Heimat, die Niederlande, und drei Monate später stand er vor ihrer Tür. Und blieb.

»Und von dem anderen Täter, diesem Luca, hat er nie wieder etwas gehört?«, fragte Milena.

»Sie meinen, als er in Argentinien war?«

»Oder später.«

Karen Pichler schüttelte den Kopf. »Wissen Sie, ich habe Jurij keine Fragen gestellt. Vielleicht war das ein Fehler. Ich weiß, dass er hier in Belgrad zu der Stelle gegangen ist, wo es damals passierte. Belgrader Straße. Er wollte alleine dort hingehen, und ich fand es auch richtig so. Das musste er mit sich selbst ausmachen. Aber ich weiß, dass ihn die Frage, was damals in sie gefahren war, umgetrieben hat. Einmal ist ihm herausgerutscht, richtig wütend war er, dass er Luca endlich zur Rede stellen wolle. Das war so ein Ausbruch, und dann sagte er wieder, er selbst sei ja keinen Deut besser gewesen.«

»Glauben Sie, er hatte Kontakt zu der Sippe, zur Familie des kleinen Jungen?«

Karen Pichler hob die Schultern. »Ich weiß es nicht. Ich glaube, er hat mal Versuche unternommen herauszufinden, was aus der Familie des kleinen Jungen geworden ist, Familie Jovanović. Aber wie weit er da gekommen ist – keine Ahung. Ich dachte, es reicht, dass ich für ihn da bin, wenn er mich braucht. Verzeihen Sie.« Sie schneuzte sich.

»Sie waren seine Rettung.« Milena reichte ihr ein frisches Taschentuch. »Weil Sie ihn geliebt haben, hat er überhaupt erst den Mut gefunden, sich diesem finsteren Kapitel zu stellen. Durch Sie war er in der Lage, endlich ein Leben zu beginnen.«

»Aber er ist tot!«

»Was immer passiert ist, ich verspreche Ihnen, wir finden es heraus.«

Als sie sich an der Straßenecke voneinander verabschiedeten, fragte Milena: »War das Hotel Jurijs Idee?«

»Sein Baby.« Karen Pichler nickte. »Seit ich ihn kenne, hat er Bilder aus Zeitschriften ausgeschnitten und gesammelt, wie sein Hotel aussehen könnte. Und in Amsterdam hat er sich dann Literatur besorgt, wie man einen Businessplan macht, hat angefangen, mit den Banken zu sprechen. Aber der größte Brocken war, seine Mutter zu überzeugen. Das Haus ist ja sein Elternhaus.«

»Sie war dagegen?«

»Ich bin mir gar nicht sicher, ob sie überhaupt wollte, dass er zurückkommt. Als hätte sie etwas geahnt. Aber dann hat sie uns schließlich einen Pachtvertrag gegeben, zu sehr fairen Bedingungen, muss man sagen.«

»Sie wissen, dass sich gerade in Ihrer Gegend, Kleine-Save-Straße, die Investoren zur Zeit nur so um die Immobilien und Grundstücke reißen?«

»Kann sein.« Karen Pichler zuckte die Schultern. »Zehn Jahre, haben wir gesagt, probieren wir es mit dem Hotel, und dann schauen wir weiter. Aber jetzt – wie soll ich es ohne ihn schaffen? Und wozu?«

»Versuchen Sie es«, sagte Milena. »Es ist Ihr gemeinsames Baby.«

## 12

Anna betrachtete die Stadt durch die Scheibe ihres Seitenfensters, und die Bilder, die im gleichmäßigen Tempo an ihr vorbeizogen, kamen ihr vor wie ein Film: Hipster vor dem Fastfood-Laden, die so auch in New York herumlaufen könnten. Springbrunnen und bunte Markisen. Drogerie- und Supermarktketten. Plötzlich eine Ruine. Man konnte genau erkennen, wo die Rakete eingeschlagen war. Der Krieg war ausgebrochen, kurz nachdem sie fortgegangen war, und die Narben wurden anscheinend gepflegt. Wozu? Anna seufzte. Solches Verhalten war typisch serbisch. Es war trotzig und rückwärtsgewandt und führte zu nichts.

»Drehen Sie ruhig noch eine Runde«, sagte sie zum Fahrer.

Sie versuchte, sich zu erinnern. Ihr Radius als Kind und als Heranwachsende war nicht besonders groß gewesen. Hüpfspiele und Seilspringen in der Auffahrt waren ihre Lieblingsbeschäftigung gewesen neben Schulaufgabenmachen. Der Mutter beim

Wäschefalten helfen und aufpassen, dass Dušan keinen Unsinn anstellte. Im Sommer fuhren sie aufs Land zu Onkel Davit. Im Fluss baden, mit den Cousins raufen, dem Onkel beim Federnsammeln helfen. Bis der Großvater erklärte – es mochte auf einer Familienfeier oder beim Frühlingsfest gewesen sein –, er habe beschlossen, dass Jemal im kommenden Jahr seine Cousine Anna heiraten solle. Sie hatte damals nicht begriffen, was eine solche Heirat bedeutete. Jemal war in ihren Augen großspurig, grob, aber ansonsten gar nicht so übel. Dass ihre Eltern ihr Veto einlegten, war für die Sippe mehr als ein Affront.

Von nun an gab es keinen Sommer mehr auf dem Land, keinen Kontakt zu den Verwandten. Der Vater war nur noch in der Werkstatt am Klopfen und Hämmern, die Mutter meistens am Bügelbrett. »Wir schaffen es auch alleine«, hatte sie gesagt. »Wir brauchen niemanden. Merk dir das.«

Das Straßenschild, das an Anna vorbeizog, holte sie in die Gegenwart zurück: Belgrader Straße! Hier war es passiert. Sie war darauf nicht vorbereitet, war erschrocken, und es dauerte Sekunden, bis sie in der Lage war zu reagieren. Endlich beugte sie sich vor. »Würden Sie bitte abbiegen?«, bat sie.

»Wie bitte?«, fragte der Fahrer überrascht. »Rechts?«

»Egal. Machen Sie schon!«

Der Fahrer gehorchte und setzte den Blinker.

»Wir fahren zurück.«

Erst als auf der anderen Seite der Brücke der Schriftzug ihres Hotels auftauchte, der internationale Name, atmete sie auf, und als sie bezahlte, hatten ihre Hände fast schon wieder aufgehört zu zittern.

Sie aß eine Kleinigkeit an der Bar, gab dem Pianospieler ein Trinkgeld und ließ sich den Zimmerschlüssel geben. Ihr war klar: Sie durfte nicht unnötig Zeit vertun und sich nicht dauernd ihren Erinnerungen hingeben. Jede Einstellung kam ihr übergrell vor und löste ein Stechen und Brennen aus. Dabei war die Sache doch klar: Sie hatte den ersten Schritt getan und war zurückgekommen, und der zweite Schritt stand jetzt bevor.

Was die Sache erschwerte und was sie nicht verstand, war Jurij Pichler. Warum meldete er sich nicht? Erst versetzte er sie mit seinem Anruf in Aufruhr, um dann sang- und klanglos wieder von der Bildfläche zu verschwinden. Er war wie vom Erdboden verschluckt. Wie sollte sie ihn finden? Einen Privatdetektiv engagieren? Und wenn sie ihn fand – was dann?

Sie hasste diese Situation, nicht zu wissen, wo es langging, sie verabscheute diese Stadt und das

Gefühl, ausgeliefert zu sein. Vielleicht würde sie schneller wieder abreisen als gedacht und versuchen, die Sache einfach wieder zu vergessen. Aber eines musste sie vorher noch tun. Sonst würde sie sich ihr Leben lang Vorwürfe machen.

Unter der Dusche überlegte sie, was sie anziehen sollte. Am besten Jeans, feste Schuhe, nichts Auffälliges. Sie zog die Sneakers an, mit denen sie zuletzt im Central Park gejoggt war, und streifte über ihren Cashmere die Kapuzenjacke. Die Haare band sie zum Zopf, den Zopf steckte sie in die Jacke.

Mit dem Taxi ließ sie sich zur Festung Kalemegdan fahren, als wäre es die normalste Sache der Welt. Ein Sightseeing-Termin. Pariser Straße. Sie erinnerte sich. Von dort würde sie ihren Weg finden.

Sie geriet zwischen die Touristen, die aus einem Reisebus stiegen, ließ alle vorbeigehen. Sie hatte es nicht eilig. Wahrscheinlich würde es diesen Ort sowieso nicht mehr geben. Sie stellte sich darauf ein, ging sogar fest davon aus. Es war einfach alles schon zu lange her. Vielleicht war ihre Reise, die ganze Aktion, auch nur ein Vorwand, um endlich einmal ausgiebig in Selbstmitleid zu baden.

Sie bog um die Ecke, sah die holprige Auffahrt und unten, geduckt, eine alte Baracke. Sie stand also noch? Links der Anbau, die Werkstatt und die niedrige Tür zu den beiden Zimmern. Es war unglaublich. Sogar die Regentonne war noch da und die alte Gardine, soweit sie es von hier oben erkennen konnte. Als wäre die Zeit stehengeblieben und dieser Ort, mitten in Belgrad, von der Welt vergessen worden.

Sie versuchte sich vorzustellen, wie sie dort als kleines Mädchen gespielt hatte, wie sie herumgehüpft und fröhlich gewesen war. Es sah alles so klein aus, so entsetzlich heruntergekommen, wie sie es in ihren schlimmsten Träumen nicht für möglich gehalten hätte. Das war der Ort, wo sie herkam, wo sie geboren wurde und bis zum sechzehnten Lebensjahr aufgewachsen war. Auf der Müllkippe. Eine Zigeunerin.

Sie würgte, presste sich ein Taschentuch auf den Mund und versuchte sich klarzumachen, dass das da unten, dass dieser Dreck einfach nichts mehr mit ihr zu tun hatte. Und hatte nicht genau deshalb der Vater sie fortgeschickt, in die Fremde, und ihr verboten zurückzukommen?

Sie setzte sich auf den Bordstein. Sie erinnerte sich nur bruchstückhaft, und die Bilder waren blass. Der Abschied vom Vater, die Überfahrt nach New York, das Dröhnen unter Deck. Die Einreise, das endlose Warten und wie sie durch Brooklyn irrte, bis sie die fremden Leute fand, die ihre Verwandten waren und ihr das Geld abnahmen, das der Vater ihr in einem Brustbeutel um den Hals gehängt hatte. Der feuchte Keller, die Wäsche, und wie der Onkel ihr bei jeder Gelegenheit nachstieg. Wie sie ihm eine verpasste und rausflog und bei Studenten Unterschlupf fand, Künstlern, bei denen es nach Terpentin roch – bis heute für sie der Geruch von Freiheit. Der Studienplatz, das Stipendium, das Zimmer im Wohnheim – sie hatte kein Zeitgefühl, wie und wann das aufeinander gefolgt war. Nach einem Jahr? Oder später?

Genauso wenig hätte sie sagen können, wie lange sie hier so auf dem Bordstein saß und den Abhang auf die Baracke hinunterschaute, als da plötzlich jemand herausgekrochen kam. Da unten wohnte tatsächlich jemand. Sie konnte nicht glauben, was sie sah.

Der alte Mann arbeitete sich mit einer Krücke die Auffahrt hinauf und bewegte sich direkt auf sie zu, den Blick auf den Boden geheftet.

Wie eine Schlafwandlerin folgte sie ihm auf der anderen Straßenseite. Der abgetragene Anzug schlotterte an seinem Körper, und das kleine, eingefallene Gesicht sagte ihr nichts. Erst an der Ecke, beim Blumenladen, blieb der alte Mann stehen, schaute in den Himmel, und Anna hatte das Gefühl, als würde der Boden, auf dem sie stand, zu schwanken beginnen. Ein tiefvertrauter Ausdruck war in diesem Gesicht, eine Schönheit und ein Stolz, es war ihr Vater, der plötzlich den Kopf drehte und zu ihr herüberschaute, direkt in ihre Augen.

Rasch zog sie die Kapuze über den Kopf, trat aus der Einfahrt und lief davon, so schnell sie konnte.

## 13

Mitten auf dem Couchtisch stand ein bunter Frühlingsstrauß, für den es beim besten Willen keine Erklärung gab. Milena beugte sich über die Blumen und atmete den Duft ein. Wollte Sandra sich auf diesem Wege entschuldigen?

Milena stellte ihre Tasche ab, hängte ihre Jacke auf und ging hinüber ins Vorzimmer. »Die frischen Blumen …?«, begann sie.

»Graf Kronburg.«

Milena war verwirrt. »Von Alexander?«

Die Tür zu seinem Büro stand offen, aber »Graf Kronburg« sei, wie Sandra knapp mitteilte, »auf einem Termin«.

»Gibt es denn einen bestimmten Grund?«, fragte Milena.

Die Assistentin hob beide Hände. »Das müssen Sie ihn selbst fragen. Sonst noch etwas?«

Milena bat Sandra, sie möge doch versuchen, den Energieminister oder den Staatssekretär an die Strippe zu bekommen.

»Stichwort?«, fragte Sandra.

»Energiebericht.«

Sandra notierte.

Milena ging zurück in ihr Zimmer, nahm den Strauß vom Glastisch, stellte ihn neben ihren Computer und rückte ihn zurecht. Dann machte sie sich an die Arbeit.

Sie bemühte sich, die Rechenkünste der serbischen Verhandlungspartner nachzuvollziehen, und erstellte zur Veranschaulichung der Lücke, die bei den $CO_2$-Emissionen geschlossen werden musste, ein Tortendiagramm. Sie erarbeitete einen Zeitplan, in dem es gelingen musste, diese Lücke zu schließen, und überlegte, wie man da noch einen zeitlichen Puffer hinbekommen könnte.

Irgendwann brummte ihr Festnetzapparat. Sandra meldete, der Staatssekretär aus dem Energieministerium sei in der Leitung.

Der Mann – noch relativ jung, mit einem Hang zu grellen Krawatten, wenn Milena sich recht erinnerte – zeigte sich am Telefon einsichtig, sogar kooperativ, wollte »heute noch« mit dem Minister Rücksprache halten und sich für ein Arbeitsessen am Freitag »freischaufeln«, sonst »spätestens nächste Woche«.

Nach dem Telefonat schrieb Milena umgehend ein Gesprächsprotokoll und schickte es mit der

Bitte an Sandra, das Dokument an alle Beteiligten, auch an Alexander und die Amerikaner, zu versenden. Dann schaute sie auf die Uhr. Es war gleich sechs.

Sie drückte auf den Knopf der Gegensprechanlage und sagte: »Von mir aus können Sie Feierabend machen, Sandra, ich brauchen Sie nicht mehr. Und Respekt: Wie Sie es so schnell geschafft haben, den Staatssekretär ans Telefon zu bekommen! Tausend Dank.«

»Gerne«, antwortete Sandra. »Bis morgen.«

Dann drückte Milena an ihrem Festnetztelefon die Kurzwahltaste und fischte, während es am anderen Ende tutete, eine Geleebanane aus ihrer Tasche. Sie hatte die Süßigkeit schon aus dem Cellophan gedrückt und bereits im Mund, als endlich jemand abnahm. Es war Adam.

»Mein Schatz«, rief sie und verstaute ihren Kalender in der Tasche. »Was macht ihr, habt ihr schon gegessen?«

Seine Antwort war nur ein unklares Murmeln.

»Daddelst du am Computer?«, fragte sie. »Wo ist Oma?«

»Bei Frau Bašić.«

»Hast du deine Hausaufgaben gemacht?«

»Wann kommst du denn?«

»Ich mache mich jetzt auf den Weg«, sagte sie

und verspürte den starken Drang, ihr Kind jetzt, auf der Stelle, in den Arm zu nehmen. »Soll ich dir etwas mitbringen?«, fragte sie zärtlich.

»Nö«, sagte er. »Höchstens Pizza.«

»Einverstanden«, antwortete Milena und verdrängte den Gedanken an Vera, die damit nicht einverstanden sein würde. »Wenn du Pizza willst, bekommst du welche.«

Nachdem sie sich die Jacke angezogen hatte, ging sie doch noch einmal rasch ins E-Mail-Programm und tippte eilig eine Nachricht an Philip: *Ich habe ein hübsches Zimmer für Euch im Hotel Amsterdam gebucht, in einer sehr schönen Gegend.*

Sie überlegte. Die Hamburger hatten erfahrungsgemäß so ihre festen Vorstellungen von »schön«. Also ergänzte sie vorsichtshalber: *in einer sehr schönen und interessanten Gegend.*

Sie schickte die Nachricht ab, schaute nur kurz, was es sonst noch in ihrem Posteingang gab, da kam auch schon die Antwort: *Vielen Dank für deine Nachricht,* schrieb Philip. *Weil ich nichts von dir hörte, habe ich ein Zimmer im Hotel Moskau gebucht, nicht gerade billig, aber dafür sehr zentral. Beste Grüße, Philip.*

Milena fluchte leise.

Die Nachricht schlug zu Hause stärker ein als die Pizza Salami, die Milena mitgebracht hatte.

»Papa wohnt im ›Moskau‹?«, schrie Adam. »In diesem Nobelschuppen?«

»Adam«, versuchte Milena den Jungen zu beruhigen. »Man spricht nicht mit vollem Mund.«

Vera schob wortlos die Pizzareste auf einen Teller, klappte den fettigen Karton zusammen und wischte demonstrativ den Tisch ab.

Adam überlegte. »Vielleicht kann ich auch eine Nacht im ›Moskau‹ übernachten? Ich meine, schließlich habe ich doch Geburtstag!«

»Papa hat dort nur ein Doppelzimmer. Ich weiß nicht, ob da so viel Platz ist.«

»Dann schläft Jutta eine Nacht hier in meinem Bett, und ich schlafe bei Papa.«

»Gute Idee.« Vera stellte krachend das Geschirr in die Spüle. »Oder, noch besser: Dein Vater mietet eine ganze Suite, dann kannst du deine Freunde gleich mit einladen, hm? Wie wäre das?«

»Schluss jetzt«, sagte Milena.

»Weißt du was?« Adam klaubte eine Scheibe Salami von seiner Pizza. »Wenn Papa mir erlauben würde, noch jemanden einzuladen, dann würde ich dich einladen, Oma.«

Als er im Bett war und Vera ihm zur Beruhigung noch ein Glas Kamillentee mit einem Löffel Akazienhonig brachte, sank Milena im Wohnzimmer erschöpft in den Sessel. Die Katze sprang auf ihren

Schoß. Milena kraulte ihr seidiges Fell und dachte an Karen Pichler. Jetzt, nach Jurijs Tod, war das Zusammenleben mit der Schwiegermutter bestimmt nicht einfach. Oder rückten die Frauen jetzt erst recht zusammen? Zu dumm, dass sie die Reservierung, die sie für Philip und Jutta gerade abgemacht hatte, schon wieder stornieren musste.

»Wie kommt sein Vater bloß dazu, im ›Moskau‹ abzusteigen?« Vera war ins Zimmer getreten und schob mit dem Fuß die Teppichfransen zurecht. »Hat er zu viel Geld?«

»Lass gut sein, Mama«, sagte Milena.

»Statt sich diesen Luxus zu leisten, könnte er sich finanziell ja vielleicht mal etwas mehr für den Jungen engagieren«, schnaubte Vera.

»Wir können im Moment wirklich nicht klagen, Mama.«

»Weil du zwei Stellen hast und bald nicht mehr weißt, wo dir der Kopf steht!«

Milena war froh, dass ihr Telefon klingelte. »Entschuldige«, sagte sie und schob die Katze vom Schoß. »Das ist Siniša.«

Sie ging aus dem Raum und nahm das Gespräch an.

»Ich gebe es nur ungern zu«, verkündete er am anderen Ende, »aber du hattest wieder einmal recht.«

»Womit?« Milena schloss die Tür hinter sich und knipste die Schreibtischlampe an.

Siniša berichtete, dass es ihm weder gelungen sei, Einsicht in den Obduktionsbericht zu bekommen noch in die Polizeiprotokolle von damals.

»Ist dir eigentlich aufgefallen« – Milena zündete sich einen Zigarillo an –, »dass am Wochenende nichts über Jurijs Tod in den Zeitungen stand?«

»Nicht einmal eine kleine Meldung?« Siniša schüttelte den Kopf. »Wir sollten jetzt keine Zeit mehr verlieren.«

Milena rauchte. »Wie meinst du das?«

»Kannst du nicht versuchen, morgen den Justizminister anzurufen? Erzähl ihm von dem Fall, und sag ihm, dass jetzt die Fakten auf den Tisch müssen.«

»Ich fürchte«, unterbrach Milena, »du machst dir falsche Vorstellungen von meinem Job und den Möglichkeiten, die ich dort habe.« Sie blies den Rauch in die Luft. »Mein Einfluss ist begrenzt. Wenn ich, zum Beispiel, den Staatssekretär im Energieministerium sprechen will, klappt das vor allem, weil die Assistentin so tough ist.«

»Perfekt. Dann soll sie morgen beim Justizminister anrufen. Oder beim Polizeipräsidenten.«

»Wie stellst du dir das vor? Wir sind nicht irgendeine Behörde. Ich muss rechtfertigen, wen ich anrufe oder anrufen lasse und warum ich welche Positionen nutze.«

»Dann hol dir Rückendeckung von deinem Graf Kronburg. Er soll ganz offiziell eine Anfrage stellen.«

»Mit welcher Begründung?«

»Braucht man die?«

Milena seufzte. »Lass mich eine Nacht darüber schlafen.« Sie drückte ihren Zigarillo aus. »Ich muss in Ruhe darüber nachdenken.«

Nachdem sie aufgelegt hatte, nahm sie ihre Ohrringe ab und schaute gegenüber auf die graue Betonwand. Warum sollte sie eigentlich gleich – wie Siniša zu sagen pflegte – »das große Rad drehen« und alle verrückt machen? Warum den Umweg über Minister und Ministerien gehen und nicht den direkten Weg?

## 14

Zoran Filipow stocherte in der Beilage zur Rinderzunge, den zerkochten Erbsen, und drehte seinen Kollegen den Rücken zu. Weil das Fußballländerspiel gegen die Schotten so reibungslos über die Bühne gegangen war und man das weniger den spielerischen Leistungen der serbischen Mannschaft als dem Einsatz der Kollegen vor Ort zuschrieb, bekamen sie jetzt alle einen halben Tag Sonderurlaub. Entsprechend groß war das Gejohle. Schön für die Kollegen. Es sei ihnen gegönnt. Aber Zoran Filipow konnte sich nicht erinnern, dass ihm in seinem Dezernat jemals auch nur eine Minute Sonderurlaub gewährt worden war – weder als sein Vater im Sterben lag, noch als die Kleine geboren wurde.

Er schob das trockene Stück Fleisch wie einen Lappen durch die Soße und bekam es dann doch nur mit einem Schluck Sprudelwasser hinunter. Dass im Fall Jurij Pichler etwas nicht mit rechten Dingen zuging, war ihm spätestens dann klar gewesen, als sich herausstellte, dass es außer einem Protokoll keine einzige geschriebene Zeile gab. Der Kollege Vukomanović, der urplötzlich von dem Fall abgezogen wurde, war ein Faulpelz und unfähig noch dazu, aber solche Schlampereien waren selbst für ihn zu viel.

Und jetzt war Zoran Filipow den Fall auch los. In einem Memo und dürren Worten war es ihm heute Morgen mitgeteilt worden. Alle wussten es, und es gab nicht wenige, die deshalb offen feixten. Filipow knüllte die Serviette zusammen und legte sie auf den Erbsenbrei. Nicht mal einen Zahnstocher gab es in diesem Puff.

Wenn es stimmte, was man munkelte, konnte er natürlich froh sein, den Fall Pichler los zu sein, und drei Kreuze machen. Ein so brisanter Fall war dann wohl nicht seine Kragenweite und in der Tat besser beim Kollegen Dežulović aufgehoben. Sollte der sich doch die Finger verbrennen, obwohl Filipow wusste, dass das kaum passieren würde. Nicht Dežulović.

Trotzdem blieb bei Filipow ein schaler Geschmack zurück. Dass er nur eine Zwischenlösung gewesen war, wurmte ihn. Wie war das Ganze zu verstehen? Bei Vukomanović wusste man wenigstens, dass er in kürzester Zeit ein heilloses Chaos anrichtete. Schön und gut, der wurde vom Apparat mitgeschleppt. Aber was dachte man eigentlich über Filipow? Dass er die Sache schon anständig verwalten würde? Wenn der Fall allerdings heiß wurde, mussten andere ran, Profis eben, nicht die Erbsenzähler. Filipow schob den Teller von sich und verfolgte die Kakerlake an der Wand, bis sie im verdreckten Lüftungsschlitz verschwand. Wozu hatte er denn das Aufbaustudium mit der ganzen Theorie absolviert, sich die Abende und Wochenenden um die Ohren geschlagen, wenn er jetzt keine Chance bekam? Wie sollte er sich profilieren und endlich mal vom Fleck kommen?

»Noch frei?« Ausgerechnet Vukomanović stand da mit seinem Tablett und seinen Tränensäcken.

»Mahlzeit.« Filipow nickte. Loser unter sich.

»Du siehst schlecht aus, Zoran.« Vukomanović setzte sich. »Ehrlich. Solltest vielleicht mal Urlaub einreichen, hm?«

»Und bei dir?«, fragte Filipow gleichgültig und erfuhr, dass Vukomanović, der ewige Junggeselle, nach dem Tod seiner Mutter einen Käufer für seine Datscha, draußen in Grocka, suchte.

»Falls du jemanden weißt« – Vukomanović spreizte beim Schneiden die Ellenbogen –, »alle zu mir.«

»Hör mal.« Filipow beugte sich vor. »Der Fall Pichler.«

»Was ist damit?«

»Glaubst du, an den Gerüchten ist etwas dran?«

»Ist nicht unser Bier.«

»Aber du warst doch am Tatort, oder? Und dass der Tote Steine in den Taschen hatte, ist das verbrieft?«

»Da waren Steine. Aber nicht in den Taschen.« Vukomanović richtete sein Messer auf Filipow. »Das bleibt aber unter uns.«

»Schussverletzung?«

Vukomanović trank einen Schluck. »Wie geht's eigentlich mit deinem Hausbau voran? Steht die Finanzierung?«

»Das heißt«, fasste Filipow zusammen, »das Protokoll, das ich gestern noch zur Unterschrift auf den Tisch bekommen habe, bevor mir der Fall entzogen wurde, ist nicht von dir. Das hat also jemand anders gedichtet.«

»Ich bin nicht so der Dichter«, sagte Vukomanović zwischen zwei Bissen und grinste schief. »Diese Kunst überlasse ich lieber denen, die etwas davon verstehen. Solltest du auch mal drüber nachdenken.« Seine Ohrläppchen bewegten sich beim Kauen auf und nieder.

Filipow hätte ihm in diesem Moment eins in die gutmütige Fresse schlagen können. Stattdessen lehnte er sich zurück, gab sich entspannt und sagte:

»Mein Schwiegervater gibt mir eine Anschubfinanzierung. Aber ich muss aufpassen, dass mir die Kosten nicht schon vor dem ersten Spatenstich davonrennen.« Er beugte sich wieder über den Tisch. »Du weißt doch, wie das ist mit den Frauen: Heute wollen sie dies, morgen das. Heute ist es ein Kamin, morgen ein Induktionssherd, übermorgen sind es Fenster aus Tropenholz. Und meine große Schwäche: Ich kann Viola einfach nichts abschlagen. Aber weißt du was?« Filipow schaute in die harmlosen, wässrigen Augen von Vukomanović. »Damit ist jetzt Schluss.«

Vukomanović legte sein Besteck in den Teller. »Übrigens: Draußen sitzt jemand und will dich sprechen.«

»Wer?«

»Zivilistin. Nicht mehr ganz taufrisch.«

Filipow seufzte, stand auf und nahm sein Tablett. »Man sieht sich.«

Ohne Zahnstocher würde er für den Rest des Tages mit der Rinderzunge zu tun haben. Es war eben einfach nicht sein Tag.

\*

Wenn Milena mal zusammenrechnen würde, was sie an Lebenszeit schon auf dieser Holzbank zugebracht hatte: Wochen? Monate? Allein das

Theater, wenn sie einmal im Jahr für Adam die Aufenthaltserlaubnis verlängern musste, die er als deutscher Staatsbürger in Serbien brauchte. Jedes Jahr war sie sich sicher, dass sie alles parat hatte, und dann gab es doch wieder ein Dokument, das ungültig war, und mindestens einen Stempel, der neu beschafft werden musste. Mit dem EU-Beitritt würden sich all diese Schikanen hoffentlich erledigen, und, wer weiß, vielleicht würde sie dann irgendwann wehmütig an diese alte Holzbank bei der Polizei an der Save-Straße zurückdenken. Milena schlug ein Bein über das andere.

Wahrscheinlich würde sie in diesem Leben nicht mehr herausbekommen, ob es besser war, den Beamten da hinter der Scheibe nicht zu behelligen – auch wenn man dann Gefahr lief, hier auf der Bank vergessen zu werden, oder ob es nicht doch sinnvoll wäre, sofort einen Aufstand zu machen – wie der Typ mit der Herrenhandtasche und den Schweißtropfen auf der Stirn, der irgendein Strafmandat nicht zahlen wollte und lautstark »den Dienststellenleiter« zu sprechen verlangte. Aber der Typ hinter der Scheibe war ein Sadist.

Milena schlug nun das linke Bein über das rechte, und mit jeder Minute sank ihr Mut. Sie hatte keinen Plan, keine Strategie. Es war alles nur ein Bauchgefühl, sie hatte nichts in der Hand. Der einzige

Fakt in der Geschichte um Jurij Pichlers Tod war, dass es keine Fakten gab. Filipow würde sie kalt lächelnd mit einer ironischen Bemerkung vom Hof schicken. Trotzdem. Im Gegensatz zu Siniša hatte sie das Gefühl, dass Filipow noch so etwas wie Anstand besaß. Und während sie grübelte, ob diese Vorstellung vielleicht doch ein bisschen zu romantisch war, stand er plötzlich vor ihr.

»Frau Lukin?«, fragte er verblüfft, und es klang alles andere als erfreut.

Milena beschloss, darüber hinwegzuhören. »Guten Tag«, sagte sie, stand auf und gab ihm die Hand, die er nur flüchtig ergriff.

»Na, dann wollen wir mal«, sagte er seltsam gestelzt. »Wenn ich bitten dürfte?« Mit einem kurzen Schulterblick zum Kollegen hinter der Scheibe dirigierte er sie Richtung Fahrstuhl. Ohne sie weiter zu beachten, starrte er auf die schwach leuchtenden Ziffern in der Stockwerkanzeige, grüßte die Kollegen, die aus dem Lift traten, und ließ Milena den Vortritt. Sie hatte das starke Gefühl, dass es jetzt besser wäre, erst einmal die Klappe zu halten.

Er drückte die Vier und sagte, nachdem sich die Türen geschlossen hatten: »Hat der Anwalt Stojković Sie geschickt?«

»Ich bin privat hier, gewissermaßen als Freundin von Frau Pichler.«

»Ich muss Sie enttäuschen, ich bin mit dem Fall nicht mehr befasst.«

Milena rückte überrascht den Riemen ihrer Tasche auf der Schulter zurecht. »Aber Sie waren doch noch am vergangenen Freitag mit Frau Pichler in der Gerichtsmedizin.«

»Sie hat den Toten identifiziert, und damit ist der Fall so gut wie abgeschlossen.«

»Warum gewähren Sie Herrn Stojković dann keinen Einblick in den Obduktionsbericht?«

Filipow betätigte den roten Kippschalter, und mit einem Ruck kam die Kabine zum Stehen. »Passen Sie mal auf.« Er atmete hörbar die Luft ein. »Ich bringe Sie jetzt in mein Büro, aber vorher sagen Sie mir, was ich den Kollegen und meinem Vorgesetzten erzählen soll: Was könnten wir beide unter vier Augen zu besprechen haben? Sie bringen mich sonst in arge Schwierigkeiten. Jetzt schauen Sie mich nicht so an, überlegen Sie sich etwas! Verdammt, ich hätte Sie sofort abwimmeln sollen. Wir sitzen nämlich schon mittendrin in der Scheiße!«

»Warten Sie, beruhigen Sie sich.« Milena schaute auf das zerkratzte Holzfurnier. »Sie sollen einen Vortrag für uns halten. Ganz einfach. Bei uns im Institut für Kriminalistik und Kriminologie.«

Es schien ein paar Sekunden zu dauern, bis diese

Information in seinem Gehirn angekommen war. »Was für einen Vortrag?«, fragte er.

»Neue Sicherheitskonzepte. Herausforderungen im Zeitalter der Globalisierung. Chancen und Risiken. Irgend so etwas. Auf dem Symposium im Herbst.«

»Das brauche ich schriftlich.«

»Sie bekommen eine schriftliche Einladung vom Institut, mit Unterschrift von Professor Grubač, und wenn es die Modalitäten erlauben, sogar ein Honorar.«

Er ließ den Kippschalter nach oben schnellen, und der Fahrstuhl fuhr wieder an.

Kurz darauf ließ er sich hinter seinem Schreibtisch in den großen Ledersessel fallen und deutete auf den Stuhl gegenüber. »Wie gesagt, ich habe mit dem Fall nichts mehr zu tun«, sagte er.

Milena setzte sich. »Aber warum sind wir dann hier?«

»Das fragen Sie mich?«

»Kann es sein, dass die Ermittlungen im Fall Pichler ziemlich chaotisch verlaufen? Es gibt nicht einmal eine Pressemitteilung.«

»Warum wittern Leute wie Sie und Stojković eigentlich immer überall Verschwörungen? Serbien ist doch keine Bananenrepublik.«

»Warum bekommt Herr Stojković dann keine

Informationen? Er vertritt die Interessen der Witwe des Verstorbenen.«

»Vielleicht liegt es an der Person des Herrn Stojković?«

Milena seufzte. »Ich weiß nicht, wie weit Sie über die Hintergründe informiert sind. Aber Jurij Pichler war kein unbeschriebenes Blatt. Er war vor fünfundzwanzig Jahren in den Tod eines kleinen Roma-Jungen involviert, Dušan Jovanović. Von zwei Tätern war Jurij Pichler derjenige, der sich ins Ausland abgesetzt hatte, während der andere rechtskräftig verurteilt wurde.«

»Schnee von gestern.«

»Es muss aus der Zeit Polizeiprotokolle geben, Gerichtsunterlagen. Die würde ich mir gerne einmal ansehen. Wäre das möglich?«

»Vergessen Sie's. Frau Lukin, diese Unterhaltung ist sinnlos.«

»Weil die Informationen so brisant sind?«

Filipow faltete artig die Hände vor sich auf dem Tisch, als wollte er etwas sagen, aber er schwieg.

»Und was ist jetzt mit dem Obduktionsbericht?«, fragte Milena. »Ist Jurij Pichler ertrunken? Hatte er Alkohol im Blut? Wenn ja – wie viel?« Sie lehnte sich irritiert zurück. Warum warf der Mann sie nicht hochkant aus dem Büro? Stattdessen starrte er auf einen imaginären Punkt. Bald würden sich in seinem eigentlich hübschen Gesicht tiefe Augenringe eingegraben haben, als würde der Mann schlecht schlafen oder chronische Bauchschmerzen haben. Milena betrachtete den Whiskykarton auf dem Regal, den verstaubten Ventilator, die alten Aktenschränke. Vielleicht war es so: Nicht nur sie wollte etwas, sondern auch er. Vielleicht spielte er mit dem Gedanken, seine Möglichkeiten wenigstens einmal auszuloten. Bitte schön. Dann würde sie ihm mal ein paar Möglichkeiten aufzählen.

Sie betrachtete ihre Fingernägel und sagte: »Ich weiß nicht, ob Sie es wissen. Aber ich bin ja nicht mehr nur am Institut für Kriminalistik und Kriminologie tätig, sondern zurzeit auch in der deutschen Botschaft. Wir arbeiten unter Hochdruck an der Rechtsreform, die in unserem Land durchgeführt werden muss, und jetzt, wo es wohl früher oder später auf einen EU-Beitritt hinausläuft, werden gerade viele Weichen neu gestellt. Da bleibt es nicht aus, dass hier und da Positionen neu besetzt werden müssen, übrigens auf allen Ebenen. Und natürlich mit den richtigen Leuten.« Sie lächelte, und gleichzeitig hasste sie sich für das, was sie hier abzog.

Filipow nahm einen Stift zur Hand und drehte ihn nachdenklich.

Milena stand auf. »Herr Filipow«, sagte sie. »Wir

sollten diese Unterhaltung beenden. Das führt alles zu nichts.«

»Rein hypothetisch gesprochen«, sagte er: »Angenommen, ich würde einen Beweis finden, der Ihre gewagte These untermauert, dass im Fall Pichler etwas vertuscht werden soll ...«

»Ja?«, fragte Milena und hielt den Atem an.

»Nein, Sie haben recht.« Filipow legte kopfschüttelnd den Stift ab und richtete ihn waagrecht auf seiner Schreibtischunterlage aus. »Das führt alles zu nichts.«

Sie nahm wortlos ihre Tasche und ging zur Tür. Die Hand auf der Klinke, sagte sie, ohne Filipow dabei anzuschauen: »Mein Exmann aus Deutschland kommt am Donnerstag nach Belgrad, Philip Bruns. Er steigt im Hotel Moskau ab. Sollte es etwas geben, das schnell und unkompliziert den Weg zu mir finden muss, könnte man es an der Rezeption hinterlegen. Er bleibt bis nächste Woche Montag, ist absolut zuverlässig und würde alle Nachrichten umstandslos an mich weiterleiten.« Ohne sich noch einmal umzudrehen, öffnete sie die Tür.

Sie ging den Gang hinunter, grüßte den Beamten, der ihr die Tür aufhielt, und nahm die Treppe. Erst als sie das Gebäude verlassen hatte und an der nächsten Ecke war, blieb sie stehen und holte ihr Telefon aus der Tasche. Ihre Hände zitterten vor

Aufregung, sie brauchte zwei Versuche, bis sie die richtigen Tasten gedrückt hatte und sich die Verbindung aufbaute. Bei Siniša sprang die Mailbox an.

»Hör mal«, sagte sie kurzatmig, »wenn ich nicht völlig falschliege, hat Filipow gerade zugegeben, dass im Fall von Jurijs Tod tatsächlich etwas zum Himmel stinkt.« Sie zündete sich eine Zigarette an. »Wir müssen herausfinden, wer dieser Luca ist, Jurij Pichlers Freund, der damals verurteilt wurde. Und dann ist da noch etwas: Wir müssen in Erfahrung bringen, ob Jurij Pichler zur Familie des ermordeten Roma-Jungen Kontakt aufgenommen hatte.«

## 15

Es war Mittwoch, der vierte Mai, als Milena um kurz vor zwei Uhr mittags, statt zur deutschen Botschaft abzubiegen, aufs Gaspedal drückte und weiter stadtauswärts fuhr. Im Kofferraum klimperten sechs Flaschen Crémant, die sie in der italienischen Weinhandlung an der Fürst-Miloš-Straße gekauft hatte. Champagner war ihr zu teuer gewesen und auch maßlos übertrieben, und mit Sekt an Adams Geburtstag anzustoßen, kam ihr wiederum ein bisschen gewöhnlich vor. Egal, was sie tat, welchen Käse sie zum Abendessen kaufte, ob sie Feigenmarmelade oder Preiselbeeren dazu reichen würde – immer versuchte sie, die Situation in vorauseilendem Gehorsam mit Philips Augen zu betrachten: War das Sofa, auf dem er sitzen würde, nicht schon reichlich abgewetzt und die Madonna an der Wand gegenüber nicht sehr düster? Würde Philip die Nase rümpfen oder gar die Umstände kritisieren, in denen Adam aufwuchs?

Milena nahm den Fuß vom Gas und schaltete

in den dritten Gang. Dass sie so in Aufruhr war, nur weil ihr deutscher Exehemann im Begriff war, serbischen Boden zu betreten, ärgerte sie maßlos. Vielleicht sollte sie es halten wie Vera: Wenn sich herausstellte, dass Philip und »seine Neue« nett und umgänglich waren, käme irgendwann der Selbstgebrannte von Onkel Miodrag auf den Tisch, und das wäre das größte Kompliment, das man den Deutschen in einem Partisanenhaushalt machen konnte. Milena setzte den Blinker und folgte der großen Kurve zum Autobahnzubringer. Bevor es Richtung Budapest ging, rollte sie von der Straße auf eine Schotterpiste, fuhr um die Imbissbude herum und bog in einen Feldweg ein. Es hatte in der Nacht stark geregnet, und in den Pfützen spiegelten sich der blassblaue Himmel und weiße Schäfchenwolken.

Sie drosselte noch einmal das Tempo, fuhr Slalom – weniger aus Rücksicht auf das Getriebe, das war stabil, sondern weil sie es vor der Ankunft von Philip nicht noch einmal in die Waschanlage schaffen würde – und parkte auf der Grasnarbe neben einem BMW. Der war so tiefgelegt, dass Milena sich fragte, wie der mit seiner Rundum-Plastikverkleidung heil hierhergekommen war. Drei Männer saßen in dem Wagen, rauchten und hörten Musik. Milena zog die Handbremse, nahm ihre Tasche vom Beifahrersitz und stieg aus.

Es war nun schon fast wieder zwei Jahre her, seit sie diese Siedlung unter der Autobahnbrücke zuletzt betreten hatte. »Mahala« nannten die Roma ihre Dörfer, und dieses bestand schon seit fast fünfundzwanzig Jahren und wucherte mit seinen Baracken immer weiter. Zuerst waren es vor allem Roma aus den Republiken des ehemaligen Jugoslawiens, die hier strandeten, weil es nach der Unabhängigkeitserklärung von Kroatien, Bosnien und Makedonien dort keinen Platz mehr für sie gab. Viele Roma waren nach Deutschland, Österreich und in die Schweiz weitergezogen, aber nicht wenige desillusioniert wieder hierher zurückgekehrt und teilten sich nun den Platz mit den Neuankömmlingen aus Syrien, Pakistan und Afghanistan. Viele der Geflüchteten gehörten auch zur Minderheit der Roma, was aber nicht bedeutete, dass sie von den Hiesigen deshalb mit offenen Armen empfangen wurden. Im Gegenteil. Es war wohl nur eine Frage der Zeit, bis die angespannte Situation eskalieren und es zu Zusammenstößen zwischen den Volksgruppen kommen würde. Doch im Moment wirkte alles friedlich. Kleine Kinder in Unterhosen ließen in den Pfützen Papierschiffchen zu Wasser, und die Jugendlichen auf den Betonblöcken – riesige Dinger, die hier herumlagen, als wären sie vom Himmel gefallen – schienen voll von dem absorbiert zu sein, was sie auf den Displays ihrer Smartphones zu sehen bekamen.

Milena versuchte sich zu erinnern – und es war gar nicht so einfach. Die eingeschossigen Steinhäuser mit den Flachdächern hatte es vor zwei Jahren so noch nicht gegeben. Als sie zuletzt hier gewesen war, bestanden die Baumaterialien ausnahmslos aus Wellblech, Pappe und Plane, und Familie Avduli hatte, wenn sie sich richtig erinnerte, in der zweiten Gasse links gewohnt, und zwar ziemlich am Ende.

»Mutter, was suchst du?«, hörte sie eine Stimme hinter sich. »Brauchst du Autoreifen?«

Der junge Mann hatte seine Sonnenbrille ins ölige Haar geschoben und schaute Milena herausfordernd an, während die drei Gestalten, die einen Schritt hinter ihm standen, sie anstarrten, als hätten sie noch nie eine Frau in Jeansjacke ohne Begleitung gesehen, das Haar vom Wind zerzaust.

»Ich suche Familie Avduli«, sagte Milena und schlug vorsichtshalber den Ton an, in dem sie bei ihren Studenten die Paragraphen des Bürgerlichen Gesetzbuches abzufragen pflegte. »Wisst ihr, ob sie noch hier wohnen?«

»Der Alte ist schon lange tot. Was willst du von Familie Avduli? Willst du eine Handtasche? Wir besorgen dir eine.«

»Herr Avduli ist tot?« Milena trat bestürzt einen Schritt näher. »Was ist passiert?«

»Was soll schon passiert sein? Hat sich zu Tode gesoffen. Soll schon mal vorkommen, oder?«

»Und seine Frau und die Kinder?«

»Vorletztes Haus. Die Hütte mit der grünen Tür.« Der Typ rückte seine Sonnenbrille auf der Hakennase zurecht. »Überleg's dir. Gucci, Prada – alles kein Problem. Auch Waschmaschinen. Ich bin Todor. Mir gehört der BMW.«

Milena strich sich eine Strähne aus dem Gesicht. »Vielleicht komme ich irgendwann darauf zurück.«

In der Gasse zwischen den Baracken lagen Bretter, auf denen man über die großen, wahrscheinlich knöcheltiefen Pfützen balancieren konnte. Drum herum versank alles im Morast, in dem hier und da Hühner mit schmutzigem Gefieder pickten. An Wäscheleinen schaukelten bunte Unterhosen und Putzlappen. Ein alter Mann stocherte mit einer Eisenstange in der Blechtonne, aus der bläulicher Rauch aufstieg. Grummelnd warf er Stück für Stück den Abfall hinein, der sich auf seinem Handkarren türmte. Und über allem lag das Dröhnen des Verkehrs auf der Autobahnbrücke.

Am Ende des Weges schaute eine junge Frau suchend aus der Tür. Trotz der wasserstoffblonden Haarsträhnen erkannte Milena sie sofort.

Eremina Avduli war barfuß und hatte sich über ihren Trainingsanzug einen violetten Mantel geworfen, an dem große goldene Knöpfe prangten. Das Telefon in ihrer Hand deutete darauf hin, dass sie wohl gerade eine Nachricht von Todor bekommen hatte.

»Frau Lukin«, rief sie überrascht. »Wie kommen Sie denn hierher?«

»Wie geht es dir?«, fragte Milena und gab ihr die Hand, aber nach einem kurzen Moment zog sie sie an sich und drückte sie. Wie lange hatte sie das Mädchen nicht mehr gesehen? War es wirklich zwei Jahre her?

Eremina schien etwas verwirrt. »Was für eine Überraschung«, sagte sie. »Kommen Sie herein, setzen Sie sich. Meine Mutter ist mit den Kleinen unterwegs. Darf ich Ihnen einen Tee anbieten? Oder Kaffee?«

»Danke.« Milena schüttelte den Kopf. »Ich muss mich vor allem erst einmal entschuldigen.«

Eremina wehrte empört ab. »Sie müssen sich für gar nichts entschuldigen. Was Sie für mich getan haben, das werde ich Ihnen nie vergessen. Wie geht es Ihrer Familie?«

Milena ließ sich auf der Holzbank nieder, berichtete, dass Adams Geburtstag bevorstand und das Ereignis alle in Aufregung versetzte, und schaute zu, wie Eremina flink die Krümel vom Tisch fegte, einen Tiegel auf den Campingkocher stellte und Kaffeepulver hineinschüttete. Vor vielen Jahren hatte Milena eine Patenschaft für dieses Mädchen übernommen, ihr die Schulbücher bezahlt und einen kleinen monatlichen Beitrag, damit es an der Schulspeisung teilnehmen konnte. Das war in der Summe so wenig gewesen, und was sie dafür an Dankbarkeit zurückbekommen hatte, so unermesslich viel, dass es Milena noch heute beschämte.

Eremina stellte einen Teller mit Feigen auf den Tisch, und Milena fragte: »Dein Vater ist gestorben, hat mir der junge Mann erzählt?«

»Herzversagen.«

»Das tut mir sehr leid.«

Eremina verteilte den Kaffee auf zwei Schälchen und setzte sich. »Mama ist seither ganz still geworden. Sie hat jetzt eine Putzstelle in der Stadt.«

»Und du?«, fragte Milena und betrachtete das Mädchen. Eremina war inzwischen richtig erwachsen geworden.

»Ich suche einen Job, aber es ist nicht einfach«, sagte sie.

»Wie ist es mit dem Praktikum gelaufen?«, fragte Milena. »Wir haben danach gar nichts mehr voneinander gehört.«

»Ich habe ein Zeugnis bekommen. Warten Sie.«

Eremina stand auf, zog einen Ordner aus dem Regal über dem Sofa und holte ein Schriftstück in einer Plastikhülle heraus, das sie Milena stolz präsentierte.

Milena las halblaut von »großem Einsatz«, von Talent, Fleiß und einem »freundlichen Wesen« – für sie alles nichts Neues. Sie lobte Eremina und fragte: »Und jetzt? Wie geht es weiter?«

Eremina zuckte verlegen die Schultern. »Ohne feste Adresse keine Arbeitserlaubnis, und ohne Arbeitserlaubnis kein fester Job.«

»Verstehe.« Milena nickte grimmig.

»Mama will, dass ich den Davit heirate, aber der gefällt mir nicht. Und überhaupt.« Eremina teilte die Feige in zwei Hälften. »Ich habe nämlich eigentlich eine andere Idee.«

»Welche?« Milena nahm das Stückchen Feige.

»Ich könnte hier in der Mahala einen kleinen Salon betreiben. Viel würde ich dabei natürlich nicht verdienen, aber ein bisschen würde mit der Zeit schon zusammenkommen.«

»Das ist eine gute Idee, Eremina.«

Die junge Frau nickte.

»Aber?«, bohrte Milena weiter. »Was ist das Problem? Brauchst du einen Raum?«

Eremina schüttelte den Kopf. »Ich bräuchte vor allem Werkzeug.«

»Eine Schere?«

»Und einen Fön.«

»Das ist alles?«

Wieder nickte Eremina.

Milena trank einen Schluck von dem Kaffee, der so stark war, dass sie kurz die Augen schließen musste, und sagte: »Hör mal, Eremina, ich brauche deine Hilfe.«

Die junge Frau, die eben noch so ernst dagesessen hatte, strahlte jetzt, als wäre Milenas Gesuch die schönste Nachricht der Welt. »Sagen Sie mir, was ich für Sie tun kann.«

»Ich suche eine Familie. Sie heißt Jovanović.«

»Jovanović«, wiederholte Eremina und nickte.

»Sie hatten einen kleinen Jungen, Dušan, er ist gestorben. Er wurde von zwei Jugendlichen totgeprügelt. Ich weiß, das ist schrecklich. Aber das Ganze ist schon lange her. Es ist geschehen, da warst du noch gar nicht geboren.«

»Es gibt viele Familien mit dem Namen Jovanović.«

»Aber vielleicht nur eine mit diesem Schicksal.«

»Ich werde mich umhören«, versprach Eremina.

»Danke.« Milena holte ihr Portemonnaie aus der Tasche, nahm einen Geldschein heraus und legte ihn vor Eremina auf den Tisch.

»Nein, bitte stecken Sie das wieder ein.«

»Kauf dir die Schere, die du brauchst, und einen Fön, und zwar den besten, den du kriegen kannst.«

»Das kann ich nicht annehmen.«

»Keine Widerrede. Und dann verdienst du dein eigenes Geld.«

»Es ist zu viel. Und eine Brennschere brauche ich nicht, das ist mir zu altmodisch.«

»Von dem, was übrig ist, kaufst du noch einen Spiegel oder etwas, was du sonst gut gebrauchen kannst.«

»Frau Lukin, ich weiß gar nicht, was ich sagen soll.«

»Und grüß mir deine Mutter.«

Milena war schon in der Tür, da sagte Eremina: »Ich weiß, wen wir fragen müssen!«

Milena drehte sich herum.

»Er heißt Sultan und hat ein Büro in der Stadt.«

»Sultan?«

»Er kennt jede Mahala und alle Roma. Ich besorge mir seine Nummer. Ich suche jetzt sofort nach Informationen, und dann sage ich Ihnen Bescheid.«

Milena lächelte. »Danke, Eremina.«

# 16

»Ich reise ab«, sagte Anna. »Morgen früh. Bitte machen Sie mir die Rechnung.«

»Sehr gerne.« Die Rezeptionistin tippte auf der Tastatur, und die Gleichgültigkeit in ihrem Gesicht konnte nicht größer sein. »Kann ich sonst noch etwas für Sie tun, Frau Jones?«

»Danke«, sagte Anna. »Alles bestens.«

Sie fuhr hinauf in ihr Zimmer, schloss nicht hinter sich ab und setzte sich sofort an den Schreibtisch. Klappte ihr Notebook auf und klickte sich auf die Website ihrer Airline. Wenn sie erst wieder zu Hause war, würde das alles hier nur ein böser Traum gewesen sein, ein Alptraum, der mit der Realität nichts zu tun hatte.

In wenigen Sekunden hatte sie in der Maske ihre Angaben gemacht. Abflugort: Belgrad. Ankunftsort: New York. Abflugzeit: sofort. Während das System die Angebote durchsuchte, folgten ihre Augen dem kreisrunden Flugzeugsymbol. Ihr Kopf war leer, und in der Magengegend hatte sie ein flaues Gefühl, schon seit Tagen. Aber sie hatte jetzt lange genug überlegt. Ihr Entschluss stand fest.

Morgen, in aller Frühe, die erste Maschine nach Frankfurt. Eineinhalb Stunden Aufenthalt, und weiter nach New York. Nein, es war perfekt. Mechanisch trug sie ihren Namen ein, ihre Adresse, ihre Bankverbindung, ihre Vielfliegernummer, und fuhr mit dem Cursor auf den Bestätigen-Button. Dann zögerte sie.

Wenn sie jetzt zurückflog in ihr altes Leben, würde kein Mensch je erfahren, dass sie hier gewesen war – weder ihr Vater in der Baracke noch Steven in New York noch irgendjemand sonst, sie würde nie wieder in diese Stadt zurückkehren und ihre Vergangenheit für immer begraben. Sie stand so abrupt auf, dass ihr Stuhl nach hinten fiel.

Im Bad drehte sie den Hahn auf, schob die Ärmel ihres Pullovers hoch und ließ kaltes Wasser über ihre Pulsadern laufen. Sie war in einem Ausnahmezustand, um nicht zu sagen: hysterisch, und das schon seit Tagen. Sie hatte die Baracke gesehen, den Ort ihrer Kindheit, und der alte Mann, der da herausgekrochen kam, war ihr Vater. Sie hatte es versäumt, sich auf diese Begegnung vorzubereiten, weil sie eine solche Begegnung nicht für möglich gehalten hatte. Oder doch? Sie drückte sich einen heißen Waschlappen aufs Gesicht.

Was hatte sie sich eigentlich gedacht? Sie war dorthin gefahren wie eine ahnungslose Touristin zur Besichtigung an einen skurrilen Ort. Alle mal herhören: In dieser Baracke wohnt Jovan Jovanović, schon seit über dreißig Jahren. Ein Angehöriger der Roma, im Zentrum von Belgrad. Sein Schicksal: Der Sohn wurde von Halbstarken totgeprügelt, seine Frau ging ins Wasser, seine Tochter lebt im Ausland und ward nie mehr gesehen. Die Dame beruft sich wohl auf das Recht der Verdrängung und darauf, dass der Vater ihr damals die Rückkehr ausdrücklich verboten hatte.

Anna massierte sich die Schläfen. Sie durfte jetzt nichts tun, was sie später bereuen würde. Musste ihre Gefühle aus- und ihren Verstand endlich wieder einschalten. Oder umgekehrt? Sollte sie nicht besser genau das tun: sich einmal in ihrem Leben nur von ihren Emotionen leiten lassen?

*Tu nichts, für das du dich später schämen musst*, hatte ihre Mutter ihr mit auf den Weg gegeben. Sie kannte die Sätze auswendig, konnte jeden einzelnen hersagen wie die Verse eines Gedichts. Sie hängte das Handtuch über den Halter, schlüpfte in ihre Jogginghose. Schnürte die Sneakers mit einem Doppelknoten und zog die Zimmertür hinter sich ins Schloss.

Sie rannte los: quer durch die Hotelhalle, an den

wartenden Taxifahrern vorbei, über den Vorplatz zur Straße und hinunter zum Fluss. Sie rannte, und mit jedem Schritt purzelten neue Bilder in ihr Bewusstsein, alte, abgegriffene Puzzlestücke, die sie lange verkramt hatte: der Topf auf dem Herd, die Buntstifte in der Dose, die Flaschen neben dem Mülleimer. Dušans Holzgiraffe mit den drei Beinen, die Leere in ihrem gemeinsamen Bett und dass man ihr plötzlich sagte, Dušan sei jetzt im Himmel. Sie rannte schneller. Der Ball gehörte ihr nun ganz allein und auch die Giraffe, und die Mutter hörte auf zu sprechen. Keuchend blieb Anna stehen und stemmte sich die Hände in die Seiten.

Was wäre gewesen, wenn ihr Vater sie nicht fortgeschickt hätte, wenn sie hiergeblieben wäre? Dann wäre sie jetzt vermutlich mit jemandem aus ihrer Sippe verheiratet, mit ihrem Cousin Jemal, hätte sechs Kinder, und alle zusammen würden sie dort unten in dem Loch wohnen, wo ihr Vater immer noch hauste.

Sie drehte wieder um. Dušans Tod hatte ihr die Tür zu einem Leben geöffnet, von dem sie bis dahin nicht einmal in Büchern gelesen hatte. Weil Dušan gestorben war, hatten die fremden Menschen Geld gesammelt, das der Vater ihr in einem Brustbeutel um den Hals hängte. »Geh dahin, wo die Schwarzen sind«, hatte er zu ihr gesagt. »Da fällst du nicht auf.« Weil ihr kleiner Bruder gestorben war, hatte sie alles hinter sich lassen und ein neues Leben anfangen können.

Sie ging durch die Hotelhalle zum Aufzug. Einen Schlussstrich unter die Vergangenheit ziehen – wie machte man das? Gab es dafür eine Anleitung?

Ein letztes Mal wollte sie sich vergewissern, dass es im Netz keine Spur von Jurij Pichler gab, wie es hunderte Male zuvor keine Spur von ihm gegeben hatte. Dann wollte sie den Rückflug antreten und zurück nach Hause, in ihr altes Leben. Sie wollte diese Episode vergessen und mit ihrem Leben fortfahren, und niemand konnte ihr daraus einen Vorwurf stricken, auch nicht sie selbst.

Wieder setzte sie sich an den Schreibtisch, öffnete die Suchmaschine und tippte: *Jurij Pichler Belgrad*.

Sie traute ihren Augen nicht.

Verwirrt klickte sie auf die Internetadresse, und eine cremefarben unterlegte Website öffnete sich: *Willkommen im Hotel Amsterdam!*

Ein Foto von einem schmalen Haus. Pilaster aus rotem Backstein. Telefonnummer, E-Mail-Adresse und ein kleines Foto. Die Inhaber: Jurij und Karen Pichler.

Erschrocken klappte sie den Computer zu.

## 17

Milena legte den Rückwärtsgang ein, versuchte, die Größe der Parklücke einzuschätzen, und sagte in den Hörer: »Lass mich überlegen.«

»Ich meine, nicht irgendeinen Geburtstagswunsch, sondern einen ganz besonderen«, präzisierte Tanja am anderen Ende der Leitung. »Einen richtigen Herzenswunsch. Irgendetwas, was ich nicht mitbekommen habe.«

»Moment, bitte.« Milena brauchte jetzt beide Hände zum Kurbeln, legte das Telefon auf den Beifahrersitz, aber da konnte sie kurbeln, wie sie wollte. Sie fluchte, legte den ersten Gang ein. »Sein größter Wunsch?« Sie nahm den Hörer wieder auf. »Das kann ich dir sagen: Eine Playstation, und zwar die teuerste, die es auf dem Markt gibt. Aber ich bin dagegen, wie du dir denken kannst. Und wie doof von mir: Warum verrate ich dir den Wunsch dann überhaupt?«

»Du bist altmodisch.«

»Der Junge soll lesen, damit seine Phantasie angeregt wird. Und wenn er nicht lesen will, soll er an die frische Luft und sich bewegen.«

»Dann schenke ich ihm ein Basketballtrikot.«

»Das finde ich eine sehr gute Idee!«

»Okay, schlechtes Zeichen. Übrigens: Vielleicht bringe ich Stefanos mit.«

»Sehr gerne, Süße. Wir sehen uns spätestens am Samstag.«

Kurz darauf betrat Milena das Hotel Amsterdam. Hinter der Theke war ein blondgefärbter Dutt zu sehen und ein großer Strauß roter Gladiolen. Jurijs Mutter telefonierte leise. Milena grüßte und schaute sich um. Obwohl es mitten am Tag war, brannten die grünen Lampen über dem Tresen. Auf einem der Tische am Fenster lag eine Tageszeitung, als hätte dort eben noch jemand gesessen und gelesen. Das hieß, es gab bereits die ersten Gäste.

»Was kann ich für Sie tun?« Frau Pichler legte eine Hand über den Hörer und schaute Milena fragend an. Ihr Gesichtsausdruck war so neutral, dass Milena nicht sicher war, ob die Frau sie überhaupt wiedererkannte.

»Ich hatte bei Ihrer Schwiegertochter gestern ein Doppelzimmer vorbestellt«, begann Milena, »und jetzt muss ich es leider wieder absagen.«

Frau Pichler setzte ihre Brille auf und schaute in das Buch, das sie vor sich liegen hatte.

»Lukin ist mein Name«, sagte Milena. »Es ist mir sehr unangenehm.«

»Sie hätten sich nicht extra herbemühen müssen. Ich storniere das.« Die Frau machte eine Notiz. »Im Moment komme ich bloß nicht ins Computerprogramm. Aber wie gesagt: überhaupt kein Problem.«

»Ich möchte das Zimmer trotzdem bezahlen und Sie bitten, mir eine Rechnung zu machen. Meine Schusseligkeit, dass ich vorher nicht noch einmal Rücksprache mit meinem Ex gehalten habe, soll nicht Ihr Schaden sein. Sie hätten das Zimmer ja inzwischen anderweitig vergeben können.«

Frau Pichler nahm den Hörer. »Ich rufe dich gleich zurück«, sagte sie, drückte einen Knopf auf dem Apparat und schaute wieder hinunter in den Kalender. »Also gut. Drei Übernachtungen. Am besten, Sie besprechen das mit meiner Schwiegertochter.«

Milena nickte. »Ist sie da?«

»Nein, und ich weiß auch nicht, wann sie wiederkommt. Haben wir Ihre Nummer?«

»Am liebsten hätte ich die Sache jetzt sofort beglichen.« Milena holte eine Visitenkarte aus ihrem Portemonnaie und schrieb auf die Rückseite ihre Mobilnummer. »Es tut mir übrigens immer noch leid«, sagte sie dabei, »dass ich letzthin das Gespräch mit Ihrer Tochter mitangehört habe.«

»Sie müssen sich nicht ständig für alles entschuldigen.«

»Aber es ist mir ein Bedürfnis.« Milena legte ihre Visitenkarte auf den Tresen. »Herr Stojković wird alles daransetzen, um herauszufinden, was mit Ihrem Sohn passiert ist.«

»Richten Sie ihm aus, dass er uns in Ruhe lassen soll. Jurij wird davon nicht wieder lebendig.« Frau Pichler klappte laut das Buch zu. »Wir müssen jetzt einfach nur versuchen weiterzumachen und akzeptieren, was passiert ist. Das gilt auch für meine Schwiegertochter.«

»Das kann sie aber erst, wenn sie die Fakten kennt.«

»Jurij hätte nie zurückkommen dürfen. Das sind die Fakten. Man muss die Vergangenheit ruhen lassen.«

»Hatte Jurij Kontakt zur Familie des ermordeten Jungen aufgenommen?«

»Nicht, dass ich wüsste.«

»Wurde er bedroht?«, fragte Milena. »Werden Sie bedroht?«

»Welchen Floh hat Karen Ihnen ins Ohr gesetzt?« Die Augen von Frau Pichler blitzten. »Nein, wir werden nicht bedroht.«

Milena zog den Reißverschluss ihrer Tasche zu. »Eine letzte Frage: Jurijs Freund Luca, der damals verurteilt wurde …«

»Tut mir leid.«

»Wissen Sie, wie er mit Nachnamen heißt? Oder wo wir ihn finden könnten? Lebt er hier in Belgrad?«

»Auch diese Frage kann ich Ihnen nicht beantworten.«

»Das glaube ich Ihnen nicht.«

»Das ist nicht mein Problem. Bitte gehen Sie jetzt.«

»Ihr Sohn wollte sich seiner Verantwortung stellen, das sollten Sie anerkennen.« Milena nahm ihre Tasche. »Auf Wiedersehen.«

Draußen vor dem Haus zündete sie sich eine Zigarette an und pustete verärgert den Rauch in die Luft. Jurijs Mutter war verängstigt, verhärmt, und es stand Milena nicht zu, über sie zu urteilen. Sie wusste nichts darüber, was Frau Pichler in ihrem Leben erduldet und erlitten hatte, welchen Ängsten und Erfahrungen sie ausgesetzt war.

Diese Gedanken gingen ihr im Kopf herum, während sie im Feierabendverkehr auf dem König-Alexander-Boulevard fuhr und schließlich bemerkte, dass in ihrer Tasche das Telefon klingelte. Sie warf ihre Zigarette aus dem Fenster und nahm das Gespräch an.

»Sultan Rostas«, sagte eine weibliche Stimme, und es dauerte zwei Sekunden, bis Milena begriff, dass Eremina am anderen Ende der Leitung war. Sie klang ganz aufgeregt. »Er hat sein Büro in der Admiral-Straße«, sagte sie. »Wenn Ihnen jemand bei der Suche nach den Jovanovićs helfen kann, dann Sultan. Haben Sie etwas zu schreiben? Nummer zwölf. Er erwartet Sie dort.«

»Wann?«

»Jetzt«, antwortete Eremina. »Oder passt es Ihnen nicht?«

»Danke, Eremina. Du hast mir sehr geholfen.« Milena machte an der nächsten Ampel kehrt.

Haus Nummer zwölf in der Admiral-Straße war eines dieser Gebäude aus der frühen Tito-Zeit, die der damaligen Aufbruchstimmung im jungen Jugoslawien ein modernes Gesicht gaben. Davon war allerdings nichts mehr übrig. Die schön geschwungenen Balkone waren fast alle in Selbstbauweise zugemauert oder mit einem Sammelsurium an Fenstern, teilweise mit Plane, geschlossen worden. Das pastellfarbene Konzept war einem phantasielosen Einheitsanstrich gewichen, der allerdings auch nicht verbergen konnte, dass der Putz an allen Ecken und Enden bröckelte.

Auf dem Klingelbrett neben der Haustür war kein »Rostas« zu finden. Ein Stück weiter gab es allerdings noch eine zweite Tür, ziemlich niedrig, und ein quadratisches Fenster, das man ohne Rücksicht auf Symmetrie und Fassadengliederung in die Erdgeschosszone gehauen hatte. Auf dem Schild über dem Briefkastenschlitz ohne Klappe stand handgeschrieben auf einem Klebestreifen, kaum lesbar: »Sprechstunde nach Vereinbarung«.

Unter normalen Umständen hätte Milena hier keinen Fuß hineingesetzt, aber von normalen Umständen konnte ja auch keine Rede sein. Inzwischen war sie sich fast sicher, dass Jurij Pichler vor seinem Tod Kontakt zur Familie Jovanović aufgenommen hatte. Und dass dieser Kontakt zu einem Treffen an der Donau geführt haben könnte und möglicherweise zu einer Kurzschlusshandlung. Milena drückte die Klinke und stellte fest, dass die Tür nur angelehnt war.

Der Raum lag im Halbdunkel und war von einem Brummen und einem blumigen Duft erfüllt, der aber nicht unangenehm war.

»Kommen Sie herein!« Der Mann hinter dem Schreibtisch stellte den elektrischen Rasierapparat ab und erhob sich von seinem Sessel. »Frau Lukin, richtig? Freut mich.« Er war so groß, dass er mit seinem Kopf fast an die Decke stieß. Sultan Rostas stellte sich vor und streckte ihr seine Hand entgegen.

Es war seltsam, aber Milena hätte den Mann auf den ersten Blick für einen Angehörigen der Roma gehalten. Warum eigentlich? Wegen seiner schwarzen Augen, dem dunklen Teint, der schmalen Nase? Sein Backenbart war akkurat gestutzt, der Anzug saß wie maßgeschneidert. Über seine Brille hinweg – ein schon etwas aus der Mode gekommenes Metallgestell – musterte er Milena. »Bitte nehmen Sie Platz.«

»Verzeihen Sie.« Milena stellte ihre Tasche neben den Stuhl. »Aber darf ich fragen, wo genau ich mich hier eigentlich befinde?«

»Sie sind in der Roma-Hilfe gelandet, und zwar mittendrin.« Sultan Rostas machte eine ausholende Handbewegung, die die schäbige Sitzgruppe mit Topfpalme und buntem Wandteppich einbezog. Er zuckte entschuldigend mit den Schultern. »Wir sind nur eine Handvoll ehrenamtlicher Halbverrückter. Bitte.« Er setzte sich. »Wie kann ich Ihnen helfen?«

»Danke, dass es so schnell geklappt hat und Sie mich heute noch empfangen können.« Milena fingerte eine Visitenkarte aus ihrem Portemonnaie. »Erinnern Sie sich an den Fall von dem kleinen Dušan Jovanović? Ein zehnjähriger Junge. Er wurde von zwei Jugendlichen auf der Belgrader Straße zusammengeschlagen und getötet. Das Ganze ist jetzt fünfundzwanzig Jahre her.«

»Ich erinnere mich nicht speziell an diesen Fall, aber an viele andere.« Sultan Rostas betrachtete die

Visitenkarte zwischen seinen Fingern und sagte: »Eremina hatte es am Telefon schon angedeutet, aber ich würde gerne wissen, warum interessiert Sie ausgerechnet dieser Fall?«

Milena versuchte, es sich auf dem harten Stuhl bequem zu machen, schlug ein Bein über das andere und erzählte, dass ihr bester Freund und Anwalt, Siniša Stojković, mit der Verteidigung eines gewissen Jurij Pichlers betraut gewesen war – einem der beiden Täter von damals, der direkt nach der Tat von seinen Eltern ins Ausland verfrachtet worden war und vor wenigen Monaten zurückkam, um sich seiner Verantwortung und der serbischen Justiz zu stellen.

Sultan Rostas verschränkte die Arme vor der Brust. »Und?«

»Jurij Pichler wurde vergangene Woche tot aus der Donau gezogen. Die Polizei geht von Selbstmord aus, aber es gibt Ungereimtheiten.« Milena beugte sich vor. »Es ist zwar Spekulation«, sagte sie, »aber einiges spricht dafür, dass Jurij Pichler Kontakt zu der Familie des getöteten Jungen, den Jovanovićs, aufgenommen haben könnte. Darum suche ich diese Leute. Ich würde gerne mal mit ihnen sprechen.«

»Um ihnen am Ende einen Mord in die Schuhe zu schieben?«

Milena schüttelte überrascht den Kopf. »Davon kann keine Rede sein.«

»Aber Sie stellen die Familie schon einmal vorsorglich unter Generalverdacht.«

»Das ist Ihre Interpretation, aber wenn Sie es so nennen wollen – bitte. Ich möchte der Sache einfach nachgehen, und sei es nur, um herauszufinden, dass es ein Hirngespinst von mir ist.«

Sultan Rostas nahm seine Brille ab. »Warum überlassen Sie das alles nicht der Polizei?«

»Die Polizei hat die Ermittlungen eingestellt, ohne sie überhaupt richtig aufgenommen zu haben.«

»Und wollen Sie es nicht einfach dabei belassen?«

Milena lehnte sich zurück. »Ist es das, was Sie mir raten wollen?«

Sultan Rostas fuhr sich mit der Hand über die Augen. »Kommen Sie«, sagte er und stand auf.

»Wohin?«

»Ich lade Sie zu einem Kaffee ein.«

Während sie nebeneinander die Straße entlanggingen, hatte Milena Mühe, mit seinem Tempo und seinen großen Schritten mitzuhalten.

»Ich muss Ihnen leider sagen, ich kann diese Vorurteile nicht mehr hören: Roma stehlen, betteln, sind primitiv, kulturlos und archaisch und rachsüchtig. Aber bei aller Kritik, eines muss man ihnen lassen, Musik machen können sie, da sind sie einsame Spitze. Habe ich recht? Deshalb dürfen sie auch auf keiner anständigen Hochzeit fehlen. Doch auch da gilt: Vorsicht, wenn man sich diese Leute ins Haus holt. Zigeuner klauen und lassen alles mitgehen, was nicht niet- und nagelfest ist.«

Milena blieb stehen. »Ich weigere mich, mich mit Ihnen auf diesem Niveau zu unterhalten.«

»Und es ist ja auch etwas Wahres dran«, fuhr Sultan Rostas fort. »Viele Roma kennen keinen Rechtsstaat und halten sich an keine Gesetze. Die eigene Sippe geht ihnen über alles. Wenn es die zu schützen oder zu rächen gilt – wer weiß? Da bringen sie vielleicht auch mal einen Menschen um.«

»Das habe ich so nie gesagt.«

»Aber gedacht.« Sultan Rostas hielt Milena die Tür auf und schaute ihr direkt in die Augen.

»Das ist eine Unterstellung«, erwiderte sie.

Sie bestellte Espresso, schwarz, und Sultan Rostas schloss sich ihr an.

»Sehen Sie die junge Frau hinter dem Tresen?«, fragte er. »Sie ist Teil der modernen Dienstleistungsgesellschaft, zahlt Steuern und hat Aufstiegsmöglichkeiten. Sie hat, obwohl sie zu uns Roma gehört, den Sprung geschafft, der Eremina noch bevorsteht. Ganz im Gegensatz zu dem armen Schlucker da draußen – auch einer von uns.«

Milena folgte seinem Blick aus dem Fenster, wo ein Mann in der Weste der Stadtreinigung dabei war, den Gehweg zu fegen.

»Was soll das?«, fragte sie. »Dieser Mann ist kein armer Schlucker, er hat eine Arbeit.«

»Für die sich jeder Serbe zu schade ist. So war es immer, dass wir die Arbeit machen, die keiner von euch machen will, und ich frage mich manchmal, ob sich das jemals ändern wird.«

»Ich weiß.« Milena nickte. »Roma werden diskriminiert und verfolgt, und das seit Jahrhunderten. Sie sammeln Müll und Flaschen, und der Sprung in ein besseres Leben ist für sie noch schwerer als für andere. Einverstanden. Aber ihr Roma seid trotzdem keine Heiligen. Und euer Problem liegt ganz woanders.«

Sultan Rostas lehnte sich zurück. »Jetzt bin ich mal gespannt.«

Milena riss das kleine Tütchen auf und schüttete sich den Zucker ins Getränk. »Roma fegen nicht nur den Müll, putzen an Autobahnen die Toiletten und schmuggeln an der Grenze die Zigaretten. Sie sitzen auch im serbischen Parlament und in der Akademie der Wissenschaften. Sie sind überall, in allen Schichten der Bevölkerung. Nur ziehen sie es vor, dort nicht als Roma in Erscheinung zu treten. Wer es geschafft hat, dreht sich nicht mehr um und kümmert sich, mit Verlaub, einen Scheißdreck um die eigenen Leute, die da draußen weiter den Müll sammeln, keinen Zugang zu Bildung und keine Aufstiegschancen haben. Ausnahmen bestätigen natürlich wie immer die Regel.«

»Danke, dass Sie das noch hinterhergeschoben haben.« Sultan Rostas trank seinen Espresso in einem Zug aus. »Sie haben natürlich nicht unrecht. Roma haben nicht wirklich eine politische Kultur und in dem Sinne kein kollektives Bewusstsein, das über ihre Sippe hinausgeht. Wenn Sie, zum Beispiel, Eremina nicht geholfen hätten, hätte es vielleicht niemand getan. Und das beschämt mich. Wirklich, Frau Lukin. Und ich entschuldige mich. Es war dumm von mir, Ihnen zu unterstellen, Sie würden in der Sache des kleinen Dušan Jovanović eine Vorverurteilung vornehmen. Ich bin wahrscheinlich einfach nur frustriert. Ein frustrierter ehrenamtlicher Halbverrückter.«

Milena betrachtete den Siegelring an seinem Finger. »Was machen Sie? Sie sind Roma – und Serbe?«

Er schüttelte den Kopf. »Mein Vater hatte einen Teppichhandel in Kroatien. Mit Beginn des Jugoslawienkrieges mussten wir alle fliehen, nur hat mein Vater leider die falsche Richtung gewählt, wir sind ins Kosovo. Den Jugoslawienkrieg haben wir dort überdauert, aber als danach für das Kosovo die

Unabhängigkeit kam, standen die Albaner natürlich zuallererst bei uns Roma vor der Tür und haben uns – wie soll ich sagen? – höflich gebeten, das Haus und das Land zu verlassen. Meine Eltern haben zwei Mal alles verloren, und mein Vater guckt sich heute noch bei Google Earth die Luftbildaufnahmen an und starrt am liebsten den ganzen Tag auf die Stelle, wo früher in Zagreb sein Geschäft war und wo sich heute ein Parkplatz befindet.« Sultan Rostas kratzte den Zucker aus seiner Tasse. »Wie gehen wir vor?«, fragte er. »Stichwort Dušan Jovanović, der kleine Roma-Junge. Ich will Ihnen ja gerne helfen, aber Jovanovićs gibt es wie Sand am Meer.«

»Nur eine Kleinigkeit.« Milena schob ihre Tasse beiseite. »In einem der alten Zeitungsartikel habe ich gelesen, der kleine Dušan sei an jenem Abend, als die Tat passiert ist, zum Kiosk gelaufen, um sich eine Tüte Drops zu kaufen.«

»Und?«

»Weil er eine gute Note nach Hause gebracht hat. Das heißt, dass man bei den Jovanovićs anscheinend Wert auf Bildung gelegt hat.«

Sultan Rostas rieb sich ratlos das Kinn. »Und was bedeutet das jetzt für uns?«

»Auch wenn es wieder wie ein Vorurteil klingt: Vielleicht müssen wir nicht unbedingt in den Roma-Siedlungen suchen. Möglicherweise sind die

Jovanovićs ganz regulär als steuerzahlende Bürger irgendwo gemeldet.« Sie wickelte sich ihr Tuch um den Hals. »Nur für Ihren Hinterkopf. Ich weiß nicht, was Sie für Kontakte und Möglichkeiten haben. Ich für meinen Teil werde mir noch einmal die alten Zeitungsartikel vornehmen. Vielleicht findet sich da noch irgendein Hinweis, den ich beim ersten Lesen übersehen habe.«

Sultan Rostas hob ihre Tasche vom Boden auf. »Wenn der Täter von damals, dieser Mann …« Er reichte ihr die Tasche.

»Sie meinen: Jurij Pichler?«, fragte Milena.

Sultan Rostas nickte. »Was ich sagen will: Wenn Jurij Pichler es geschafft hat, die Jovanovićs zu finden, dann schaffen wir es auch.«

»Danke.« Sie nahm ihre Tasche und hängte sie sich um. »Das wäre sehr hilfreich.«

18

Mit dem Telefon am Ohr lehnte Luca sich in seinem Sessel zurück. Sein »Chefsessel«, wie Cecilia immer sagte. Legte sogar, was er sonst nie machte, die Füße auf den Tisch, als müsste er vor sich selbst eine Gelassenheit demonstrieren, die ihm jedoch abhanden gekommen war, und zwar genau an dem Tag, als Jurij in sein Leben zurückgekehrt war. Er verfluchte diesen Tag.

»Tut mir leid, Liebling«, sagte er zerstreut und klemmte den Hörer mit der Schulter fest, damit er besser blättern konnte. »Rein optisch: auf jeden Fall. Aber leider hat das Mädel die ganze Zeit nicht die Zähne auseinanderbekommen. Und was wir für ein Unternehmen sind – davon hatte sie auch keine Ahnung.«

»Du bist zu streng«, mahnte Cecilia am anderen Ende der Leitung. »Und du brauchst Leute. Eher heute als morgen. Zwei Neueröffnungen stehen bevor, und denk an die Einarbeitungszeit.«

»Ich weiß, was ich tue, Cecilia, ich bin kein Anfänger.« Wütend warf er die Bewerbungsmappe auf den Haufen zu den übrigen Nieten und wusste im selben Moment, dass er sich im Ton vergriffen hatte – was ihn noch wütender machte. Aber Cecilias verdammte Ausgeglichenheit, ihre Rationalität, immer so sanft zur Schau getragen, brachte ihn auf die Palme. Weil sie ihm damit nur zeigte, wie unsouverän er geworden war. Seit dem Treffen mit Jurij, vor eineinhalb Wochen, war er einfach nicht mehr er selbst, und es war wohl nur eine Frage der Zeit, bis Cecilia da einen Zusammenhang herstellte, wenn sie es nicht schon längst getan hatte, und anfangen würde, ihn zu löchern.

»Entschuldige, Liebes«, sagte er. »Ich bin im Moment einfach ein bisschen überarbeitet.«

Er beendete das Telefongespräch, nahm sein Sakko von der Lehne und ging den Gang hinunter. Auf der Treppe roch es nach gutem Olivenöl und angebratenem Knoblauch.

Wenigstens in der Küche funktionierte alles reibungslos: Samir, sein letzter Neuzugang, arbeitete flink und umsichtig, ein Lichtblick unter seinen Angestellten. Wie Meike, die es in wenigen Monaten schon zur Restaurantleiterin gebracht hatte. Unaufgefordert reichte sie ihm die Tüte mit aufeinandergestapelten, in Alufolie verpackten Behältern.

»Ravioli mit Pesto«, sagte sie, »dazu Auberginen, Tomatensalat und etwas Brot.«

»Und zum Nachtisch?«
»Tiramisu. Ist das in Ordnung?«
»Perlen vor die Säue«, murmelte Luca.
»Wie bitte?«
»Schon in Ordnung.« Er nahm die Tüte.

Draußen schien die Sonne und brachte die Muttergottes zum Leuchten, die ein Straßenkünstler vor seinem Lokal auf das Trottoir malte. Luca bekreuzigte sich und warf einen Schein in den Hut.

Sein Problem war: Er konnte Cecilia nicht von jenem Abend mit Jurij erzählen, ohne zu riskieren, dass eine Frage zur nächsten führte. Bestimmte Türen mussten einfach geschlossen bleiben. Es war gut, wenn Cecilia glaubte, alles über ihn zu wissen. Nicht, weil er sich schämte. Im Gegenteil. Aber es war ein abgeschlossener Bereich in seinem Leben. Die zweite Tat musste unbedingt geheim bleiben, und die Verbindung zu den alten Kameraden hatte er schon lange gekappt. Dass diese Entscheidung richtig war, zeigte die Reaktion von Jurij. Nur eine Frage hatte er mit leiser Stimme gestellt: »Ist das wirklich wahr, Luca?« Und ein Blick in seine entsetzten Augen hatte ihm gezeigt, dass in diesem Moment eine Zeitbombe zu ticken begann.

Luca schaute zurück auf sein Restaurant, durch den Regenbogen hindurch, der über dem Springbrunnen im sprühenden Wasser entstand, sah den goldenen Schriftzug und die gestreiften Markisen. All das hatte er sich aufgebaut, und er würde nicht zulassen, dass er es wieder verlor, nur weil er sich in einem Moment ohne Not hinreißen ließ, das Bild abhängte, den Tresor öffnete und das verdammte Ding herausgeholt hatte. Er hatte gedacht, er müsste all den tollen Geschichten, die Jurij erzählte, etwas entgegensetzen, etwas Großes, das nicht zu übertreffen war.

Die Tüte am Handgelenk, ging Luca die Straße hinunter, nahm die Abkürzung, den alten Pfad, stieg hinter den Müllcontainern die Treppe hinauf und kam bei der Terazije-Straße heraus. Er musste nicht klingeln, das würde der Alte sowieso nicht hören, sondern steckte den Schlüssel ins Schloss, öffnete und rief: »Ich bin's!«

In der Küche stellte er die Tüte ab. Was der Alte mittlerweile an Medikamenten bekam, war nicht mehr normal. Der Berg auf der Anrichte wurde immer größer. Und wie es hier stank. Luca riss das Fenster auf, nahm die Alufolie von den Behältern ab, stellte alles auf das klebrige Tablett und ging damit durch den dunklen Flur.

Dass ausgerechnet er sich um seinen Großvater kümmerte, war nach allem, was der Alte ihm angetan hatte, noch der größte Witz. Cecilias Worte. Andererseits gab es außer ihm ja niemanden mehr, der den Job übernehmen würde. Und was ihn immer wieder tröstete: Irgendwann würde der Tag kommen, an dem er hier ins Zimmer trat, und der Alte im Sessel würde nicht mehr atmen. Was würde er dann tun? Einen Freudentanz aufführen? Dem Alten die Hände über dem Wanst falten, gar ein kurzes Gebet sprechen?

»Entschuldige, Großvater, ich bin spät.« Er stellte das Tablett ab. »Aber im Betrieb war einiges los, da bin ich nicht so schnell weggekommen.«

Der Vollbart des Alten war über der Oberlippe akkurat gestutzt und ging am Hals in dichtes Brusthaar über. Auf den eingefallenen Wangen verlief ein feines Geäst aus violetten geplatzten Äderchen, und in den buschigen Brauen hingen Schuppen, teilweise so groß wie geraspelte Mandeln. Alles wie immer. Nur die Augen waren geschlossen.

Luca beugte sich vor. Die Haut war normalerweise nicht so blau, eher gelblich. Irgendetwas stimmte hier nicht. War es jetzt so weit? Er hielt den Atem an.

Der Alte fuhr hoch, hustete, und ein säuerlicher Geruch verbreitete sich. »Du bist spät!«, krächzte er.

Luca steckte den Löffel in die Pasta und schob seinem Großvater den Plastiknapf hin. »Dein Essen«, sagte er. »Es steht vor dir.«

Das Sofa war so niedrig, dass er zu seinem Großvater aufsehen musste. Die Pupillen, klein wie Stecknadelköpfe, fixierten ihn. Wie ertappt senkte Luca den Kopf.

»Was ist los?« Der Alte schmatzte leise. »Gibt es etwas, was du mir sagen willst?«

»Warte, ich hole dir eine Serviette.« Luca erhob sich.

»Antworte, wenn ich dich etwas frage. Und setz dich gefälligst. Ich sehe es an deinem Blick. Da stimmt doch etwas nicht.«

Luca gehorchte, legte die Hände flach auf seine Schenkel und fragte: »Erinnerst du dich an Jurij Pichler?«

Der Alte hörte auf zu kauen. »Pichler? Der Junge aus dieser Faschistenfamilie?«

»Wir haben uns getroffen.«

»Wann?«

»Zwei Mal. Erst im Restaurant, dann bei mir zu Hause.«

»Er ist zurückgekommen?«

»Und ist jetzt sogar verheiratet.«

Der Alte schüttelte den Kopf und aß weiter. »Er ist eine taube Nuss. Ein verzärteltes Muttersöhnchen, indoktriniert von dieser Familie. Das habe ich immer gesagt. Halte dich von dem Pichler fern.«

Luca machte die Augen zu und sagte: »Großvater, hör mir zu. Ich glaube, ich habe einen Fehler gemacht.«

Der Alte starrte ihn wortlos an. Dann fuhr er fort zu essen.

»Ich weiß nicht, wie es passiert ist«, sagte Luca.

»Ich will nichts davon hören«, unterbrach ihn der Alte.

»Wir saßen beisammen, und ich bin ins Reden gekommen.«

»Und hast ihm von deiner Schandtat berichtet, richtig? Wolltest dich wichtig machen. Dann hast du jetzt ein Problem.«

»Bitte, Großvater, was soll ich tun?«

Der Alte griff nach seinem Stock, und Luca zog reflexartig den Kopf ein.

»Du bist ein Tratschweib, und du bist dumm.« Der Alte schaute spöttisch auf ihn herab. »Aber ich wusste, dass es irgendwann passieren wird. Dass du dich hinreißen lässt und dein Maul nicht halten kannst.«

Schritt für Schritt ging der Alte aus dem Raum. »Und dass es dir bei deinem Busenfreund, dem Pichler, passiert, hätte ich dir auch vorhersagen können«, grummelte er. »Aber deine alten Freunde werden das nicht lustig finden. Es wird herauskommen und die Runde machen, und dann werden sie dich finden, egal, wohin du gehst und wo du dich versteckst.« Der Alte war schon im Flur, als er sagte, und es war kaum noch zu verstehen: »Wer weiß, vielleicht warten sie unten ja schon auf dich.«

Luca hörte den Stock, den beständigen, langsamen Takt und rührte sich nicht. Er wusste, dass er einen Fehler gemacht hatte, und er kämpfte mit sich und dem einen Gedanken: alles kurz und klein schlagen, hier und jetzt. Wie damals, bis es nichts mehr gab, nur noch Stille.

Luca stand auf und trug den Abfall in die Küche. Wenn er neben dem Schießen und dem Gehorsam etwas in seiner Ausbildung gelernt hatte, dann war es, die Beherrschung zu bewahren.

## 19

Träge schoben sich Autos und Lastwagen aneinander vorbei, ohne dass es nennenswert voranging, und dass Milena von einer Spur auf die andere wechselte, half auch nicht weiter. Wenn die Maschine aus Hamburg keine Verspätung hatte, würde Philip in dieser Minute landen.

»Hey, wir kommen schon noch rechtzeitig«, sagte Milena und schaute besorgt in den Rückspiegel. »Wollen wir wetten? Um eine Kugel Marzipaneis?«

Adam antwortete nicht. Blass vor Aufregung, saß er angeschnallt auf dem Rücksitz und schaute stumm zum Seitenfenster hinaus. Milena wünschte, sie hätte hinter der Branko-Brücke den Schleichweg genommen, statt auf der Autobahn stadtauswärts zu bleiben, was um diese Uhrzeit, wenn man es eilig hatte, absolut hirnrissig war. Aber sie war abgelenkt gewesen. Siniša hatte am Telefon ihren Ausflug in die Roma-Siedlung und dann zu Sultan Rostas als »unverantwortlich« gegeißelt. Als Frau, ohne männlichen Schutz, »bei den Zigeunern«.

Milena hatte es vorgezogen, nicht zu widersprechen, denn was Siniša eigentlich sagen wollte, aber nicht über die Lippen brachte, war: Warum hast du mich nicht mitgenommen?

Ihr Telefon klingelte.

»Das ist Papa!«, schrie Adam. »Wetten?«

Ein Blick auf das Display zeigte, dass der Junge leider recht hatte.

Milena nahm das Gespräch an. »Wo seid ihr?«, rief sie ins Telefon.

»Drei Mal darfst du raten.« Philips Stimme am anderen Ende klang ganz fröhlich. Er verkündete, sie seien bereits durch die Passkontrolle und würden jetzt auf ihr Gepäck warten. »Kann sich also nur noch um Stunden handeln«, sagte er.

»Wunderbar«, antwortete Milena.

»Dann treffen wir uns gleich am Ausgang?«

»Ich habe eine bessere Idee«, sagte Milena und schlug, um Zeit zu gewinnen, als Treffpunkt das Café in der Abflughalle vor, im ersten Stock. »Der Cappuccino dort ist phantastisch«, log sie.

Nachdem Milena aufgelegt hatte, fragte Adam leise: »Sie sind also schon da?«

»Und sie können es kaum abwarten, dich zu sehen.«

Dass sich der Stau auf den letzten Kilometern überraschend auflöste und es dann doch schneller ging als gedacht, war Glück, und dass auf dem Parkdeck, gleich vorne, beim Übergang zum Flughafengebäude, ein Parkplatz frei wurde, unfassbar. Milena hatte noch nicht den Motor ausgestellt, da stieß Adam bereits die Tür auf.

»Warte!«, rief sie und versuchte, rasch so viel Cellophanpapier und Zeug wie möglich aus der Ablage mitzunehmen. »Pass auf mit dem Verkehr!«

Sie lief ihm hinterher, über den Zebrastreifen in die Haupthalle hinein, ein Zickzackkurs um Menschen und Gepäckwagen herum – freilich ohne eine Chance, ihn einzuholen. Erst oben, am Ende der Rolltreppe, als Adam stehen blieb und sich aufgeregt umschaute, war sie hinter ihm – und mit ihrer Körpergröße eindeutig im Vorteil.

»Da!« Sie zeigte auf die beiden Gestalten am Tresen.

Adam rannte los, und Milena beobachtete, wie Philip, als würde er die Energie spüren, sich umdrehte. Wie er es gerade noch schaffte, die Tasse abzustellen, und weit die Arme ausbreitete.

Er fing seinen Sohn auf, drehte sich einmal mit ihm um die eigene Achse. Das Glück dieser beiden Menschen, die endlich wieder beisammen waren, war so vollständig und traf Milena so unvorbereitet, dass es ihr fast den Boden unter den Füßen wegzog. Wann hatte sie die beiden auch schon zuletzt zusammen gesehen? Gewöhnlich setzte sie ihr Kind in den Oster- oder Herbstferien ins Flugzeug nach Hamburg, Paris oder wo immer Philip geruhte, seinen Sohn zu empfangen, und nahm ihn eine Woche später wieder in Empfang. Sie versuchte, ihre Eifersucht zu bekämpfen, aber das Gefühl, dass sie jetzt, von einem Moment auf den anderen, völlig überflüssig war, trieb ihr fast die Tränen in die Augen.

Tapfer lächelnd wandte sie sich der jungen Frau zu, die etwas abseits bei den Koffern stand und so unerschütterlich fröhlich dreinschaute, dass es sich nur um eine Person handeln konnte.

»Hallo, Jutta«, sagte Milena. »Herzlich willkommen in Belgrad.«

Jutta ignorierte Milenas Hand und umarmte sie so fest, als hätte sie schon lange auf diesen Moment gewartet. Nach einer Schrecksekunde erwiderte Milena die Umarmung sanft und ignorierte das blonde Haar, das ihr dabei zwischen die Lippen geriet. Die Frau konnte ja nichts dafür, dass sie gut fünfzehn Jahre jünger war als Milena, blond, sportlich und gesund, und dass sowieso jede Frau an Philips Seite in Milenas Augen immer eine höchst problematische Person sein würde.

Philips Umarmung fiel kurz und weit weniger herzlich aus, und darin lag eine Ehrlichkeit, die

Milena als wohltuend und gleichzeitig erschütternd empfand.

»Habt Ihr einen guten Flug gehabt?«, fragte sie.

»Bis auf diese pappigen Brötchen«, sagte Philip, und Milena stellte fest, dass ihm mittlerweile auch schon ein kleiner Bauch über dem Gürtel hing, während die kleine Glatze am Hinterkopf sich ja schon damals abzuzeichnen begann. Trotzdem war er auf eigenartige Weise immer noch hübsch. Den Mund, diese schön geschwungenen Lippen, hatte Adam definitiv von seinem Vater geerbt.

»Und die Dinger werden einem ja nicht serviert«, setzte Philip hinzu, »sondern vorgeknallt. Typisch Osteuropa.«

Seine letzten Worte versetzten Milena einen Stich, doch bevor sie etwas entgegnen konnte, zeigte Adam auf den größeren der beiden Koffer und rief: »Sind da meine Geschenke drin?«

Auf der Fahrt in die Innenstadt saßen Vater und Sohn aneinandergeschmiegt auf der Rückbank, während Jutta auf dem Beifahrersitz Platz nahm. Milena befürchtete, dass dies die Konstellation für die nächsten Tage sein könnte.

»Es ist so schön, dich endlich kennenzulernen«, erklärte Jutta beim Anschnallen und verkündete: »Mein Gott, ich bin so aufgeregt. Zum ersten Mal in Belgrad!«

Milena lächelte und erklärte erst einmal, wer Nikola Tesla war, der Namensgeber dieses Flughafens, gebürtiger Serbe, Entdecker des Wechselstroms, und wo sie schon mal am Dozieren war, erläuterte sie auch gleich, dass Belgrad auf Serbisch »die weiße Stadt« hieß und über viele Jahrhunderte von den Türken besetzt war, dann von den Habsburgern, und dass die östlichen und westlichen Einflüsse bis heute nicht nur an der Architektur abzulesen waren, sondern auch am kulinarischen Angebot, vor allem Torten und Gebäck. Sie deutete im Vorbeifahren auf ihr Lieblingsgebäude, den Palast Serbiens, ein Architekturdenkmal aus den frühen sechziger Jahren, der Tito-Zeit, aber mehr Eindruck machte freilich der Siegesbote, dieses hochaufragende Denkmal an der äußersten Spitze der Festung Kalemegdan, und natürlich das Altstadtpanorama mit den prächtigen Kuppeln der Paläste des Patriarchen und der Fürstin Ljubica und der zierliche grüngoldene Turm der Michaelskirche.

»Belgrad ist die schönste Stadt der Welt«, erklärte Adam, und Milena beschloss, die Bombenangriffe der Deutschen aus den Jahren 1941 und 1999, die überall in der Stadt bis heute tiefe Narben hinterlassen hatten, erst zu einem späteren Zeitpunkt zu erwähnen.

»Bitte schön«, sagte sie und brachte das Auto vor

dem Haupteingang des Hotel Moskau zum Stehen. Während der Page das Gepäck aus dem Kofferraum holte und Adam vor Aufregung hüpfte, legte Philip verliebt einen Arm um seine Jutta, und Milena fühlte sich plötzlich wie eine Taxifahrerin, eine unbeteiligte Zuschauerin eines fremden Lebens, in dem sie nichts zu suchen hatte.

»Bis später, mein Küken«, sagte sie und strich Adam über den Kopf. »Um acht hole ich dich ab.« Aber der Junge entwand sich und beobachtete interessiert, wie der Kofferjunge Rucksack und Reisetasche gleichzeitig schulterte und es sogar noch schaffte, den abgewetzten kleinen Koffer zu schleppen, eine altmodische Hartschale, die Milena – wie sie mit Schrecken erkannte – noch mit in die Ehe gebracht hatte.

Erst als sie sich wieder in den Verkehr einfädelte, durfte sie heulen. Es musste einfach sein: Ihr Lebensglück, die Ehe mit Philip, ihre große Liebe – alles perdu. Die Vergangenheit, der ganze Mist, holte sie mit einer solchen Wucht wieder ein, dass sie an den Straßenrand fahren und anhalten musste.

Nachdem sie sich ausgiebig geschneuzt und eine Zigarette angezündet hatte, beschloss sie, ein paar Schritte zu gehen und frische Luft zu schnappen. Sie stieg aus. Es war zu albern, dieses Selbstmitleid, und darin zu baden, als ob es in den nächsten Tagen um sie ginge. Sie war erwachsen, konnte mit der familiären Situation mal besser, mal schlechter umgehen. Adam war derjenige, um den sie sich sorgen und den sie schützen musste. Als Scheidungskind war er fatalerweise zwischen zwei Welten, zwei Sprachen und zwei egozentrischen Eltern hin- und hergerissen.

Ihr war nach einem Kaffee zumute, aber damit sah es in dieser Gegend schlecht aus. Sie war, wie sie erst jetzt bemerkte, in der Kronenstraße gelandet, die Belgrader Straße war gleich um die Ecke. Der Ort, an dem der kleine Roma-Junge zu Tode kam – das passte zu ihrer Stimmung. Sie holte ihr Telefon aus der Tasche und scrollte durch die Liste der gewählten Nummern. Siniša war sofort am Apparat.

»Hat dieser Sultan Rostas sich schon gemeldet?«, fragte er.

»Nein«, antwortete Milena. »Ich bin nur gerade in der Belgrader Straße und frage mich, wo genau es damals eigentlich passiert ist.«

»Vor dem Haus Nummer sechsundfünfzig«, sagte Siniša. »Den Kiosk gibt es immer noch.«

»Danke.«

»Was hast du vor? Bist du in Ordnung? Du klingst so seltsam.«

»Ich will mir nur mal ein Bild machen.«

»Falls ich mich vorhin im Ton vergriffen haben sollte, tut es mir leid«, meinte Siniša. »Ich mache mir nur Sorgen.«

»Adam ist jetzt bei seinem Vater«, antwortete Milena.

»Soll ich schnell mal vorbeikommen?«

»Nicht nötig«, sagte Milena. »Wir reden später.« Sie beendete das Gespräch.

Die Nummer sechsundfünfzig war erst im übernächsten Block, und wie steil die Straße auf diesem Abschnitt war, fiel ihr erst jetzt auf, wo sie nicht mit dem Auto, sondern zu Fuß unterwegs war. Schließlich tauchte auf der rechten Seite eine bunte Fahne mit der Werbung für Eiscreme auf.

Milena schaute sich um. Vielleicht war der kleine Dušan denselben Weg gegangen wie sie jetzt. Hier, an dieser Ecke, mussten ihm die beiden Jugendlichen – Jurij Pichler und sein Freund Luca – aufgelauert haben. Ab hier hatten sie ihn mit Rempeleien, Tritten und Schlägen bis zum Kiosk begleitet. Und dort war er dann gestorben.

Eine kleine Treppe führte zur Ladentür, die überall mit bunten Aufklebern verziert war. »Bis 24 Uhr geöffnet«, stand auf einem Schild, das an der Klinke baumelte. Wenn es das große Fenster schon damals gegeben hatte, konnte man möglicherweise die ganze Tragödie live von da drinnen mitverfolgen. Die Tat passierte gegen 22 Uhr. Niemand, auch keiner der Passanten, war eingeschritten. Nur einer, irgendjemand, hatte die Polizei gerufen, aber da war es schon zu spät.

»Kann ich Ihnen helfen?« Oben in der Tür stand ein Mann in Jeans und T-Shirt und zündete sich eine Zigarette an.

Milena hielt sich die Hand über die Augen, um ihn besser sehen zu können. Der Mann trug einen modischen Vollbart. »Arbeiten Sie hier schon lange?«, fragte sie.

Er pustete den Rauch in die Luft. »Wieso?«

Am Bordstein gleich neben dem Halteverbotsschild stand ein kleines Glas, aus dem halbverwelkt ein Strauß Maiglöckchen ragte.

Maiglöckchen, dachte Milena, die Blume der Roma.

»Von wem sind die?«, fragte sie.

»Ich glaube, der Kerl hat einen Dachschaden. Stellt die Blumen ab, sagt nichts und geht wieder. Ich gebe ihm manchmal einen Schnaps aus, und, ehrlich gesagt, glaube ich, ist das auch der Grund, warum er immer wieder angelatscht kommt.«

»Kennen Sie seinen Namen?«

»Keine Ahnung.«

Milena stellte einen Fuß auf die erste Stufe. »Wissen Sie eigentlich, was hier, an dieser Stelle, wo jetzt die Blumen stehen, vor fünfundzwanzig Jahren passiert ist?«

Der Mann schnippte seine Zigarette weg. Die Kippe rollte über den Gehweg, schlug ein paar Funken und blieb am Bordstein liegen, nicht weit von den Maiglöckchen entfernt. »Ich schätze, Sie werden es mir gleich erzählen.«

»Hier wurde ein kleiner Roma-Junge zu Tode geprügelt, vor Ihrem Kiosk.«

»Ein Zigeuner?«

»Von zwei Jugendlichen.«

»Sind Sie von der Presse?«

Milena schüttelte den Kopf. »Ich bin privat hier. Wie oft kommt der Mann mit den Blumen?«

»Der Penner? Meinen Sie, der hat etwas mit der Sache zu tun?«

»Vielleicht ist er ein Verwandter von dem toten Jungen. Wenn er wieder hier auftaucht, oder die Frau, könnten Sie mir dann Bescheid geben?«

Der Mann nahm ihre Visitenkarte, schaute kurz darauf – und gab ihr die Karte wieder zurück.

»Sorry«, sagte er. »Ich will mit der Sache nichts zu tun haben.« Drehte sich um, verschwand im Laden und machte die Tür hinter sich zu.

Resigniert wandte sich Milena ab. Die Vorstellung, dass hier jemand, vielleicht seit fünfundzwanzig Jahren, im Andenken an den kleinen Jungen regelmäßig Blumen hinstellte, war verrückt. Sie hatte eine Idee.

Sie holte einen Kugelschreiber aus ihrer Jackentasche, schrieb auf die Rückseite der Visitenkarte: »Bitte rufen Sie mich an« – und steckte das Kärtchen zwischen die Blumen ins Glas.

## 20

Er prüfte die Länge der Wäscheleine. Er würde die Schnur doppelt nehmen und eine stabile Schlaufe basteln. Ein solcher Fund nur einen Block von seiner üblichen Route entfernt! Warum war er nicht schon früher in diesen Hof abgebogen? Er knüllte die Leine, stopfte sie in seine Hosentasche, als ihn ein greller Lichtstrahl traf.

»Sieh zu, dass du verschwindest«, schrie eine schrille Stimme. »Dreckiger Zigeuner. Hast du gehört? Sonst rufe ich die Polizei!«

Er wich zurück, tastete nach seiner Krücke. Er war wie blind, bückte sich, versuchte dem Lichtstrahl auszuweichen, als plötzlich ein Schlag auf ihn niederging, der ihn fast von den Beinen riss.

Er japste, eine Ladung Wasser, eiskalt, er keuchte, rang nach Atem und stieß gegen seine Krücke.

»Verpiss dich, und lass dich hier nie wieder blicken. Verdammtes Pack!« Ein Fenster schlug zu.

Das Wasser rann ihm vom Nacken den Rücken hinunter, sickerte langsam in seine Hose. Er humpelte los, kroch zitternd aus der Einfahrt, rempelte gegen einen Mann, verlor fast das Gleichgewicht, rettete sich geistesgegenwärtig mit seiner Krücke und einem kleinen Hüpfer und bemerkte: Die Wäscheleine war weg. Sein kostbarer Fund – verloren.

Er lief zurück, ein paar Meter, versuchte, sich zu bücken, mit der ausgestreckten Hand den Boden zu erreichen, aber er schaffte es nicht. Er war ein alter Mann mit steifen Gliedern. Er hätte heulen können wie ein Kind.

»Hat der sich in die Hose gemacht?« Passanten gingen um ihn herum. »Gib ihm nichts, die versaufen ja doch alles.«

Plötzlich hatte er die Leine, jemand drückte ihm das Knäuel in die Hand. »Hier, Opa. Ist doch nicht so schlimm.«

Er schob zitternd seinen Schatz zurück in die Tasche. Die Jacke klebte am Rücken, die nasse Hose rutschte, ihm war kalt. Es war spät, er sollte längst zu Hause sein.

Er hatte keine Ahnung, wie lange er für den Rückweg brauchte, eine Ewigkeit. Endlich humpelte er die Auffahrt hinunter, drückte die Klinke und schubste mit letzter Kraft die Tür auf. Er schwitzte und fror und stank so erbärmlich, dass er sich selbst nicht riechen konnte. Was würde seine

Svetlana sagen, wenn sie ihn so sehen könnte? Er schloss erschöpft die Augen.

»Svetlana«, flüsterte er, als würde sie leibhaftig am Herd stehen, und streckte die Hand nach ihr aus. »Liebling.«

Ein Lichtstreifen glitt über Tisch, Herd und Strohsack und streifte den Haken an der Decke, an dem das alte Seil hing.

Dass jemand im Auto die Auffahrt hinuntergefahren kam, passierte vor allem am Abend, wenn die Leute einen Parkplatz suchten. Wenn der Morgen graute, kamen sie zurück, hatten gefeiert und getrunken, und er wachte von ihrem Gegröle auf und hörte, wie sie gegen seine Haustür pissten.

Er wickelte die Wäscheleine auseinander. Wie sollte er die Schnur eigentlich da oben am Haken befestigen? Auf einen Stuhl steigen? Dazu war er nicht in der Lage.

Er legte das Knäuel beiseite, strich mit der Hand über den Tisch, die abgenutzte Fläche, die Scharten im Holz. Er hatte die Sache nicht zu Ende gedacht. Und vielleicht war es ja ein Zeichen: Wenn das Seil riss, war es aus. Aber wollte er so lange warten? Und warum war ihm Svetlana nach so langer Zeit ausgerechnet jetzt erschienen?

Er war ganz ruhig. Der Gedanke an die Brücke war nicht neu, aber zum ersten Mal in seinem Leben machte ihm der Fluss keine Angst. Im Gegenteil: Der Fluss würde seine Rettung sein, wie er damals Svetlanas Rettung gewesen war.

Sein Herz pochte, wie es immer gepocht hatte, nicht stärker und nicht schwächer. Er nahm seine Krücke. Ein letzter Spaziergang. Den Weg gehen, den auch Svetlana gegangen war. Noch war er stark genug.

Die Hand auf der Klinke, schaute er noch einmal zurück. Irgendwann würde jemand hier hereinkommen und sich fragen: Wer, um Himmels willen, hat in diesem Loch gewohnt? Und dann war niemand mehr da, der imstande wäre zu antworten: »Hier wohnten Jovan und Svetlana Jovanović mit den Kindern Anna und Dušan. Sie waren eine Familie, und auch wenn es nicht so aussieht: Es gab eine Zeit, da waren sie hier, in diesem Zimmer, glücklich gewesen.«

Er zögerte. Der Blechkasten fiel ihm ein. Unter seiner Matratze, die alten Fotos. Musste er diese Spuren nicht beseitigen? Und während er noch überlegte, sah er hinter dem Fenster in der Tür einen Schatten. Der Schatten war riesig, und je näher er kam, desto mehr schrumpfte er zu einer Menschengestalt. Jovan rührte sich nicht und hielt den Atem an.

Ein Geräusch, ein Rascheln, das er nicht einordnen konnte. Er lauschte in die Stille, wartete. Aber nichts geschah. Der Schatten war verschwunden – so schnell wie er gekommen war.

Er öffnete, machte einen Schritt – und stieß mit dem Fuß an einen Gegenstand.

Eine Tüte. Hatte er jetzt komplett den Verstand verloren?

Mit klopfendem Herzen schaute er in die Dunkelheit. »Ist da jemand?«, rief er. »Svetlana? Bist du da?«

*

Anna rannte. Über Müll und Schutt, in kleinen Serpentinen den Hügel hinauf.

Oben angekommen, an der Straße, ging sie langsam weiter, keuchte, stemmte die Hände in die Hüften, wie nach einem Wettkampf, schluckte die Tränen hinunter, aber sie schaute nicht zurück.

In der Kneipe war es stickig, laut, und es roch nach Bier. Anna zwängte sich zwischen den Leuten hindurch an die Theke, und allein die Tatsache, dass hier niemand eine Ahnung von ihrer Geschichte hatte, dem Drama, aus dem sie nicht herausfand, wirkte schon beruhigend.

Sie machte für die Bedienung Platz, die sich mit dem Tablett einen Weg zum Billardtisch bahnte. Seit sie hier in Belgrad durch die Straßen irrte, war sie auf der Suche nach etwas Vertrautem, nach ihrer Familie, ihrem Vater, und wenn sie es fand, war sie erschrocken, überwältigt von Erinnerungen, Bildern, mit denen sie nicht gerechnet hatte, nahm feige Reißaus und wollte nur noch weg. Wortlos, grußlos hatte sie ihm die Tüte vor die Tür gestellt und war davongerannt. Und das war es auch, was sie tat – seit jener Nacht vor fünfundzwanzig Jahren, als sie Dušan sah, auf der anderen Straßenseite, und diese Jugendlichen, die ihn nicht in Ruhe ließen, ihn mit Fußtritten traktierten. Sie war starr gewesen vor Schreck, bis ihr jemand sagte, sie solle abhauen, weglaufen, und zwar schnell. Sie hatte um Hilfe gerufen, hatte gebettelt und gefleht, war Passanten heulend vor die Füße gestolpert, aber niemand hatte sie verstanden oder reagiert, und als sie stumm an ihren Eltern vorbei ins Bett schlich, hoffte sie, sie hätte alles nur geträumt, hätte nicht gesehen, was sie sah, nichts beobachtet, und wenn sie am Morgen aufwachen würde, wäre Dušan da, und alles wäre wie immer.

»Darf ich Ihnen Gesellschaft leisten?« Ein Typ im Anzug und kariertem Businesshemd stellte seinen Bierhumpen neben ihr Glas. »Sie sind wohl nicht von hier, oder?«, fragte er und lächelte breit. »Ich habe Sie hier jedenfalls noch nie gesehen.«

Sie könnte sagen, dass sie gebürtige Belgraderin

sei, dass ihr Vater zweihundert Meter entfernt von hier wohne, mitten im Zentrum, aber stattdessen nippte sie schweigend am Wein, und ihre Mundwinkel zuckten.

Im Lärm und Gelächter beugte er sich zu ihr herunter und schrie ihr ins Ohr: »Als ich Sie hier eben hereinkommen sah – wissen Sie, was ich da gedacht habe?« Er hob sein Glas, schaute sie vielsagend an, und ehe sie sichs versah, stieß sie mit ihm an.

»Ich dachte«, sagte er, »diese Frau ist auf der Flucht, und frage mich, ob Sie vielleicht eine starke Schulter zum Anlehnen brauchen?«

Sie stand auf und bezahlte.

»Jetzt seien Sie doch nicht so zickig«, rief er ihr hinterher.

Es ging bereits auf acht Uhr zu. Jugendliche zogen in Cliquen durch die Straßen. Ein Typ in Bomberjacke legte den Arm um seinen Kumpel, während ein anderer ihr im Vorbeigehen mit der Bierflasche grölend zuprostete. Anna bog um die Ecke und sah schon von weitem das verschnörkelte Schild, das von zwei Strahlern angeleuchtet wurde: Hotel Amsterdam, ein schmales Haus in einer sanften Kurve, frisch verputzt und freundlich angestrichen.

Sie blieb stehen, halb geschützt von parkenden Autos, und betrachtete die grünen Lampen da drinnen, ein behagliches Licht, und das Herz klopfte ihr bis zum Hals.

Wenn sie ihm gleich gegenüberstand, was würde sie sagen? Guten Tag, ich bin Anna Jones, ehemals Anna Jovanović, Schwester vom kleinen Dušan.

Auf keinen Fall durfte sie nach Worten ringen. Sie durfte nicht konfus wirken, nicht ängstlich, und sie sollte nicht so viel erklären. Er war es, der sie angerufen und sich danach nie mehr gemeldet hatte.

Sie ging über die Straße und ballte die Hände in den Hosentaschen. Noch zehn Meter, fünf, dann drückte sie wütend die Glastür auf.

Sie erkannte die Frau hinter der Theke, sie hatte sie schon gesehen – nicht einmal, sondern hundert Mal: auf dem Foto auf der Website des Hotels. Die Ehefrau von Jurij Pichler, die sich jetzt erkundigte: »Hatten Sie eine gute Anreise?«

»Danke«, antwortete Anna.

Frau Pichler legte ihr ein Formular vor, bat um eine Unterschrift, händigte den Zimmerschlüssel aus, versprach, alles zu tun, damit Anna sich im ›Amsterdam‹ wohl fühlen werde, und Anna begriff, dass diese Frau keine Ahnung hatte, wer sie war und welche Geschichte sie mit Jurij Pichler verband.

»Haben Sie gar kein Gepäck, Frau Jones?«

»Gepäck?« Anna schüttelte den Kopf. »Das kommt später.«

Das Zimmer war klein, geradezu winzig, aber hübsch: Blümchentapete, rote Vorhänge, Kissen mit Spitze verziert. Anna trat ans Fenster, sah eine Hauswand, einen Schutthaufen und setzte sich auf die Bettkante.

Allein mit Jurij Pichler unter einem Dach. Und jetzt? Abwarten, bis er geruhte, sich zu zeigen? Wahrscheinlich wollte er erst einmal in Deckung bleiben, sich in Ruhe ein Bild von ihr verschaffen. Was hatte sie erwartet? Er war ein Feigling. Ein Mörder und ein Feigling.

Das Ticken der Uhr auf dem Nachttisch dröhnte in ihren Ohren. Sie stellte sich vor, wie ihm der Schreck in die Glieder gefahren sein musste, als er ihren Namen bei der Reservierung sah, die sie im Internet vorgenommen hatte. Sie war der Geist, den er gerufen hatte und den er jetzt nicht mehr loswurde. Und wenn sie ihn zu fassen bekam, ihm gegenüberstand?

Sie hatte nicht vor, etwas zu unternehmen, Maßnahmen zu ergreifen, die ihr später leid tun würden. Sie würde keine Grenzen überschreiten, und trotzdem wäre es gut, jetzt eine Waffe zu haben. Ihn einmal zittern sehen, nur für ein paar Sekunden. Ihm zeigen, wie es war, wenn man Angst hatte, ausgeliefert war.

Irgendwo schlug eine Tür. Ein Motor startete, ein

Auto fuhr los. Woher dieser Hass gekommen war, das würde sie ihn fragen.

Vielleicht sollte sie sich einfach unten mit einem Drink an den Kamin setzen, die coole New Yorkerin geben und abwarten, was passierte. In diesem Moment klopfte es an ihre Tür.

Anna rührte sich nicht von der Stelle. Es klopfte noch einmal.

Sie erhob sich. Die Person auf der anderen Seite der Tür musste Jurij Pichler sein – sie war sich ganz sicher. Und wahrscheinlich hämmerte sein Herz jetzt genauso wie ihres. Bevor er es sich anders überlegte oder sie der Mut verließ, drehte sie den Knauf und riss die Tür auf.

Eine alte Dame mit altmodischer Turmfrisur stand im schummrigen Licht und sagte: »Entschuldigen Sie die Störung.«

Anna konnte kein Gesicht erkennen, nur den ausgestreckten Arm und einen Gegenstand, den die Frau auf sie richtete und dabei sagte: »Ich dachte, den können Sie vielleicht gebrauchen.«

Mechanisch nahm Anna den Adapter an sich. Sie hatte nicht danach gefragt.

»Kann ich sonst noch etwas für Sie tun?«, fragte die Frau. Es lag keine Hilfsbereitschaft, sondern etwas Herausforderndes in ihrer Stimme, als würde sie eigentlich etwas ganz anderes sagen wollen. Vielleicht: Was haben Sie hier zu suchen? Was wollen Sie?

»Sind Sie die Mutter von Jurij Pichler?«, hörte Anna sich fragen.

»Die bin ich.« Die Frau trat näher. »Und Sie? Wer sind Sie?«

Anna wich keinen Millimeter zurück, hielt dem Blick stand und antwortete: »Sagen Sie Ihrem Sohn, dass ich ihn erwarte.«

Die Augen dieser Frau – es könnten auch die Augen von Jurij Pichler sein. Anna hatte das Gefühl, diese Frau würde immer größer werden, sie war riesig, und sie selbst wurde immer kleiner, schrumpfte zu dem Mädchen aus der Baracke. Sie musste ihre ganze Kraft zusammennehmen, sich gegen das Gefühl wehren, minderwertig zu sein, eine Bittstellerin, eine Zigeunerin.

»Ich glaube, wir beide müssen uns unterhalten«, sagte Frau Pichler und drängte sie zurück ins Zimmer.

## 21

Milena nahm den Karton entgegen, den Philip ihr überreichte, eine quadratische, fliederfarbene Schachtel, auf der in goldener Schrift und erhabenen Buchstaben der Name der Konditorei in der Königin-Zorka-Straße geschrieben stand – nicht unbedingt die beste Konditorei der Stadt, aber auf jeden Fall die teuerste.

»Das wäre doch nicht nötig gewesen«, sagte sie.

Die Torte, die sie aus dem Karton hob, war mit exotischen Früchten verziert und einer glänzenden Schicht überzogen. Neben diesem extravaganten Mitbringsel nahmen sich Veras Frankfurter Kranz und die Schneetorte ziemlich rustikal aus, geradezu hausbacken, und Milena ahnte, wie der Kommentar von Vera zu diesem ungebetenen Beitrag für die Kaffeetafel ausfallen würde: »Sind meine Torten jetzt nicht mehr gut genug?«

Philip gab seiner Exschwiegermutter förmlich die Hand, statt sie – wie Jutta es tat – einmal fest zu umarmen, und betrachtete wortlos die alte

Couchgarnitur, die alte Schrankwand und den alten Teppich mit den dämlichen Fransen, und es stand ihm ins Gesicht geschrieben, dass all das in diesem Moment nicht die allerschönsten Erinnerungen an die Belgrad-Besuche in ihm hervorrief, die er in seiner Zeit mit Milena hatte absolvieren müssen.

Jutta lobte die »hübsche kleine Wohnung«, während Adam ungeduldig das Papier von seinem Geschenk riss und mit Triumphgeschrei die heißersehnte Playstation präsentierte. Vera zog es vor, eine – für alle Fälle passende – verwunderte Miene aufzusetzen, sich hoheitsvoll in ihren Sessel zu pflanzen und es Milena zu überlassen, den Kuchen zu verteilen, die Sahne herumzureichen und sich bei den Hamburgern höflich nach ihren ersten Belgrad-Eindrücken zu erkundigen.

»Tja«, sagte Philip und griff nach der Kuchengabel. »Schwieriges Thema.«

»Schwierig?«, fragte Milena und versuchte, jede Art von Unterton zu unterdrücken.

»Ich meine, es ist ja alles schön und interessant, aber wenn man sich mal die Häuser ansieht: so entsetzlich grau alles. Wie viel man da mit ein bisschen Farbe machen könnte.«

»Aber es gibt ganz tolle Cafés«, fügte Jutta diplomatisch hinzu. »Und die Leute sprechen hier teilweise ja sogar Englisch.«

Milena nickte, lächelte tapfer und dachte: Was hatte Jutta denn gedacht? Dass die Serben mit einem Messer zwischen den Zähnen herumlaufen? Nun gut, sie hatte gefragt, und vielleicht hätte sie das alles auch ganz anders aufziehen und, zum Beispiel, Eremina aus der Roma-Siedlung einladen müssen. Adam war völlig überdreht, Vera verstimmt, und Milena dachte, wie wenig Gemeinsamkeiten diese verschiedenen Welten doch miteinander hatten und dass es an der Belgrader Straße einen alten Mann gab, der still eine Gedenkstätte pflegte und regelmäßig dort, wo Dušan Jovanović zu Tode gekommen war, Blumen hinstellte.

Mit Tanjas Erscheinen wurde alles gleich ein bisschen lockerer. Sie begrüßte Vera vor allen anderen und gab der alten Dame damit das Gefühl, die heimliche Hauptperson zu sein. Flachste mit Jutta, als würden sie sich schon jahrelang kennen, zeigte sogar Philip gegenüber so etwas wie Wiedersehensfreude und stieß Stefanos, den sie als ihren »Partner« vorstellte, in die Rippen und sagte – mit Blick auf Veras Schneetorte: »Habe ich dir zu viel versprochen?«

Milena lud ihm ein großes Stück auf den Teller, und spätestens als Stefanos nach dem ersten Bissen genießerisch seufzte und glücklich mit den Augen rollte, war klar, dass er Veras Herz für immer gewonnen hatte.

»Und bei dir?«, fragte Tanja, als sie sich neben Milena niederließ. »Ist alles okay?«

Milena schob die Katze beiseite, die es sich auf den warmen Socken bequem gemacht hatte, die Vera für Adam gestrickt hatte, und schaute auf ihre Armbanduhr. »Ich verstehe nicht, wo Siniša bleibt. Eigentlich wollte er um vier Uhr hier sein.«

»Wisst ihr denn inzwischen, was mit seinem Mandanten passiert ist?«, fragte Tanja. »Ich habe in der Zeitung überhaupt nichts darüber gelesen.«

»Der Fall ist kompliziert«, antwortete Milena leise und berichtete, dass es weder ihr noch Siniša bisher gelungen sei, das große Schweigen, das in diesem Fall herrsche, zu durchbrechen. Im Gegenteil, weder vonseiten der Staatsanwaltschaft noch der Polizei gebe es auch nur die kleinste Information.

»Aber die Roma haben doch ein starkes Motiv, oder?«, flüsterte Tanja.

»Ich weiß, es ist naheliegend, dass die Roma späte Rache geübt haben könnten.« Milena tupfte mit dem Finger die Krokantkrümel von Tanjas Teller. »Aber gleichzeitig stört mich auch etwas an dieser These.«

»Wie bitte?« Adam drehte verblüfft eine Taucherbrille und eine Klappkarte in den Händen: »Tauchkurs? Zypern?«

»In den großen Ferien.« Tanja strich ihm über den Kopf. »Stefanos unterrichtet dich. Und wir fahren alle zusammen.« Beschwichtigend legte sie eine Hand auf Milenas Arm. »Lass mir die Freude. Ich bin schließlich seine Patentante.«

Adam ließ sich von Stefanos helfen, die Brille auszuprobieren, und bombardierte ihn mit Fragen: Wie tief würde er tauchen? Und eine richtige Sauerstoffflasche bekäme er? Und würde er da unten Korallen sehen? Seepferdchen?

Ein Tauchkurs in Stefanos' Tauchschule auf Zypern mit Flug, Ferienwohnung und allem Drum und Dran: Milena beschränkte sich erst einmal auf ein Kopfschütteln und beobachtete mit einer gewissen Genugtuung, wie Stefanos ruhig und sachkundig Adams Fragen beantwortete und dass Philip und die Playstation erst einmal abgemeldet waren.

Als Siniša, etwas verspätet, eintraf und diskret einen schmalen Umschlag auf Adams Gabentisch postierte, war Milena wieder ganz guter Dinge.

»Warst du an der Belgrader Straße?«, fragte Siniša, nachdem er alle in der Runde begrüßt und Milena ihm eine Tasse Kaffee eingegossen hatte. »Und hat sich dieser Sultan Rostas von der Roma-Hilfe inzwischen gemeldet?«

Milena reichte ihm den Zucker und sagte: »Ich glaube, das ist nicht die richtige Spur.«

»Wie meinst du das?« Siniša folgte ihr mit der Tasse über den Flur.

Milena schloss hinter ihm die Tür und nahm die flache Schachtel mit den Zigarillos von ihrem Bücherregal. »Ich habe nachgedacht«, sagte sie und ließ sich von Siniša Feuer geben. »Vielleicht hat der Mord an Jurij Pichler ja überhaupt nichts mit den Roma zu tun?«

Siniša ließ sich auf Milenas Bürostuhl nieder. »Und wie kommst du darauf?«

Milena pustete nachdenklich den Rauch in die Luft: »Wenn die Roma den Tod vom kleinen Dušan rächen und Jurij Pichler umbringen wollten, hätten sie ihn eher erschlagen oder ihm vielleicht die Kehle durchgeschnitten, aber sie hätten sich nicht die Mühe gemacht, ihm Steine in die Taschen zu stecken und einen Selbstmord vorzutäuschen.«

»Du meinst«, sagte Siniša, »sie hätten ihre Tat ausgestellt, statt versucht, sie zu kaschieren?«

Milena nickte. »Oder ist das ein Vorurteil, ein ganz dummes?«

Es klopfte, und die Tür ging auf. Philip stand da und sagte: »Habt ihr sie eigentlich noch alle?«

»Entschuldige«, sagte Milena. »Wir sind gerade mitten im Gespräch.«

»Ich meine: Schießunterricht! Geht's eigentlich noch?«

Milena sah den Zorn in seinen Augen, aber bevor sie etwas sagen oder fragen konnte, erhob sich Siniša, knöpfte sein Sakko zu und erklärte feierlich: »Mein Geschenk für Adam zum Geburtstag.« Er streckte die Hand aus. »Stojković ist mein Name. Freut mich, Sie endlich einmal kennenzulernen, Herr Bruns.«

Philip hob abwehrend die Hände. »Wir versuchen, dem Jungen klarzumachen, dass Gewalt keine Lösung ist, und ihr habt hier nichts Besseres zu tun, als ihm beizubringen, wie man mit der Knarre umgeht?«

»Ich verstehe, was Sie meinen.« Siniša legte Philip eine Hand auf die Schulter. »Aber Sie können ganz unbesorgt sein.«

»Interessant, auf diesem Wege zu erfahren, in welcher Welt Adam hier eigentlich aufwächst. Schießunterricht. Ein Kind von elf Jahren!«

»Es ist gut«, unterbrach Milena. »Adam kann stattdessen zum Bogenschießen gehen.«

»Ich wusste nicht, dass Sie so dagegen sind«, erklärte Siniša, »und entschuldige mich hiermit in aller Form.«

»Und damit ist die Sache erledigt«, fügte Milena hinzu.

»Nein, ist sie nicht«, meldete sich eine Stimme. Vera stand in der Tür, die Arme vor der Brust verschränkt.

»Bitte, Mama«, bat Milena, aber Vera ließ sich nicht unterbrechen: »Adam soll lernen, wie man sein Land verteidigt, und das ist auch nötig.«

Philip schaute ungläubig von einem zum anderen. »Heißt das, Adam soll hier in Serbien lernen, wie man Krieg führt?«

»Nein«, erklärte Milena.

»Darf ich dich an den deutschen Überfall erinnern?«, fragte Vera. »1941? Oder an die NATO-Bomben 1999? Da waren auch wieder die Deutschen beteiligt.«

»Das ist absurd.« Philip wollte gehen, aber in der Tür hatte sich jetzt auch Jutta eingefunden: »Ist Adam nicht deutscher Staatsbürger?«, fragte sie überrascht. »Da kann er doch gar nicht für Serbien kämpfen.«

»Er soll überhaupt nicht kämpfen!«, rief Philip.

»Der Junge hat die deutsche Staatsangehörigkeit, und Serbe ist er außerdem«, erklärte Vera. »Beten wir, dass der Junge sich nie entscheiden muss, für welche Seite er in den Krieg ziehen soll. Beten wir …«

»Schluss jetzt!«, unterbrach Milena. »Der Schießunterricht findet nicht statt. Das Thema ist vom Tisch, und wir trinken jetzt alle ein Glas Sekt.«

Als der Korken knallte und Stefanos die guten Kristallgläser füllte, die Tanja im Wohnzimmer aus dem Schrank geholt hatte, sagte Milena halblaut zu Siniša: »Ich will jetzt genau wissen, was Jurij Pichler in seinen letzten Tagen und Stunden getan hat, bevor er am Donauufer ums Leben kam.«

## 22

Die Wohnung von Karen Pichler befand sich ganz oben, unter dem Dach, und die steile Treppe zeigte, wie es um Milenas Kondition bestellt war und wohin es mittelfristig führte, wenn man das Schwimmengehen immer wieder auf den nächsten Tag verschob und sich stattdessen vor dem Schlafengehen noch ein Stück Geburtstagstorte gönnte, und zwar kein kleines. Milena keuchte.

Der Raum, in den sie von Karen Pichler gebeten wurde, war vor allem hoch, mit schwarz gestrichenen Balken und einem spitz zulaufenden Giebel. Ansonsten war alles weiß: Wände, Küchenzeile, Regale, und der Blick aus den beiden Fenstern ging direkt in den Himmel.

»Hier haben wir mehr Ruhe als unten im Hotel.« Karen Pichler nahm die Zeitungen vom Stuhl. »Setzen Sie sich doch.«

Auf dem Tisch stand noch das Frühstücksgeschirr und ein leeres Glas Rotwein, wahrscheinlich von gestern Abend. Unter der Schräge stapelten sich

Umzugskartons mit dem Aufdruck einer niederländischen Spedition, gegenüber war ein Bücherregal um eine schmale Tür herumgebaut und bis auf ein paar Bildbände komplett leer.

Karen Pichler stellte die Espressomaschine auf den Herd. »Ich muss mich für meine Schwiegermutter entschuldigen. Sie ist manchmal ein bisschen kurz angebunden, das dürfen Sie nicht persönlich nehmen.«

»Natürlich.« Milena hängte ihre Tasche über die Lehne und betrachtete ein kleines gerahmtes Foto: zwei Menschen am Strand, schäumendes Meer und blauer Himmel. Karen stand auf einem Bein, wie ein Flamingo, und Jurij hielt sie fest. Quer über das Glas verlief ein Sprung mit vielen kleinen Verästelungen.

»Unser Verlobungsfoto«, sagte Karen Pichler. »Im Müll gefunden, und zwar rein zufällig.«

»Wieso im Müll?«

Karen Pichler beschränkte sich darauf, einen vielsagenden Blick Richtung Tür und unteres Stockwerk zu schicken.

»Sie meinen, Ihre Schwiegermutter hat das Bild weggeworfen?«

»Was aber nicht heißt, dass sie sich besondere Mühe gegeben hätte, es vor mir zu verbergen. Es lag gleich obenauf.«

Milena betrachtete das Foto näher. Wenn es das Verlobungsfoto war, musste es ungefähr zu der Zeit aufgenommen worden sein, als er Karen von seiner Vergangenheit erzählt hatte. Jurij strahlte wie jemand, der überzeugt ist, sein Glück gefunden zu haben. Vielleicht hielt er zum ersten Mal jemanden im Arm, vor dem er keine Geheimnisse haben musste.

»Damit Sie verstehen, wie das hier bei uns läuft.« Karen Pichler stellte zwei kleine Tassen bereit. »Ich glaube, es war gestern. Da hat sie mir wieder vorgeworfen, ich hätte während meiner ganzen Ehe nichts anderes getan, als Jurij in seinen Schuldgefühlen zu bestärken.«

»Wie kommt sie denn darauf?«

»Gute Frage. Ich glaube, die Hauptsache ist, dass immer die anderen schuld sind. Egal, um was es geht: dass Jurij tot ist, dass uns der Klempner versetzt oder wir nur einen einzigen Gast haben – sie zetert und stichelt und gibt einfach keine Ruhe. Das geht so lange, bis ich um mich schlage oder anfange zu heulen oder beides. Es ist wirklich ein Alptraum – für alle Beteiligten, auch für Sonja. Sie wird immer stiller.«

»Und die Gäste?«

»Wie gesagt, es ist ja nur ein einziger, eine Amerikanerin, und die ist auch erst seit gestern da.«

Milena trank schweigend, stellte vorsichtig ihre Tasse ab und fragte: »Was ist eigentlich mit seinen persönlichen Sachen? Sind die alle beschlagnahmt? Vielleicht gibt es etwas, irgendeine Kleinigkeit, die uns helfen könnte, seine letzten Tage zu rekonstruieren.«

»Bitte, schauen Sie.« Karen Pichler zog eine Schublade auf, holte eine Tüte heraus und breitete die Gegenstände auf dem Tisch aus: ein Telefon, Münzen, Ansichtskarten, ein zerfledderter Farbfächer. »Das ist alles, was ich noch von Jurij besitze – können Sie sich das vorstellen? Das Telefon ist das Einzige, das die Polizei mir gleich zurückgegeben hat, aber das können Sie vergessen, es ist Schrott. Hat wohl zu lange im Wasser gelegen.«

»Und der Rest? Brieftasche, Kalender, Laptop?«

»Alles beschlagnahmt und verschwunden.«

Milena betrachtete die Ansichtskarten: Abbildungen von Florida und Amsterdam, alle unbeschriftet, und dann war da noch ein abgebrochener Zollstock. Wie absurd und traurig, dachte Milena, dass nur das von einem Menschenleben übrigblieb. Sie musste Kommissar Filipow fragen, ob es nicht an der Zeit wäre, die persönlichen Gegenstände freizugeben. Auch wenn man davon ausgehen konnte, dass alle interessanten Spuren beseitigt worden waren, wäre es eine Gelegenheit, noch einmal mit ihm in Kontakt zu treten. Andererseits: Wenn ihm daran gelegen wäre, zu kooperieren und Informationen herauszugeben, hätte er es vermutlich schon längst getan.

»Ich hätte schwören können ...« Karen Pichler kramte in einer Schublade. »Da war nämlich so ein Flyer. Ich hatte ihn in einer von Jurijs Hosentaschen gefunden. Ich meine, es ist zwar bloß Reklame, aber trotzdem.«

»Was ist mit seinen Jacken, Sakkos?«, fragte Milena. »Vielleicht findet sich da noch etwas, Quittungen, Fahrscheine, Visitenkarten – irgendetwas.«

»Das ist ja genau das Problem. Während ich jeden Faden aufhebe und bei jedem Schnipsel überlege, ob er eine Bedeutung haben könnte, schmeißt meine Schwiegermutter alles weg. Als ob sie die Erinnerung an ihren Sohn gar nicht schnell genug auslöschen kann.« Karen Pichler schneuzte sich. »Sie können es mir glauben: Es gibt Momente, da könnte ich sie nur noch an die Wand klatschen.«

»Nur zu.« Die alte Frau Pichler stand in der Tür, blass, beinahe durchsichtig wie ein Geist. Sie hatten sie nicht kommen hören.

»Warst du an meiner Schublade?«, fragte Karen.

»Du bist wirklich besessen«, gab ihre Schwiegermutter zurück.

»Antworte. Ich suche den Flyer vom ›Little Italy‹. Er war hier in dieser Schublade.«

»Deine Schublade interessiert mich nicht.« Das Gesicht von Frau Pichler, eben noch von ungefähr derselben Farbe wie der beigegraue Mantel, den sie trug, war plötzlich puterrot.

Milena stand auf. »Möchten Sie sich setzen?«, fragte sie besorgt. »Brauchen Sie vielleicht ein Glas Wasser?«

Sie beachtete Milena nicht. »Ich wollte nur Bescheid sagen«, erklärte sie. »Ich habe jetzt einen Termin, und die Rezeption ist nicht besetzt.«

»Was für dich Müll ist, sind für mich Erinnerungsstücke, verstehst du?«

Frau Pichler drehte sich wortlos um und verließ den Raum.

»Ich will, dass du das endlich kapierst!«, rief Karen ihr hinterher. »Und dich, verdammt noch mal, von meinen Sachen fernhältst!« Sie hatte Tränen in den Augen. »Wie ich sie kenne, geht sie jetzt wahrscheinlich hin und holt mir einen neuen Flyer, am besten gleich einen ganzen Stapel, aus reiner Bosheit.«

»›Little Italy‹, ist das nicht der Laden am Akademieplatz?« Milena überlegte. »Glauben Sie, es hatte einen bestimmten Grund, warum er den Flyer aufbewahrt hat? Vielleicht als Anregung?«

»Für unser Hotel?« Karen putzte sich die Nase. »Der war viel zu marktschreierisch gemacht. Überhaupt war diese Art von Restaurant eigentlich gar nicht sein Ding.«

»Oder hat er sich etwas darauf notiert? Vielleicht eine Telefonnummer?«

»Ich glaube, das wäre mir aufgefallen.«

»Ich weiß nicht, ob es etwas bringt.« Milena schaute auf ihre Uhr. »Aber hätten Sie vielleicht ein Foto von Jurij, das Sie mir geben könnten?«

Karen Pichler stützte den Kopf in ihre Hände. »Es ist wirklich grauenhaft«, sagte sie. »Rückblickend hätte ich viel aufmerksamer sein müssen. Und wenn ich heute so überlege: Ich habe wirklich keine Ahnung, was in der ganzen Zeit hier in ihm vorgegangen ist.«

\*

Natürlich konnte Milena sich etwas anderes vorstellen, als an einem Samstag mit der Lebensgefährtin ihres Exmannes durch die Innenstadt zu ziehen. Dass sie es trotzdem tat, hatte auch damit zu tun, dass Adam seinen Vater heute einmal ganz für sich haben sollte. Milena hatte daher vorgeschlagen, dass die beiden Männer zusammen ihre Bootstour machten, von der schon vor Monaten die Rede war, und sie würde derweil etwas mit Jutta unternehmen.

Eigentlich hatte sie dabei an so Dinge wie das

Nationalmuseum gedacht oder daran, Jutta die Uni zu zeigen, vielleicht die alte Bibliothek. Aber Jutta hatte verkündet, sie wolle shoppen, die Fürst-Michael-Straße unsicher machen, und nannte es »unsere Mädels-Zeit«.

Die Voraussetzungen waren perfekt, Temperaturen fast wie im Sommer, und an jeder Ecke heizte ein Straßenmusikant den Leuten ein, die vor den Cafés saßen und mit ihren Sonnenbrillen allesamt aussahen, als wären sie einem Modejournal entsprungen. Während Jutta dem Saxophonspieler Geld in den Instrumentenkoffer tat und ihm ihre Anerkennung signalisierte, musste Milena daran denken, wie Karen Pichler und ihre Schwiegermutter sich gegenseitig das Leben schwermachten.

Jutta drückte sich an der Schaufensterscheibe von Belgrads ältestem und schönstem Wäschegeschäft die Nase platt, und Milena verscheuchte ihre trüben Gedanken. Obwohl sie wirklich nicht darauf erpicht war zu erfahren, welche Négligés, Stringtangas und Dessous Juttas Präferenz waren und dass hier alles nur einen Bruchteil von dem kostete, was man in Hamburg hinblättern musste, übersetzte Milena geduldig, was die Verkäuferin fachkundig erklärte. Jutta traf ihre Auswahl, und Milena konnte nicht die Bilder verhindern, die sich automatisch vor ihrem geistigen Auge einstellten:

Jutta in den hauchzarten Wäschestücken und wie sie sich Philip darin wohl präsentierte.

Mit den Tüten am Arm, hakte Jutta sich vergnügt bei ihr ein und sagte: »Weißt du, was mich manchmal total an Philip nervt?«

Auch wenn Milena auf der Stelle einen ganzen Katalog hätte herunterbeten können, schüttelte sie nur den Kopf. Sie hatte Philip und alles, was mit ihm und ihrem gemeinsamen Leben zusammenhing, hinter sich gelassen und war mit ihren Gedanken schon längst wieder bei ihren Recherchen, die bislang nur eine einzige Information zutage gefördert hatten, nämlich dass Jurij Pichler in den Tagen vor seinem Tod in einem Restaurant namens ›Little Italy‹ gewesen sein musste.

Milena seufzte, und Jutta erwiderte: »Klar, du kennst das natürlich rauf und runter. Aber eines sage ich dir: Ich werde ihm das noch abgewöhnen, darauf kannst du Gift nehmen!«

Milena stimmte aufs Geratewohl zu und riet: »Lass dir von Philip nichts vorschreiben.«

Jutta kicherte und sagte: »Erzähl mal. Sind die serbischen Männer eigentlich auch so?«

Drüben, auf der anderen Seite des Platzes, flatterten grünweißrote Fähnchen, und Milena erklärte, dass dort, wo jetzt in goldener Schreibschrift »Little Italy« geschrieben stand, noch vor zwei

Jahren Belgrads größter und ältester Buchladen gewesen war. Weder die Protestkundgebungen von Stammkunden und Studenten noch der Packen mit Unterschriftenlisten, der dem Bürgermeister im Beisein des Regionalfernsehens übergeben wurde, konnten verhindern, dass diese Institution schließen musste.

»Wie überall«, war Juttas Kommentar, als sie das Schnellrestaurant betraten und Milena sich deprimiert umschaute.

Die hohen alten Bücherregale waren natürlich verschwunden, ebenso die Stuckverzierungen an der Decke, die Kronleuchter und das alte Parkett. Jetzt gab es Styroporplatten, Terrakottafliesen, Punktstrahler und viel Chrom. Eine junge Frau im Kostüm mit einem streng geknoteten Halstuch stand neben der Salatbar und erteilte einem Mann in karierter Hose und Kochjacke Instruktionen.

Während Jutta sagte, auf Italienisch habe sie jetzt eigentlich gar keine Lust, und erst einmal in Richtung Toilette verschwand, nutzte Milena die Gelegenheit und holte das Foto von Jurij Pichler heraus, das Karen Pichler ihr in einem kleinen Umschlag mitgegeben hatte.

Die Frau im Kostüm beendete ihr Gespräch und schaute Milena fragend an.

»Entschuldigung.« Milena trat näher und präsentierte das Foto. »Haben Sie diesen Mann schon einmal gesehen?«

Die Frau musterte Milena, bevor sie sich – eher widerstrebend – über die Aufnahme beugte. Nach ein paar Sekunden öffneten sich überrascht ihre Lippen, als wollte sie etwas sagen. Aber dann schüttelte sie den Kopf. »Tut mir leid.«

Milena hielt ihr das Foto einfach weiter unter die Nase. »Schauen Sie ruhig noch einmal hin.«

Die junge Frau signalisierte dem Mann in der Kochjacke mit einer Kopfbewegung, er möge verschwinden. »Meike« stand auf dem Namensschild an ihrem Revers. »Sind Sie von der Polizei?«, fragte sie.

»Nein, ich bin rein privat hier«, erklärte Milena. »Irgendwann in den vergangenen Wochen müsste der Mann hier gewesen sein. Jurij Pichler heißt er.«

»Wirklich, nie gesehen.«

»Und Ihre Kollegen?«, fragte Milena. »Dürfte ich die auch einmal fragen?«

»Wir haben hier wirklich alle Hände voll zu tun.« Die junge Frau lächelte bedauernd. »Außerdem: Was glauben Sie, wie viele Menschen hier täglich ein- und ausgehen?« Sie nahm eine Speisekarte zur Hand. »Möchten Sie einmal einen Blick auf unser *Weekend Special* werfen?«

»Vielleicht ein anderes Mal. Danke.« Milena

nahm sich einen Flyer von der Theke und ging wieder nach draußen.

»25 Prozent Rabatt auf alle Softdrinks – nur bis 31. Mai«, stand quer wie ein Stempel auf dem schmalen Streifen Karton gedruckt. Karen Pichler hatte wahrscheinlich recht: Das war alles viel zu marktschreierisch, als dass es als Anregung für das ›Amsterdam‹ getaugt hätte. Oben der goldene Schriftzug, unten zum Abtrennen ein Coupon.

»Da haben wir ja noch etwas gemeinsam«, sagte Jutta, als sie wieder neben ihr stand. »Ich bin nämlich auch so eine Coupon-Sammlerin. Da kommt mit der Zeit ganz schön was zusammen.«

Sie spazierten durch die Fußgängerzone zwischen gestressten Familienvätern, modisch gekleideten Frauen, bepackt mit Tüten, und rücksichtslosen Rentnern mit ihren Einkaufsrollwagen, und Milena überlegte, ob die Chefin im ›Little Italy‹, diese Meike, wohl die Wahrheit gesagt hatte.

»Ich weiß«, sagte Jutta, »für dich ist es eine Zumutung, aber morgen ist Sonntag, und die sind hier echt billiger als bei uns.«

»Wer?«, fragte Milena.

»Die Turnschuhe, von denen ich dir erzählt habe.«

»Geh ruhig«, sagte Milena. »Ich warte hier so lange.«

»Bist du sicher?«

»Absolut.« Milena holte ihre Zigaretten heraus.

»Ich beeile mich«, versprach Jutta und verschwand zwischen den gläsernen Kaufhaustüren in der Menge.

Milena zündete sich eine Zigarette an. Vielleicht hatte Jurij Pichler ja auch mit Drogen gedealt oder sich in sonstige Machenschaften verwickelt, dachte sie, als sie aus den Augenwinkeln sah, wie ein Mann neben sie trat und sich ebenfalls eine Zigarette ansteckte. Er trug karierte Hosen und kam Milena bekannt vor.

»Sie arbeiten im ›Little Italy‹, richtig?«, fragte sie.

»Kann ich das Foto noch einmal sehen?« Der Typ sah völlig übernächtigt aus.

Sie holte es aus ihrer Tasche und reichte es ihm.

Er pustete den Rauch auf das Foto, gab es ihr zurück und sagte: »Der hat mit dem Chef zusammen gegessen.«

»Sind Sie sicher?«

»Kalte Vorspeisen.«

»Wann war das?«

»Am Sonntag, dem 24. April.«

»Woher wissen Sie das so genau?«

»Praktikum, erster Tag.«

»Verstehe.« Milena steckte das Foto wieder ein. »Und heute war Ihr letzter Tag. Das habe ich doch richtig mitbekommen, oder?«

»Sind Sie doch von der Kripo?«

»Ich kann Sie beruhigen, aber wenn Sie mir hier ein Märchen auftischen, weil Sie Ihrem Chef mal ein bisschen in die Suppe spucken wollen …«

»Exchef.«

»Dann sind Sie bei mir jedenfalls an der falschen Adresse.«

»Verstehe.« Der Mann grinste und zeigte eine Reihe schlechter Zähne. »Was hat der Typ auf dem Foto denn verbockt? Hat er jemanden umgebracht?« Er nahm einen langen Zug von seiner Zigarette. »War nur ein Scherz. Und nur ganz nebenbei: Ich bin ja jetzt ohne Job, und alle weiteren Auskünfte …«

»Worüber haben die beiden denn miteinander gesprochen?« Milena holte ihr Portemonnaie heraus.

»Wie gesagt, ich stand nicht daneben, aber auf mich wirkte das wie ein Bewerbungsgespräch. Vielleicht ein neuer Restaurantleiter. Marović eröffnet demnächst ja noch zwei solcher Schuppen. Obwohl ich glaube, dass seine Frau die eigentliche Besitzerin ist. Handelt mit Wein und Immobilien, glaube ich. Haben Sie die mal gesehen?« Er steckte den Schein ein.

»Marović«, wiederholte Milena. »Und der Vorname?«

»Cecilia. Und Sie können es mir glauben: So, wie der Name klingt, so sieht sie auch aus.«

»Ich meinte ihn. Sein Vorname.«

»Gute Frage.« Er überlegte.

Milena schaute an ihm vorbei, die Straße hinunter. »Vielleicht: Luca?«

Er richtete seinen Zeigefinger wie eine Pistole auf Milena und sagte: »Luca Marović. Völlig richtig.«

Nachdem er noch eine Zigarette geschnorrt und sich verabschiedet hatte, schaute Milena dem Mann mit klopfendem Herzen hinterher und dachte: Luca Marović.

»Was wollte denn der Typ?«, fragte Jutta. »Hast du dem etwa Geld gegeben?«

»Jurij Pichler und Luca Marović«, murmelte Milena.

»Du bist ja ganz blass.«

Ihr erster Impuls war: zurück ins ›Little Italy‹. Warum eigentlich nicht? Luca Marović überrumpeln. Er war auf jeden Fall ein wichtiger Zeuge.

»Entschuldige«, sagte Jutta, »dass ich so direkt frage. Aber was geht hier eigentlich vor?«

»Das ist alles etwas kompliziert.« Milena nahm ihr eine Tüte ab. »Ich bringe dich ins Hotel.«

»Weißt du, was Philip mal gemeint hat?«, sagte Jutta, nachdem sie die Straßenseite gewechselt hatten. »Es war aber wirklich nur im Spaß.«

»Was?«

»Dass er sich manchmal vorstellen kann, dass du beim Geheimdienst bist. Und jetzt denke ich gerade: Vielleicht hat er ja recht. Ich meine, erst die Frau im Restaurant, jetzt dieser Typ. Und dann das Foto, das du herumzeigst.«

»Interessante Theorie«, sagte Milena, »aber ich kann dich beruhigen.«

»Hat der Brief auch etwas damit zu tun?«, fragte Jutta.

»Welcher Brief?«

»Dieser Umschlag. Wir haben uns noch gewundert: Wieso kommt der bei uns im Hotel an und geht nicht zu dir nach Hause oder ins Büro.«

Milena blieb stehen. »Wo ist der Brief?«

»Hat Philip ihn dir nicht gegeben?«

»Nein«, sagte Milena. »Hat er nicht.«

»Beim Geburtstagskaffee. Was ist denn los?«

Milena holte ihr Telefon heraus. »Hallo, Philip«, sprach sie auf seine Mailbox und gab sich keine Mühe, ihre Verärgerung zu verbergen. »Bitte ruf mich sofort zurück.«

## 23

Es war schon abenteuerlich, was an einem Samstag mit den Überlandbussen für ein Volk nach Belgrad kam. Und er meinte damit nicht die buckligen Alten vom Dorf, die immer irgendwelches Zeug schleppten, Säcke, Taschen – Hauptsache, groß und sperrig. Diese Gestalten gehörten einfach zur Stadt wie die Tauben im Rinnstein und die Löcher im Asphalt. Nein, er meinte die jungen Frauen, die aussahen, als hätten sie sich für ihren Auftritt in der Hauptstadt noch einmal extra aufgetakelt. Wackelten bauchfrei in knappen Höschen und gefälschten Designer-Handtaschen am Arm über den Bahnhofsvorplatz und stellten sich wohl vor, sie wären auf den Champs-Élysées. Und dazu die Kerle – Trainingsanzug aus Ballonseide, Flaum auf der Oberlippe –, die vor Kraft kaum gehen konnten.

Auf der Suche nach einem Parkplatz kurvte er um den Bahnhof herum, beschrieb Cecilia am Telefon dieses Bild und dachte insgeheim: Was mokiere ich mich eigentlich? Ich bin früher doch genauso gewesen, und diesen Blick habe ich auch draufgehabt: Komm mir nicht in die Quere, oder du kriegst was aufs Maul, so schnell kannst du gar nicht gucken. Und Cecilia bemerkte zu Recht, dass genau diese Leute später ins ›Little Italy‹ kommen würden, gewissermaßen als Höhepunkt ihres samstäglichen Belgrad-Besuchs, und dass sie ihnen heute noch einen schönen Umsatz bescheren würden.

»Weißt du«, sagte Cecilia, und ihre Stimme klang durch die Freisprechanlage so nah, dass er sich kaum vorstellen konnte, dass sie in diesem Moment in Dubai im Taxi zum Flughafen saß, »wenn ich wieder zurück bin und wir die Neueröffnungen hinter uns haben, fahren wir weg. Nur wir beide. Was meinst du? Vielleicht nach Rom.«

»Das klingt wunderbar«, sagte er.

»Aber eines musst du mir versprechen.«

»Was?«

»Dass du dich bis dahin zu keiner Dummheit verleiten lässt. Von niemandem.«

»Dummheit?« Er kuppelte, nahm den Gang raus und stellte den Motor ab. »Wovon redest du?«

»Es ist alles in Ordnung. Dir kann niemand etwas. Du hast deine Strafe vor langer Zeit abgesessen und dir seither nichts mehr zuschulden kommen lassen. Merk dir das.«

»Jawohl, Liebling.«

»Ich meine es ernst. Und lass dir von niemandem etwas anderes einreden, versprochen?«

»Versprochen.«

»Und wenn jemand kommt und meint, alte Geschichten aufwärmen zu müssen, bitte. Nicht dein Problem.«

Als er kurz darauf über die Kreuzung ging, dachte er: Wie eigenartig, hier sein Ausflug in die Vergangenheit und gleichzeitig Cecilias Ansprache Tausende Kilometer entfernt – als hätte sie einen siebten Sinn.

Der große Zeiger der Bahnhofsuhr rückte auf die Zwölf. Kurz überlegte er, noch einmal um den Block zu gehen und mit einer kleinen Verspätung, vielleicht zehn Minuten, wenigstens etwas Gleichgültigkeit zu demonstrieren. Andererseits: Hatte er solche Manöver nötig? Es war, wie Cecilia sagte: Er hatte sich nichts vorzuwerfen, und so musste er sich auch verhalten. Er drückte entschlossen die Tür auf und betrat das Bahnhofslokal.

In der Vitrine stand trockener Kuchen und auf jedem zweiten Tisch eine Vase mit Plastikblumen. An der Theke die üblichen Gestalten – Penner, die ihr Erbetteltes in Sprit umsetzten. Ein paar Leute hatten sich mit ihren Koffern in die hintere Ecke verzogen, und mitten im Saal saß, mit dem Rücken zur Tür, eine einzelne Dame. Früher, schoss es Luca durch den Kopf, hatte er als Kind aus solchen Spelunken seinen besoffenen Vater holen müssen. Wenn Luca sich geweigert hatte, setzte es Prügel vom Großvater, und wenn er gehorchte, musste er sich von seinem lallenden Vater vor den Leuten beschimpfen lassen, bis sie zu Hause angekommen waren.

»Worauf wartest du?« Die Frau mitten im Saal hatte sich zu ihm umgedreht und musterte ihn.

Jurijs Mutter war ihm immer alt vorgekommen und vor allem streng, und anscheinend hatte sie sich überhaupt nicht verändert. Dieser Dutt und ihre dunklen Augenbrauen, wie früher, ein angemalter Strich.

Er gab dem Kellner ein Zeichen, bestellte und setzte sich.

»Schöner Anzug«, sagte sie. »Italien?«

»Warum sind wir hier?«, fragte er. »Und warum so konspirativ? Gibt es dafür einen Grund?« Luca nickte nervös, als der Kellner ihm ein Bier hinstellte.

»Wäre es dir lieber gewesen, ich hätte dir zu Hause einen Besuch abgestattet? Nettes Kaffeetrinken mit deiner Frau?« Frau Pichler schaute zu, wie er trank und das Glas auf dem Deckel zurechtrückte.

»Ein echter Marović«, stellte sie fest. »Lässt sich nicht aus der Ruhe bringen.«

»Ich weiß nicht, worauf Sie hinauswollen«, sagte er, »aber um es gleich klarzustellen: Was ich Jurij neulich erzählt habe, als wir uns bei mir getroffen haben – das war alles maßlos übertrieben.« Er schaute in sein Glas, schüttelte den Kopf, gab sich belustigt. »Immer dasselbe, wissen Sie?«, sagte er. »Ein Gläschen zu viel, und die Phantasie geht mit mir durch.«

»Die Phantasie«, wiederholte Frau Pichler und ließ ihn nicht aus den Augen.

»Die Geschichten, die ich dann erzähle, haben mit der Realität eigentlich nichts zu tun«, fuhr er fort. »Aber Jurij hat das, fürchte ich, alles geglaubt.«

»Hat er?«, fragte sie.

»Oder nicht?« Er lächelte verunsichert. »Es ist jedenfalls alles ein großes Missverständnis«, erklärte er und versuchte, ihrem Blick standzuhalten. »Deshalb würde ich vorschlagen, die Sache zu vergessen, am besten den ganzen Abend. Sagen Sie das Jurij und – lassen Sie mich ausreden, Frau Pichler. Egal, was Jurij Ihnen erzählt hat und was er über diese Geschichte denkt, ihr müsst Stillschweigen bewahren. Kein Wort zu niemandem. Richten Sie ihm das bitte aus.«

»Kaltschnäuzig und überheblich – wie es sich für einen Marović gehört.« Die Lippen von Frau Pichler waren nur noch ein Strich, und Luca spürte, wie ihm der Schweiß ausbrach und alles Blut aus seinen Adern wich. Jetzt verstand er, was los war. Jurij war tot. Sie ließ ihn reden und reden, dabei war alles schon zu spät, die Sache war gelaufen. Es war vorbei und erledigt.

»Hast du ihn umgebracht?«, fragte sie.

»Jurij ist tot«, flüsterte er heiser. »Er ist wirklich tot.«

Sie schrie ihn an: »Sprich lauter!«

Er räusperte sich. »Ich hätte Jurij niemals auch nur ein Haar krümmen können«, sagte er, »und das wissen Sie.«

»Ich weiß vor allem eins: Du bist ein Marović, und ein Marović ist zu allem fähig. Du bist schuld an Jurijs Tod, genauso wie dein Großvater.«

»Hören Sie auf, Frau Pichler, das ist lächerlich. Mein Großvater ist alt und schon fast nicht mehr von dieser Welt.«

»Ein Wort von ihm damals, und wir hätten Jurij aus Argentinien zurückkommen lassen können. Unser Leben wäre anders verlaufen. Aber er hat uns ja nicht einmal angehört.«

»Es war damals Ihre Entscheidung, Jurij außer Landes zu schicken.«

»Ich hatte keine Wahl. Jurij wäre im Knast zugrunde gegangen.«

»Jurij war nicht so zart, wie Sie vielleicht denken.«

»Du hattest immer deinen Großvater im Rücken und mit ihm all die verfluchten Bonzen. Guck dich an: Sieben Jahre Gefängnis, und heute stehst du besser da, als du es dir jemals hättest erträumen können. Jurij dagegen war sein Leben lang auf der Flucht. Und jetzt ...«

»Sie haben keine Ahnung«, sagte Luca leise.

Frau Pichler presste sich die Faust vor den Mund. In der Stille war nur die Musik aus den Lautsprechern zu hören, beschwingter Rhythmus, ein Schlager.

»Wie ist es passiert?«, fragte Luca leise.

»Spielt das eine Rolle?« Sie schien einmal tief durchzuatmen. »Es ist passiert.«

»Wenn ich etwas für Sie tun kann«, sagte Luca, »ich meine es ehrlich.«

Ihre Augen waren rot, müde und ganz klein. »Was willst du denn für mich tun?«, fragte sie.

»Sagen Sie es mir.«

Sie fuhr sich mit dem Handrücken über den Mund. »Also gut«, sagte sie. »Jurij wird nicht mehr lebendig, aber es gibt tatsächlich etwas. Ich will eine Million.«

»Wie bitte?«

»Du bekommst dafür das Hotel.«

»Eine Million?«

»Allein das Grundstück ist wahrscheinlich das

Doppelte wert. Aber das muss ich dir ja wohl nicht erklären.«

»Ich weiß nicht, was ich sagen soll«, murmelte Luca.

»Gib mir das Geld, und dann siehst du mich nie wieder. Ich verschwinde und sage zu niemandem ein Wort. Egal, was passiert ist und was du damit zu tun hast.« Sie stand auf und nahm ihren Mantel. »Denk über mein Angebot nach«, sagte sie, »aber denk nicht zu lange.«

Er starrte geradeaus über den Tisch, auf ihre Kaffeetasse, den roten Lippenstift am Rand, und fühlte ihre Hand auf seiner Schulter.

»Falls es dich interessiert«, sagte sie. »Die Schwester von diesem Zigeunerjungen ist in der Stadt, und ich glaube, sie würde dich gerne kennenlernen.«

»Wollen Sie mir drohen?«

»Zwing mich nicht, Dinge zu tun, die ich nicht tun will.« Ohne sich noch einmal umzudrehen, verließ Frau Pichler das Lokal.

Luca saß da wie betäubt. Es war nur ein kurzer Moment, ein Augenblick der Schwäche, kein Schluchzer, eigentlich nur ein Geräusch, aber die Männer an der Theke schauten zu ihm herüber.

Er fuhr sich mit der Hand übers Gesicht. Dann stand er auf, holte sein Portemonnaie heraus und ging zu den Männern hinüber. Manche der Gesichter, kaputte, von der Alkoholsucht zerfressene Visagen, kamen ihm vertraut vor, es könnten auch die Mienen alter Kameraden sein, die die Kurve nicht gekriegt hatten.

»Mein Freund ist tot«, sagte er und legte einen Schein auf den Tresen. »Jurij heißt er. Ihr sollt auf ihn anstoßen.«

Er fuhr langsam, ohne Ziel, bog ab, wo die Straßen zu voll waren. Er war nie eine Heulsuse gewesen. Wenn er jemals geheult hatte, dann aus Wut. Und nicht einmal die verspürte er.

Zu glauben, man könne nach so langer Zeit wieder an alte Zeiten, alte Freundschaften anknüpfen, war eine Illusion, eine romantische Vorstellung. Der Versuch war gescheitert. Er hätte es wissen müssen. In jener Nacht, als ihnen dieser Zigeunerjunge vor die Füße stolperte, hatten sich ihre Wege für immer getrennt. Jurij war in die eine Richtung gelaufen, er in die andere. Er war in den Bau gekommen und ins Lager, Jurij zu seinem Nazi-Onkel nach Argentinien und in die Schuhfabrik. Ende der Geschichte.

In der Belgrader Straße drosselte er das Tempo, fuhr erst vorbei, wendete bei nächster Gelegenheit, fuhr wieder zurück, rechts ran, und schaltete den Motor ab.

Da drüben musste es gewesen sein. Ob sie an jenem Abend besoffen waren? Er wusste es nicht mehr. Er löste den Gurt und stieg aus. Er hatte keine Ahnung, warum er sich das hier überhaupt antat.

Mit Jurij an seiner Seite hatte er sich immer stark gefühlt, aber Jurij hatte Pläne geschmiedet, Australien, Weiber, Abenteuer, dummes Zeug. Und was das Schlimmste war: Er selbst, Luca, kam darin nicht vor. Dass Jurij fortgehen würde – diese Vorstellung war unerträglich gewesen. Er hatte diesen Tag mehr gefürchtet als die Prügel zu Hause. Aber er war machtlos gewesen, konnte ja nicht sagen: Bleib hier, Jurij. Oder: Nimm mich mit. Er war schließlich kein Versager, kein Schwächling, keine Pussy. Und dann lief ihnen dieser Zigeunerjunge über den Weg.

Als er die Blumen auf dem Gehweg sah, wusste er, dass es ein Fehler war, hierhergekommen zu sein. Waren die Maiglöckchen von dieser Schwester, die angeblich zurückgekommen war? Hatten die Zigeuner hier eine Gedenkstätte aufgebaut? Zwischen den verwelkten Blüten steckte etwas. Eine Visitenkarte. Er bückte sich.

*Bitte rufen Sie mich an*, stand da von Hand geschrieben. Er drehte die Karte um.

»Suchen Sie etwas Bestimmtes?« Ein junger

Mann, Sonnenbrille im öligen Haar, kam auf ihn zu, wie ein Köter, der witterte, dass hier etwas nicht in Ordnung sein könnte. Er erkannte diese Zigeuner auf tausend Meter Entfernung. Als ob ein Geruch von ihnen ausging, und den bekam man auch mit Rasierwasser und Pomade nicht weg.

»Alles in Ordnung«, antwortete Luca. »Geh einfach weiter. Hau ab.«

»Hast du irgendein Problem?«, fragte der Typ.

Luca schob die Visitenkarte in seine Hosentasche und wechselte die Straßenseite.

»Hey, Bruder, bleib doch mal stehen!«

Er stieg ein, verriegelte die Türen und ließ den Motor an. Der Typ baute sich vor seinem Kühler auf und schaute ihm direkt in die Augen.

Luca drückte die Kupplung durch und ließ zur Warnung einmal den Motor aufheulen. Dann gab er Gas.

## 24

Die Zeitungen und Magazine auf dem Mahagonitisch hatte Milena mit Jutta schon durchgeschaut, ebenso die Schreibmappe, die so dekorativ auf dem antiken Sekretär lag. Aber gefunden hatten sie nur Werbung, Briefpapier und haufenweise leere Umschläge mit dem goldenen Aufdruck »Hotel Moskau«. In den Jacken- und Hosentaschen, meldete Jutta aus dem begehbaren Kleiderschrank, sei ebenfalls nichts, und überlegte laut, ob das Zimmermädchen ihn vielleicht weggeworfen hatte.

»War der Umschlag denn adressiert?«, fragte Milena.

»Lukin stand drauf. Dick und fett.« Philip klappte verärgert seinen Koffer zu. »Weißt du, was ich nicht verstehe?«, sagte er. »Wenn dieser Brief so wichtig ist, warum lässt du ihn dann nicht einfach zu dir nach Hause oder in eines deiner zahlreichen Büros schicken? Wie viele hast du davon jetzt eigentlich? Zwei? Und reicht das nicht? Wozu dieses Affentheater?«

Milena kannte diesen aggressiven Unterton und hatte keine Lust zu erklären, dass es sich um brisante Informationen handelte, die Kommissar Filipow ihr offenbar auf diesem konspirativen Weg zuspielte, genau wie sie es ihm vorgeschlagen hatte, und dass diese Informationen ihr höchstwahrscheinlich helfen würden zu beweisen, dass es sich beim Tod von Jurij Pichler um ein Gewaltverbrechen handelte.

»Dir das alles zu erklären«, sagte Milena betont freundlich, »würde im Moment zu weit führen.«

»Was soll das bitte heißen?«

»Es ist zu kompliziert.«

»Es hat mit dem Foto zu tun, nicht wahr?«, fragte Jutta und nickte wissend.

»Okay.« Philip knallte die Schublade vom Nachtschrank zu. »Also wenn du uns hier für deine Machenschaften benutzt und dann etwas schiefgeht, hast du selber schuld.«

»Na klar!« Milena verschränkte die Arme vor der Brust. »Manche Dinge ändern sich eben nie.«

»Wie bitte?«

»Schon gut«, gab Milena zurück, und es klang so schnippisch, wie es gemeint war.

»Tu dir keinen Zwang an«, sagte Philip. »Du kannst es ruhig laut sagen.«

»Ich meine nur: Wie ist das möglich? Für mich wird ein Kuvert hinterlegt, und du sollst es einfach nur an mich weiterleiten, mehr nicht. Aber selbst das ist schon zu viel verlangt. Wenn man nur einmal etwas von dir braucht, wegen einer winzigen Kleinigkeit auf dich angewiesen ist, ist man schon verloren. Es geht einfach immer nach hinten los.«

»Und du bist einsame Spitze, wenn es darum geht, andere Leute für deinen Mist verantwortlich zu machen.«

»Jetzt hört auf zu streiten«, bat Jutta.

»Wir streiten nicht«, sagte Milena.

»Milena, nicht in diesem Ton!«

»Es ist gut, Philip«, sagte Jutta.

»Nein.« Philip legte sich aufs Bett und verschränkte die Arme hinter dem Kopf. »Es ist überhaupt nichts gut. Ich habe einfach keinen Bock mehr, immer schuld zu sein, wenn in Milenas seltsamem Leben etwas schiefgeht.«

»Weißt du, was das ›Seltsame‹ in meinem Leben ist?« Milena setzte ein Lächeln auf. »Dass darin überhaupt nichts schiefgeht. Bis du auftauchst.«

»Ich bin dann mal unten in der Lobby«, sagte Jutta und nahm ihre Jacke vom Haken.

Kurz darauf klappte die Tür, und Milena seufzte. »Okay«, sagte sie. »Tut mir leid.«

»Wunderbar.« Philip lachte. »Problem gelöst?«

Milena setzte sich müde auf den kleinen Sessel. Dann würde sie eben noch mal Kontakt zu Filipow aufnehmen müssen. Und wahrscheinlich würde er dann so tun, als wisse er nicht, wovon sie redete. Es war schon sehr ärgerlich.

Aber als würde ihnen ohne Jutta das Publikum fehlen, schwiegen sie, und Milena spürte plötzlich, wie erschöpft sie war. Und wie wenig sie sich noch mit Philip zu sagen hatte. So viele Jahre hatte sie mit diesem Mann zusammen verbracht. Und es war ja auch nicht alles schlecht gewesen. Aufregende und schöne Jahre waren darunter, und viel zu schnell war alles vorbei gewesen. Und nun saßen sie in Belgrad in einem Luxushotel und schwiegen sich an. Wenn man überhaupt noch von einer Verbindung zwischen ihnen sprechen konnte, dann war es der gemeinsame Sohn.

»Was war eigentlich los mit dir und Adam?«, fragte sie in die Stille hinein.

»Das habe ich doch schon gesagt.«

»Habt ihr richtig gestritten?«

»Bitte jetzt kein Kreuzverhör.« Philip streckte den Arm aus und ließ ihn theatralisch aufs Bett fallen. »Adam war müde und wollte nach Hause. Das war's. Also mach bitte kein Drama.« Er starrte zur Decke, wie er es schon früher immer gemacht hatte, und sagte: »Aber eins muss man euch lassen: Ihr verwöhnt den Jungen wirklich nach Strich und Faden.«

»Natürlich tun wir das. Und?«

»Ich kenne jedenfalls keinen elfjährigen Jungen, der sich in Hamburg, wenn er nach Hause will, an den Straßenrand stellt und mal eben ein Taxi anhält. Ehrlich, ich dachte, ich sehe nicht richtig. Als würde der Kerl nie etwas anderes machen.«

»Übertreib nicht. Er war müde, das hast du selbst gesagt.«

»Und wieso kann er nicht den Bus nehmen? Du setzt dem Jungen völlig falsche Maßstäbe. Ernsthaft, Milena. Was ihr dem Jungen hier vorlebt, geht für meine Begriffe in die völlig falsche Richtung.«

»Interessant. Erzähl mehr.«

»Und wie deine Mutter ihn indoktriniert, scheint dir überhaupt nicht bewusst zu sein.«

»Philip, das muss ich mir jetzt nicht anhören.«

»Kriegst du eigentlich gar nicht mit, was er teilweise so vom Stapel lässt? Diese Tito-Verehrung, zum Beispiel, das ist doch O-Ton Vera: ›Tito, unser Held. Wir müssen dankbar sein für alles, was er getan hat.‹ Das ist haarsträubend, dieses Schwarz-Weiß-Denken. Und der Junge nimmt das alles für bare Münze.«

»Der Junge ist nicht dumm, und er hat seine Phasen. Zuletzt war es das Mittelalter, jetzt ist es Tito. Und als Nächstes, keine Ahnung, ist es vielleicht Willy Brandt oder der Vietnamkrieg. Und ich weiß nicht, was daran verkehrt ist, wenn er verschiedene Sichtweisen kennenlernt. Überhaupt: du und deine Denkverbote. Das ist so typisch deutsch!«

»Wenn das wirklich deine Meinung ist, haben wir ein Problem.«

»Nein, Philip, *du* hast ein Problem.«

»Dann müssen wir uns überlegen, ob das hier noch der richtige Ort ist, wo unser Kind groß werden kann.«

»Es reicht.« Milena stand auf und nahm ihre Tasche. »Ich wünsche dir ein schönes Leben.«

Sie wollte gehen, aber Philip war aufgesprungen und trat ihr in den Weg. »Immer wegrennen, wenn es schwierig wird. Bloß nichts ausdiskutieren. Könnte ja unangenehm werden.«

»Wegrennen?«, gab Milena wütend zurück. »Wer ist denn weggerannt? Wer hat denn jede Diskussion abgeblockt und es vorgezogen, gleich alles kaputtzumachen, nur weil es gerade mal ein bisschen schwierig wurde? Ich ganz bestimmt nicht!«

»Das habe ich irgendwie anders in Erinnerung.« Philip grinste unverschämt. »Und ich fürchte, Schatz, wenn eine Ehe scheitert, gehören dazu immer zwei.«

»Ich bin nicht dein Schatz, und ich übernehme gerne für alles die Verantwortung, aber bestimmt nicht für deine Affären.«

»Willst du mir etwa erzählen, dass du die ganze Zeit treu warst?«

»Natürlich. Was denn sonst?«

»Und was war, zum Beispiel, mit diesem Schnösel aus deiner Doktorandengruppe? Jetzt tu nicht so ahnungslos. Der Typ mit dem Zopf, mit dem du nächtelang zusammengehockt hast, während ich zu Hause Däumchen gedreht habe.« Er hielt sie am Arm fest. »Hiergeblieben. Das will ich jetzt wissen.«

»Lass mich los.«

Plötzlich war sein Gesicht ganz nah, seine Lippen, sein Atem. Er hielt sie nicht mehr fest, sein Griff war ganz locker, und in seinen Augen blitzte etwas, von dem sie vergessen hatte, dass es einmal da gewesen war, etwas tief Vertrautes.

Milena war verwirrt, und das Herz klopfte ihr bis zum Hals.

*

Als sie die Wohnungstür aufschloss und über die Schwelle trat, brandete Applaus auf.

»Du bist spät!« Veras Stimme kam aus dem Wohnzimmer, untermalt von der Fanfare der Samstagabend-Spielshow. »Wo warst du so lange?«

Milena hängte ihre Jacke auf und schlüpfte in die Pantoffeln. Es roch nach gebratenen Zwiebeln und

Speck. Fiona saß wie eine hübsche Skulptur neben dem Schirmständer und guckte vorwurfsvoll – jedenfalls kam es Milena so vor.

Beim Händewaschen sah sie im Spiegel ihre Augenringe, Falten und um den Mund herum etwas, das Tanja bei ihren Klientinnen in der Schönheitsklinik immer »so einen geschiedenen Zug« nannte. Milena senkte den Kopf und spritzte sich kaltes Wasser ins Gesicht.

»Der Junge schläft.« Vera hatte die Füße hochgelegt und stellte mit der Fernbedienung den Ton leiser. »Dass er nach dieser unsinnigen Bootstour schon früher nach Hause gekommen ist, hast du mitgekriegt?«

»Ja.« Milena zog die Wellen aus dem Teppich. »Die beiden hatten anscheinend Streit.«

»Hat Philip es also erwähnt?« Vera verfolgte prüfend, wie Milena versuchte, mit dem Fuß die Teppichfransen zu ordnen.

»Ist alles in Ordnung bei dir?«, fragte Vera. »Habt ihr euch endlich mal ausgesprochen?«

»Ich erzähle es dir morgen.« Milena gab ihrer Mutter einen Kuss.

»Wurde ja auch Zeit. Falls du noch Hunger hast«, rief sie ihr hinterher, »wir haben dir etwas übriggelassen. Steht auf dem Herd.«

Adam hatte tatsächlich schon die Nachttischlampe ausgemacht und seinen Kopf unter dem Kopfkissen vergraben.

»Spatz?«, fragte Milena leise und horchte im Dunkeln auf seinen Atem. Dann zog sie vorsichtig die Decke über seinen Füßen zurecht.

Auf dem Herd standen die selbstgemachten Eierbandnudeln und eine Pilzpfanne, im Schälchen daneben war frische Petersilie. Aber Milena hatte keinen Appetit. Sie nahm sich nur ein paar Trauben und den Rest vom kalten Kaffee und ging, gefolgt von Fiona, den Flur hinunter in ihr Zimmer.

Philip war längst wieder auf das zusammengeschrumpft, was er war: ihr Ex mit Bauchansatz, Halbglatze und teilweise kruden Ansichten, und Milena konnte nur hoffen, dass ihr Abgang nicht zu sehr nach Flucht ausgesehen hatte. Eine kurze Mail wäre vielleicht ganz angebracht. Sie stellte das Fenster auf Kipp und nahm die Zigarillos vom Regal.

Gute Reise wünschen und gleichzeitig klarmachen, dass sie für weitere Aktionen leider nicht mehr zur Verfügung stehen konnte. Zu viel Arbeit im Büro, zu viel liegengeblieben. Nein, besser eine Dienstreise. Sie knipste die Schreibtischlampe an und öffnete das E-Mail-Programm.

Philip hatte anscheinend auch das Bedürfnis gehabt, sich noch einmal zu melden. *Du warst so schnell weg!*, schrieb er – und damit war für ihn das Thema anscheinend erledigt, denn er fuhr fort: *Was ich dich nämlich noch fragen wollte: Wir möchten dich morgen zum Essen ausführen, bevor wir dann am Montag abreisen. 20 Uhr? Hast du einen Tipp? Philip. P. S.: Bitte entschuldige, ich benehme mich manchmal wie ein Esel.*

»Nun ja«, murmelte Milena. »Es ist, wie du gesagt hast: Dazu gehören auch immer zwei.«

Sie rauchte und starrte nach draußen, auf die graue Betonwand. Der verschwundene Brief. Die Tatsache, dass Kommissar Filipow konspirativ eine Nachricht für sie an der Rezeption hinterließ, bewies, dass es tatsächlich ein Geheimnis um den Tod von Jurij Pichler gab und vermutlich eine Information, die so brisant war, dass sie unter den Teppich gekehrt wurde. Anders war es nicht zu erklären. Sie nahm ihre Ohrringe ab.

Obwohl sie Siniša auf die Mailbox gesprochen hatte, meldete er sich nicht. Dabei war es doch eine Sensation, dass sie den zweiten Täter von damals, Jurij Pichlers Kindheits- und Jugendfreund, ausfindig gemacht hatte: Luca Marović, Inhaber des Restaurants ›Little Italy‹ am Akademieplatz. Der Mann war ein wichtiger Zeuge, der vielleicht den entscheidenden Hinweis liefern konnte, um die letzten Tage von Jurij Pichler zu rekonstruieren und herauszufinden, was den Mann umtrieb, und vielleicht auch, wie es zu seinem Tod gekommen war.

Sie löschte das Licht, schlug die Bettdecke zurück, aber ihre Gedanken hörten nicht auf zu kreisen, wanderten zu Philip und zu dieser seltsam aufgeladenen Situation im Hotelzimmer, zu Jutta, von der sie jetzt wusste, welche Unterwäsche sie trug. Im Halbschlaf spazierte sie noch einmal ins ›Little Italy‹ und zu ihrem Informanten in der Fußgängerzone und landete plötzlich in Berlin und bei der Frage, was Alexander jetzt wohl machte.

Milena drehte sich auf die andere Seite. Nach Alexanders letzter Zwischenmeldung mussten die Verhandlungen im Auswärtigen Amt heute Abend zu Ende gegangen sein. Die Gespräche waren um einen Tag verlängert worden, und ob das ein gutes Zeichen war, konnte sie schwer beurteilen. Das wenige, das Alexander durchblicken ließ, hatte sich eher verhalten angehört. Also kein großer Durchbruch, weiter dicke Bretter bohren, und diese Aussicht fand Milena überhaupt nicht schlimm. Im Gegenteil. Sie drehte sich auf die andere Seite.

Wahrscheinlich war Alexander jetzt mit den anderen Konferenzteilnehmern im Berliner Nachtleben unterwegs, und ein ganzes Rudel von Referentinnen machte ihm an der Bar schöne Augen.

Na und? Viel Spaß, konnte sie da nur sagen. Sie brauchte das alles nicht.

Plötzlich war sie wieder hellwach, setzte sich auf und stopfte sich fast wütend das Kissen in den Rücken.

Sie konnte es sich ja ruhig eingestehen: Es wäre schön gewesen, wenn Alexander sich nach Ende der Konferenz gemeldet hätte. Sie hätte gerne seine Stimme gehört. Ja, sie vermisste ihn sogar. Wie viele Tage hatten sie sich jetzt nicht mehr gesehen und gesprochen? Sie rechnete. Exakt drei. Aber ihr kam es vor wie eine Ewigkeit.

Sie stand auf und schloss das Fenster. Sie war im Moment einfach durcheinander, und in diesem Zustand, noch dazu mitten in der Nacht, sollte man keine Kurzmitteilungen verschicken, schon gar nicht an einen deutschen Botschafter – dachte sie, als ihr Telefon den Eingang einer SMS meldete. Milena nahm das Gerät und traute ihren Augen nicht.

*Sind Sie noch wach?*, schrieb Alexander. *Wollen wir telefonieren?*

Ganz nahe fühlte sie sich ihm, so nahe, wie vielleicht noch nie zuvor, und ohne weiter darüber nachzudenken, drückte sie den grünen Knopf für den Verbindungsaufbau.

»Mama?« Zaghaft ging die Zimmertür auf.

Adams Gesicht erschien im Türspalt. »Ich kann nicht schlafen.«

Milena drückte den Knopf für »Verbindung beenden« und legte das Telefon beiseite. »Komm her.«

Sie schlug die Decke zurück und rückte ein wenig beiseite. »Was ist denn los?«

Während Adam unter ihre Armbeuge schlüpfte und vom Bootsausflug zu erzählen begann, stellte Milena das Telefon aus und dachte, wie klein und unwichtig doch ihre Gedanken, Sorgen und Ängste waren im Vergleich zu den Katastrophen und Umwälzungen, die gerade im Kopf dieses Jungen stattfanden. Was da alles los war: Der Zweite Weltkrieg, die deutschen Faschisten, Tito, der Partisanenführer, und vielleicht hatte Philip mit seiner Kritik nicht so ganz unrecht. Die Themen, mit denen Adam sich beschäftigte, angefeuert von seiner Großmutter, waren riesig, und natürlich überforderten sie den Jungen.

Adam brachte es schließlich auf den Punkt: »Oma sagt, Tito ist ein Held, und Papa sagt, Tito ist ein Verbrecher.« Die Handflächen ratlos nach oben gestreckt, fragte er: »Dann lügt doch einer von beiden, oder?«

»Niemand lügt.« Milena drückte ihn näher an sich. »Die Sache ist nur nicht so einfach. Es ist nämlich so: Tito ist zwar ein Held, aber er hat auch schlimme Sachen getan.«

»Was denn für Sachen?«

»Er hat Menschen verfolgt, die nicht seiner Meinung waren.«

»Aber er hat den Krieg gewonnen. Er hat den Deutschen gezeigt, wo es langgeht. Das ist die Wahrheit, frag Oma, und die kann Papa anscheinend nicht vertragen.«

»Oma verzeiht Tito alles, weil er uns von den deutschen Faschisten befreit hat. Dafür ist sie ihm ewig dankbar, und deshalb will sie nur seine positiven Seiten sehen. Papa denkt da anders. Er sieht auch die negativen Seiten.«

»Und du?«, fragte Adam.

Milena überlegte. »Tito ist ein Held, damit bin ich einverstanden, aber auch Helden dürfen sich nicht alles erlauben. Insofern hat auch Papa recht.«

Sie schwiegen, und Milena überlegte, wie sie es ihm besser verständlich machen könnte, das unterschiedliche Geschichtsverständnis von Serben und Deutschen, von Kriegs- und Nachkriegsgeneration, als sie bemerkte, wie Adam tiefer zu atmen begann. Sie beugte sich vor und sah, dass unter seiner Schlafanzugjacke ein Stück Papier hervorschaute.

»Für dich«, flüsterte er, schon halb im Schlaf. »Gefunden. Bei Papa im Hotel …«

Sie zog unter dem Frotteestoff ein zerknautschtes Kuvert hervor, einen kleinen, blassblauen Umschlag. Vorne stand in steilen Buchstaben ihr Name. Kein Absender. Typisch Adam. Umsichtig, wie er manchmal war, hatte er den Umschlag eingesteckt, und niemand hatte es mitbekommen.

Vorsichtig, um das Kind nicht zu wecken, riss sie mit dem Fingernagel das dünne Papier auf und entfaltete ein weißes Blatt Papier.

Die Nachricht von Kommissar Filipow bestand aus drei Ziffern, einem Komma und einem Ausrufungszeichen: 6,36!

Kein weiteres Wort, keine Erklärung, und Milena dachte: Soll das ein Witz sein?

## 25

»Danke.« Milena klappte die Karte zu und gab sie der Bedienung zurück. »Für mich heute nur Pfefferminztee.«

»Was ist los?« Siniša legte ihr fragend eine Hand auf den Arm. »Bist du krank? Oder bloß auf Diät?«

»Wenn überhaupt, dann Letzteres. Seit heute.« Milena wühlte in ihrer Tasche.

»Was soll das?« Siniša lehnte sich zurück. »Ich kann Hungerhaken nicht leiden.«

»Keine Sorge.« Milena nahm den Zettel aus dem blassblauen Umschlag und schob ihm das Papier über den Tisch. »Filipows geheimnisvolle Nachricht«, sagte sie. »Ich hatte eigentlich gehofft, dass er uns Fakten liefert, zum Beispiel eine Kopie vom Untersuchungsbericht. Oder dass er uns irgendein geheimes Protokoll zuspielt, in dem vielleicht steht, warum die Ermittlungen im Fall Jurij Pichler eingestellt wurden. Stattdessen diese Zahl.«

Siniša hatte Milenas Brille genommen und hielt sich die Gläser vor die Augen. »Ist das zwischen der

Sechs und der Drei ein Punkt oder ein Komma?«, fragte er.

»Ein Komma. Sechs Komma drei sechs. Ich habe schon überlegt, ob es sich um das Kaliber der Tatwaffe handelt?«

Siniša runzelte die Stirn. »Das wäre durchaus möglich.«

Sie nahm seine Gabel und probierte ein Stück von seiner Torte. »Aber warum das Ausrufungszeichen?« Sie pikste eine Himbeere auf. »Will er uns damit sagen: ›Ihr habt recht gehabt, es liegt ein Gewaltverbrechen vor. Kaliber 6,36‹.« Nachdenklich drückte sie die kleinen Zinken der Kuchengabel an die Lippen. »Warum schreibt er dann nicht einfach in einem Satz: Jurij Pichler wurde mit einer Waffe des Kalibers 6,36 erschossen. Ist die Information so brisant?«

Siniša faltete das Papier zusammen und steckte es zurück in den Umschlag. »Ich kenne da jemanden in der Ballistik. Den werde ich mal konsultieren.«

»Alles, was wir wissen«, stellte Milena ernüchtert fest, »ist, dass Jurij Pichler am Sonntag, dem 24. April, zwei Tage, bevor er spurlos verschwand, mit Luca Marović kalte Vorspeisen gegessen hat.«

Siniša stand auf und gab ihr einen Kuss auf die Wange. »Ich rufe dich an.«

»Morgen Mittag statten wir auf jeden Fall Luca

Marović einen Besuch im ›Little Italy‹ ab«, erklärte Milena. »Und zwar ohne Vorankündigung.«

»Einverstanden. Und bis dahin: keine Alleingänge. Versprochen?«

Siniša war fort, und Milena kümmerte sich um die Reste auf dem Kuchenteller. Sie überlegte: Wenn Jurij Pichler erwiesenermaßen Kontakt zu Luca Marović aufgenommen und sich mit seinem alten Jugendfreund getroffen hatte, lag es nahe, dass er auch die Verbindung zu der Roma-Familie, den Jovanovićs, gesucht hatte. Und wenn es zu einem Treffen zwischen Jurij Pichler und den Roma gekommen – wofür es bislang keine Beweise gab – und die Situation eskaliert war? Aber das war, wie gesagt, alles reine Spekulation. Genauso gut könnte da auch etwas zwischen den Freunden Jurij Pichler und Luca Marović aus dem Ruder gelaufen sein. Milena nahm resigniert ihre Tasche und stand auf. Es ergab alles keinen Sinn.

Dreißig Minuten später betrat sie das Institut für Kriminalistik und Kriminologie. Es war Sonntag, und es war ruhig. Sie schloss ihr Zimmer auf, öffnete das Fenster und setzte sich sofort an den Schreibtisch. Zwei Worte tippte sie in die Internet-Suchmaschine: »Luca Marović«.

Der erste Treffer war die Website vom ›Little Italy‹: Luca Marović, Geschäftsführer des Franchise-Unternehmens, Standort Akademieplatz. Festangestellte Mitarbeiter: 28. Geplante Eröffnungen: Siegesplatz und Makedonische Straße. Bitte bewerben Sie sich. Speisekarte, Specials und Events.

Der nächste Treffer war ein Interview, das Luca Marović vor zwei Jahren einem Wirtschaftsmagazin gegeben hatte. Milena überflog den Text. Selbstverständlich eine Erfolgsgeschichte. Aber immerhin ein paar private Informationen: Luca Marović, verheiratet, hatte keine Kinder und war Sohn eines Tennisspielers.

Milena schob sich eine Geleebanane in den Mund, klickte durch die Fotos, die wohl während des Interviews entstanden waren, als sie auf dem Flur Schritte hörte. Sie kannte den Rhythmus. Einmal noch quietschte das Parkett, Milena zählte bis zwei, dann ging die Tür auf.

»Was machen Sie denn hier?«, fragte Boris Grubač. Er lutschte ein Bonbon. »An einem Sonntag, bei diesem Wetter.«

»Dasselbe könnte ich Sie fragen«, gab Milena zurück.

»Ob Sie es glauben oder nicht, als Sie an meinem Büro vorbeigeschlichen sind, habe ich gerade Ihr Memo gelesen.«

»Schön«, antwortete Milena und lehnte sich zurück. »Und?«

»Mit Verlaub, was Sie da zusammengeschustert haben, klingt ja alles noch ein bisschen unausgegoren: neue Sicherheitskonzepte, Herausforderungen im Zeitalter der Globalisierung, Chancen, Risiken.«

»Ich wollte erst einmal abklären, ob es dafür überhaupt ein Budget gäbe.«

»Darf ich Ihnen mal einen Rat geben?« Er schloss die Tür und schob auf ihrem Schreibtisch die Bücherstapel beiseite, um sich Platz für eine Gesäßhälfte zu verschaffen. »Wenn Sie so eine Konferenz wirklich durchziehen wollen«, sagte er, »dann kommen Sie mir nicht mit irgendeinem Kriminalbeamten aus dem mittleren Dienst, einem Zoran Filipow, nur weil der Ihnen irgendwann mal schöne Augen gemacht hat. So ist es doch, oder?«

Milena schüttelte den Kopf. Das war natürlich alles Quatsch, aber gleichzeitig fühlte sie sich ertappt.

»Dachte ich es mir doch!« Grubač schlug sich mit der flachen Hand auf den Schenkel. »Frau Lukin, vergessen Sie diesen Filipow. Sie haben doch viel bessere Kontakte! Schmeißen Sie sich mal an die Richtigen ran, zum Beispiel an den deutschen Außenminister, oder noch besser: Gehen Sie an den Verteidigungsminister, ganz egal, Hauptsache oberste Liga, und dann ziehen wir die Sache richtig groß auf. Dann verkrümeln wir uns nicht hier unten im kleinen Kinosaal, sondern gehen ins Kongresszentrum. Hören Sie mir überhaupt zu?« Er folgte ihrem Blick, schaute auf ihren Bildschirm und sagte: »Wer ist denn das? Ist das nicht der Marović-Enkel?«

»Der Mann heißt Luca und betreibt ein Restaurant am Akademieplatz. Ich glaube nicht, dass Sie ihn kennen.«

»Nicht persönlich, aber seinen Großvater.«

»Sie meinen wahrscheinlich seinen Vater, den Tennisspieler.«

»Ich bitte Sie, Tennisspieler. Nein, ich meine Vladimir Marović. Und man sieht es doch auch. Gucken Sie mal, die Nase. Wollen Sie den etwa auch einladen? Interessante Idee. Aber auch wieder typisch. Der Enkel.« Grubač drückte Daumen und Zeigefinger zusammen. »Klein denken.«

Milena klickte auf das Foto von Luca Marović und vergrößerte es, bis es fast den ganzen Bildschirm einnahm, und fragte ungläubig: »Sie meinen, dieser Mann ist der Enkel von Vladimir Marović, damals Chef des jugoslawischen Geheimdienstes?«

»Und Träger des Bundesverdienstordens erster Klasse.«

»Der Mann ist ein Verbrecher.«

»Vladimir Marović, meine liebe Frau Lukin, hat dafür gesorgt, dass Sie in unserem schönen Jugoslawien eine unbeschwerte und friedliche Kindheit und Jugend hatten.«

»Er hat Tausende verfolgt und verschleppen lassen, nur weil sie politisch anders dachten.«

»Er hat im Hintergrund mit Mut und Weitsicht die Geschicke dieses Landes gesteuert.«

»An seinen Händen klebt so viel Blut, dass ich ihm nicht mal den kleinen Finger reichen würde.«

»Niemand zwingt Sie dazu.« Grubač betrachtete kopfschüttelnd das Foto von Luca Marović. »Restaurantbesitzer, sagen Sie? Und was wollen Sie mit dem auf Ihrer Sicherheitskonferenz, wenn Ihnen nicht mal die familiäre Verbindung zu General Marović klar ist?«

»Unwichtig«, murmelte Milena und überlegte fieberhaft, ob diese Information – Luca Marović, Enkel von General Marović – für ihren Fall von Bedeutung sein könnte.

»Der hat mal gesessen«, sagte sie. »Wussten Sie das?«

Grubač schaute sie nachdenklich an. »Stimmt«, sagte er. »Da war etwas. Ist aber schon ein Weilchen her, oder? Zwanzig, dreißig Jahre?«

Milenas Telefon klingelte. Rasch drückte sie auf die Taste, stellte es stumm und fragte: »Wissen Sie denn, worum es damals ging?«

Grubač winkte ab. »Der hatte irgendetwas ausgefressen, so eine typische Rabaukengeschichte, wenn ich mich recht erinnere.« Er ordnete die Krawatte über seinem Bauch. »Ich war damals selbst noch ganz jung, also frisch von der Parteischule und in der Informationsabteilung noch ein ganz kleines Licht. Aber ich sage Ihnen jetzt mal etwas, hören Sie mir gut zu.« Grubač beugte sich vor und verströmte einen Geruch von Alkohol, Pfefferminz und Rasierwasser. »Dieser Mann, der Marović-Enkel« – er tippte mit dem Fingernagel gegen den Bildschirm –, »der damals noch nicht ganz trocken hinter den Ohren war, stand wegen irgendeiner blöden Sache vor Gericht, und mein Chef wollte dafür sorgen, dass er eine kleine Bewährungsstrafe bekommt. In vorauseilendem Gehorsam sozusagen. Verstehen Sie? Schließlich handelte es sich ja um den Enkel von General Marović. Und wissen Sie, was dann passiert ist? Dieser General Marović, den Sie hier als Verbrecher beschimpfen, ist schier ausgerastet! Sein Enkel sollte selbstverständlich die Höchststrafe bekommen und richtig bluten.« Grubač stemmte im Sitzen eine Hand in die Hüfte und schaute Milena herausfordernd an.

»Und?«, fragte sie. »Hat er geblutet?«

»Das nehme ich an.« Er nahm sich eine Geleebanane. »Aber verstehen Sie, was ich damit sagen will? So korrekt und anständig war General Marović. Hat andere nicht geschont, aber sich selbst auch nicht. Deshalb meine ich, Frau Lukin, bevor Sie immer gleich so selbstherrlich den Stab über alle brechen: Etwas mehr Respekt.« Er ging zur Tür und legte die Hand auf die Klinke. »Und was Ihr Symposium angeht, da müssen Sie auf jeden Fall noch mal ran.«

Als Milena hörte, wie er den Gang hinunterging, nahm sie ihr Telefon, um Siniša anzurufen.

Das Display leuchtete auf und erinnerte sie an den Anruf, den sie weggedrückt hatte. Der unbekannte Teilnehmer hatte eine Nachricht hinterlassen.

»Hallo«, sagte eine helle, mädchenhafte Stimme in der Mailbox. »Hier spricht Eremina. Ich habe eine gute Nachricht für Sie. Halten Sie sich fest: Wir haben ihn!«

## 26

Jovan Jovanović hatte von Anfang an kein gutes Gefühl gehabt. Die Tüte vor seiner Tür gehörte ihm nicht, sie war fremdes Eigentum, und eigentlich wollte er nichts mit ihr zu tun haben.

Trotzdem war er wie ein neugieriger Köter darum herumgeschlichen. Hatte noch gehofft und gleichzeitig befürchtet, jemand würde sie einfach wieder mitnehmen. Vielleicht die Leute, die hier ihr Auto parkten, oder die Halbstarken, die nach Einbruch der Dunkelheit herumgrölten und den Motor aufheulen ließen.

Aber die Tüte stand am nächsten Morgen immer noch da, farbenfroh und prall gefüllt. Er hatte das Gefühl, als würden geheimnisvolle unsichtbare Botschaften von ihr ausgehen.

Schließlich packte er sie bei den Schlaufen und holte sie herein. Das Ding war schwer. Und jetzt? Wohin damit? Unter das Waschbecken, neben den Mülleimer? Nein, die Tüte gehörte auf den Stuhl wie ein Gast, den man willkommen heißt.

Er wuchtete sie hoch und bemerkte, dass ein herrlicher Duft den Raum erfüllte. Die Orangen lagen gleich obenauf. Wo gab es denn um diese Zeit noch Orangen? Er nahm eine Frucht, grub seine Finger in die dicke Schale und biss hinein, dass ihm der Saft an den Seiten herunterlief. Gleich noch eine, und es waren immer noch drei Stück da.

Stück für Stück arbeitete er sich durch die Tüte. Ein Flanellhemd. Lange Unterwäsche. Warme Strümpfe. Zum ersten Mal seit langer Zeit fühlte er, wie die Wärme in die Beine zurückkehrte. Wenn er könnte, hätte er getanzt. Was für ein Fest.

Sein Herz klopfte immer noch wie wild, während er überlegte: Wer tat ihm, dem alten Jovan, so viel Gutes – und vor allem: warum? Er war ein Stinkstiefel, ein pessimistischer, das hatte Svetlana immer gesagt, und sie hatte recht gehabt. Wenn er etwas bekam, fürchtete er, dass er es gleich wieder verlor oder ihm als Ausgleich etwas Schlechtes passieren würde. So war es immer gewesen. Wenn Svetlana nachts bügelte, sah er nicht das zusätzliche Geld, das sie verdiente, sondern dass ihr in der Müdigkeit das Eisen auf den Fuß fallen würde. Und hatte er am Ende nicht mit allem recht behalten? Es war sogar alles noch schlimmer gekommen – so schlimm, wie er es sich in seinen ärgsten Träumen nicht hätte ausmalen können.

Und jetzt diese Tüte. Wie dumm war er eigentlich? Glaubte er allen Ernstes, diese Wohltaten ohne Gegenleistung zu bekommen? Nichts auf der Welt gab es umsonst, nicht einmal im Paradies.

Er nahm die Tüte, wollte sie beiseitestellen – und stutzte. Dafür, dass da nur noch zusammengeknülltes Papier drin war, kam sie ihm etwas zu schwer vor. Als hätte er immer noch nicht genug, fing er wieder an zu wühlen – und förderte tatsächlich noch ein Päckchen zutage.

Er musste sich setzen. Süße Waffeln in goldenem Papier. Er erinnerte sich, sah verschwommene Bilder, von denen er gar nicht mehr gewusst hatte, dass sie noch in seinem Kopf existierten, sah die Kinder, wie sie hier am Tisch beieinander standen und große Augen machten.

Er holte ein Messer. Wie Svetlana es immer gemacht hatte, löste er vorsichtig die Klebestellen und achtete darauf, das goldene Papier beim Auspacken nicht zu zerreißen. Svetlana hatte die Waffeln streng rationiert, für jeden Sonntag eine, hatte jedes kleine Stück in noch kleinere Stückchen unterteilt und die Anzahl der Feiertage auf diese Weise vervielfacht.

Anna konnte endlos an ihrem Stück Waffel knabbern, während Dušan seines immer sofort verschlang. Und jetzt bekam er, der Vater, das verkommene Subjekt, ein ganzes Paket für sich alleine? Es kam ihm unanständig vor, und an Zufälle glaubte er nicht.

Er wusch sich, legte die neue Unterwäsche an und zog das Flanellhemd über. Dann schob er das Waffelpäckchen in seine Hosentasche, schnappte sich seine Krücke und verließ das Haus.

Als er Anna vor vielen Jahren den Brustbeutel um den Hals gehängt hatte und sie fortschickte, hatte er ihr klare Anweisungen gegeben: »Geh dahin, wo die Schwarzen sind«, hatte er ihr gesagt. Und: »Schau niemals zurück.« Und Anna war ein kluges, folgsames Mädchen, sonst hätte er sie nicht ziehen lassen. Sie fuhr nach Amerika, und nie hätte er geglaubt, dass er sie noch einmal in seinem Leben wiedersehen würde.

Er überquerte die Kreuzung und humpelte die Belgrader Straße hinunter. Beim Verkehrsschild auf Höhe des Kiosks zog er das goldene Päckchen aus der Hosentasche, bückte sich und legte die Süßigkeit neben dem Marmeladenglas ab.

Mit seiner Krücke schob er die Waffeln so dicht wie möglich an die verwelkten Maiglöckchen heran. Er hatte damals nicht gewusst, wie er weiterleben sollte, hatte gebetet, Svetlana möge kommen, ihm die Angst nehmen und ihn holen. Und jetzt, wo er endlich bereit war, ihr zu folgen, stand da plötzlich diese Tüte. War Anna zurückgekommen? Wie ging es ihr? War sie gesund, war sie glücklich geworden?

Hunde kamen, schnüffelten. Jovan Jovanović schaute zu, wie sie das Papier aufrissen und die Süßigkeit fraßen und Tauben nach den Krümeln pickten. Die Waffeln waren weg, und es ergab alles keinen Sinn. Oder wenn es einen Sinn gab, dann sah er ihn nicht. Er machte sich auf den Rückweg.

Das Auto fuhr schon eine ganze Weile neben ihm her, aber er achtete nicht darauf. Er wollte nach Hause, abwarten und in sich hineinhorchen, was Svetlana ihm einflüsterte. Sie würde schon aufpassen und ihm den richtigen Weg weisen.

»Hey, Opa.« Die Stimme kam aus dem Auto. Die Scheibe war unten, und der Mann lehnte sich über den Beifahrersitz. »Was hast du da eben gemacht? Tauben gefüttert? Bleib stehen, wenn ich mit dir rede. Erklär es mir.«

Ohne zu antworten, ging er weiter, auf seine Krücke gestützt. Hörte die Autotür, drehte sich aber nicht um. Im Gegenteil: Er versuchte, noch ein bisschen schneller zu gehen.

Plötzlich packte ihn von hinten eine Hand bei der Schulter. »Bist du der Vater von Dušan Jovanović?«, fragte der Mann. »Antworte! Bist du Jovan Jovanović?«

Er hatte dieses Gesicht noch nie gesehen. Er hob

die Krücke, versuchte eine Drohgebärde, aber der Typ nahm ihm die Gehhilfe einfach weg, packte ihn am Arm und blaffte: »Wo wohnst du?«

Sein Arm – es war, als ob er in einem Schraubstock steckte. Hilfesuchend drehte Jovan Jovanović sich um, aber die Leute zogen den Kopf ein und huschten schnell vorbei.

»Komm mit«, zischte der Kerl. »Wir zwei werden uns jetzt mal in Ruhe unterhalten.«

Er hatte keine Krücke mehr, keine Kraft, er hatte nur noch eine Waffe, ein allerletztes Mittel. Er holte einmal tief Luft.

Seine Spucke traf den Mann mitten ins Gesicht. Der Speichel lief ihm über die Wange, hing im akkurat getrimmten Backenbart, zog dort langsam einen Faden und tropfte herab.

Jovan Jovanović sah in ein wutverzerrtes Gesicht und spürte im nächsten Moment, wie er den Boden unter den Füßen verlor.

## 27

Es ging auf vier Uhr zu, als Milena den Blinker setzte und in die große Kurve bog. Zum zweiten Mal innerhalb von fünf Tagen nahm sie den Autobahnzubringer nach Budapest. Doch statt auf dem Beschleunigungsstreifen Gas zu geben, drosselte sie das Tempo, rollte auf die Schotterpiste, bremste und blieb bei der Imbissbude stehen. Mindestens zwanzig Motorräder versperrten den Weg.

Sie musste mehrmals hupen, die Scheibe herunterkurbeln, mit der Hand wedeln und rufen: »Entschuldigung, könnten Sie bitte ...« Es dauerte, bis die Leute in der Lederkluft, die hier Rast machten, sich bequemten, ihre Pommes wegzustellen und nach und nach ihre schweren Maschinen auf die Seite zu fahren. Milena trommelte nervös mit den Fingern auf dem Lenkrad.

»Wo willst du denn hin, Mädchen?«, rief einer von ihnen mit langem dünnen Pferdeschwanz. »Hier geht's doch gar nicht weiter.«

Bei dreißig Stundenkilometer ließ sie eine Staubwolke hinter sich und ignorierte das Klingeln ihres Telefons, weil sie beide Hände brauchte, um auf dieser Buckelpiste das Lenkrad festzuhalten.

Als sie auf der Grasnarbe parkte und die Handbremse zog, war das Telefon verstummt. »Ein verpasster Anruf«, stand auf dem Display. Alexander Kronburg hatte eine Nachricht hinterlassen. Er sei am Flughafen, gerade gelandet und würde gerne mit ihr am Abend »einen Happen essen gehen«.

Milena nahm wütend ihre Tasche vom Beifahrersitz. Und ausgerechnet heute Abend war sie mit Philip und Jutta verabredet.

»Sieh an«, rief einer der jungen Männer, die mit ihren Smartphones auf den Betonblöcken saßen.

»Alles in Ordnung?«, rief Milena und schlug ihre Tür zu.

»Wie man's nimmt.« Der junge Mann in der weißen Jogginghose grinste. »Todor ist voll sauer.«

»Todor?« Milena steckte ihren Autoschlüssel ein. »Ich will aber zu Eremina.«

»Ist schon klar.«

»Was ist denn passiert?«

»Gestern wird er fast über den Haufen gefahren, heute pisst der Opa ihm den Sitz voll – das ist passiert.«

»Tut mir leid, aber ich verstehe kein Wort.«

Der junge Mann sprang von seinem Platz herunter und kam breitbeinig näher. »Nur zur Erinnerung: Todor gehört der BMW, und es wäre vielleicht angebracht, wenn Sie ihm für seinen Einsatz etwas bezahlen würden. Er hat sich nämlich ganz schön für Sie ins Zeug gelegt.«

»Klar.« Milena nickte. »Und bei mir zu Hause steht ein Dukatenscheißer.«

»Schadensersatz nennt man das übrigens«, rief der junge Mann ihr hinterher.

Milena balancierte auf den Brettern durch die Brache und versuchte, den Hund zu ignorieren, der sie von der Seite ankläffte und alle anderen Hunde in der Mahala animierte, das Gleiche zu tun. Kinder spielten halbnackt in den Pfützen, und irgendwo lief ein Fernseher; wenn sie das Gebrüll richtig deutete, die Übertragung eines Fußballspiels.

Was Milena von weitem für kleine bunte Fähnchen gehalten hatte, entpuppte sich aus der Nähe als eine Reihe von Putzlappen, die quer über der Gasse an einer Wäscheleine hingen. Darunter parkte ein Auto mit breiten Reifen und doppeltem Auspuff – Todors BMW, wie Milena vermutete. Die Tür zu den Avdulis, Ereminas Familie, stand offen.

»Hallo?« Milena klopfte und schob die Kinder beiseite, die versuchten, ihr die Tasche von der Schulter zu ziehen.

Eremina kam mit einer Schüssel und Handtüchern hinter einem gestreiften Vorhang hervor, stellte die Sachen ab und begrüßte Milena. Es roch nach Kaffee und Parfüm, vielleicht war es auch Haarspray.

»Ich habe ihm frische Sachen gegeben«, erklärte Eremina und krempelte die Ärmel ihrer dünnen Bluse herunter. »Eine alte Hose von meinem Vater, Todor hilft ihm gerade. Die ganze Sache hat den alten Herrn ziemlich aufgeregt, und ich muss gestehen: Ich habe ein bisschen ein schlechtes Gewissen.«

»Was ist passiert?«, fragte Milena. »Und wie hast du ihn gefunden?«

Eremina stemmte die Hände in die Hüften. »Was habe ich gesagt?«, rief sie. »Geht raus, spielen!« Sie schob die neugierig hereinlugenden Kinder zur Tür hinaus. »Todor hat ihn nicht gerade mit Samthandschuhen angefasst«, erklärte sie, setzte einen Deckel auf den großen Topf und berichtete. Wie Todor ihr seine Hilfe angeboten hatte, nachdem sie ihm erzählt hatte, dass Milena die Familie des kleinen Jungen suche. Von Sultan Rostas von der Roma-Hilfe wusste sie, dass die Tat auf der Belgrader Straße stattgefunden hatte und dass am Tatort bis heute regelmäßig Blumen abgelegt würden. Todor habe sich sofort bereit erklärt hinzufahren und sich auf die Lauer gelegt.

»Toll«, lobte Milena. »So viel Einsatz.«

»Nicht wahr?« Eremina erzählte weiter, dass es gestern am späten Abend schon zu einer Begegnung mit einem Unbekannten gekommen sei, aber da sei Todor, wie er hatte zugeben müssen, erfolglos gewesen, doch heute Mittag habe er, wie er sagte, »den Sack zugemacht«.

»Und es handelt sich tatsächlich um den Vater von Dušan Jovanović?«, fragte Milena.

»Sieht so aus«, antwortete Eremina. Sie schob den Vorhang beiseite.

Milena folgte ihr zwei Stufen hinunter, um eine Ecke herum, und landete in einem fensterlosen Raum, einer kleinen Kammer. An der Wand hingen ein Spiegel, zwei Lampen, Poster von Sophia Loren, Lady Diana und Leonardo di Caprio. Auf einer Konsole lagen Fön, Kamm und Schere sowie zwei ordentlich gefaltete Handtücher. Das Zentrum von Ereminas kleinem Frisörsalon war der Bürostuhl, an dem eine Armlehne fehlte. Der alte Mann, der darauf saß, hatte schütteres Haar und ein gebräuntes, zerfurchtes Gesicht mit schneeweißen Bartstoppeln. Sein gestreiftes Hemd war bis zum Hals zugeknöpft und am Kragen zu weit. Wie versteinert saß er da und starrte ins Leere.

»Auftrag erhalten, Auftrag ausgeführt.« Todor lehnte im Halbdunkel hinter dem Türchen an der

Wand, die Sonnenbrille im gegelten Haar, und steckte sein Smartphone weg. »Er hat sich etwas gesträubt, aber jetzt ist er ganz brav. Sie brauchen ihn nur noch mitzunehmen.«

»Er ist kein Verbrecher«, sagte Milena und sah, dass der alte Mann zitterte. Die Tasse Tee, die vor ihm stand, hatte er anscheinend nicht angerührt.

Milena stellte ihre Tasche auf einen kleinen Schemel. »Bitte entschuldigen Sie«, wandte sie sich an den alten Mann. »Ich hoffe, Sie sind einigermaßen in Ordnung?« Milena ging neben ihm in die Hocke. »Wir wollten Sie nicht erschrecken.«

Der alte Mann fuhr fort, ins Leere zu starren. Milena drehte sich um und bat: »Könntet ihr uns einen Moment alleine lassen?«

Mit einem Blick signalisierte Eremina, dass Todor jetzt den Mund halten und ihr einfach folgen solle. Er gehorchte und beschränkte sich darauf, Eremina seine offenen Handflächen zu zeigen und sie eher fragend als entrüstet anzuschauen.

Der alte Mann zwinkerte, immerhin ein Lebenszeichen, und Milena erklärte: »Lukin ist mein Name. Ich suche die Verwandten von Dušan Jovanović, dem kleinen Jungen, der vor vielen Jahren auf der Belgrader Straße zu Tode kam.«

Er wandte den Kopf und schaute sie stumm an.

»Sind Sie verwandt mit Dušan?«, fragte Milena

leise. »Sind Sie der Vater?« Sie legte ihm eine Hand auf den Arm. »Herr Jovanović?«

»Bitte«, flüsterte er und tastete nach Milenas Hand. »Bringen Sie mich nach Hause.«

Kurz darauf half sie ihm auf den Beifahrersitz und schnallte ihn an. Eremina reichte ihnen die Tüte mit seinen Kleidungsstücken, die er hatte wechseln müssen, und Todor legte seine Krücke in den Kofferraum. Jetzt erst sah Milena die Schürfwunde auf seiner Wange. Erschrocken erkundigte sie sich, was da passiert sei.

Todor winkte ab. »Ich bin froh, wenn ich helfen konnte.«

»Ich habe erzählt«, sagte Eremina leise und legte ihm eine Hand auf den Arm, »dass du gestern auf der Belgrader Straße jemanden beobachtet hast.«

Todor zuckte die Achseln. »Ich dachte zuerst, der will die Blümchen klauen.«

»Und dann?«, fragte Milena.

»Bin ich hin. Habe ihn angesprochen. Ich wusste ja nicht …« Er suchte nach Worten.

»Wie alt war der Mann?«, fragte Milena.

»Der hatte so etwas Erschrockenes in seinem Blick. Ich bin ihm noch hinterher – aber keine Chance.« Todor kratzte sich am Kinn. »Sein Alter? Keine Ahnung. Vielleicht wie Sie. Nein, wahrscheinlich ein bisschen jünger.«

Milena nickte. »Und wie sah er aus?«

»Der ist vor mir abgehauen – so schnell konnte ich gar nicht gucken. Ich würde sagen: totaler Normalo. Aber kein schlechter Fahrstil, das muss man ihm lassen. Wie der Gas gegeben hat. Übrigens ein Lancia.«

»Wissen Sie, welches Kennzeichen?«

»Ist ja hier wie bei der Polizei, oder?« Todor grinste schief. »Tut mir leid, aber mit Zahlen und Buchstaben habe ich es irgendwie nicht so.«

Die Fahrt zurück ins Zentrum verlief schweigsam. Der alte Herr Jovanović auf dem Beifahrersitz hatte die Augen geschlossen. Wie er dasaß: so klein. Aber vielleicht sollte man ihn nicht unterschätzen.

»Es ist alles ein bisschen unglücklich gelaufen«, begann Milena, aber er fuhr fort zu schweigen, die Augen geschlossen zu halten, und schien nur die Minuten zu zählen, bis er wieder frei war und auf vertrautem Terrain. Ob er wusste, dass einer der beiden Täter von damals nach Belgrad zurückgekehrt war, nach fünfundzwanzig Jahren, und hier unter mysteriösen Umständen ums Leben kam?

Die Sonne schaffte es mit ihren Strahlen gerade noch über die Dächer der hohen Häuser an der Fürst-Miloš-Straße. Milena fuhr über den Siegesplatz am Grand Hotel vorbei, bog in den König-

Alexander-Boulevard und beschloss, die Fragen, die sie an Jovan Jovanović hatte, erst einmal hintanzustellen. Sie würde ihn jetzt nach Hause begleiten, würde sehen, wo er wohnte, und dann würden sie weiterschauen.

Sie parkte auf der Belgrader Straße nicht weit vom Kiosk, hatte den Motor noch nicht abgestellt, als er schon seine Tür aufstieß.

»Langsam«, bat Milena. Sie ging ums Auto herum, half ihm, den Gurt zu lösen und auszusteigen, und reichte ihm aus dem Kofferraum die Krücke. Er humpelte sofort los.

Sie folgte ihm, trug seine Tüte mit den Kleidungsstücken, und wenn sie ihn so betrachtete, dachte sie, dass sie ihn vielleicht sogar schon irgendwo einmal in der Stadt gesehen hatte. Männer wie Jovan Jovanović – ein bisschen zerlumpt, immer unterwegs, schutzlos, irgendwie vogelfrei – gehörten anscheinend zu dieser Stadt wie die Kaugummis auf den Gehwegen, die Löcher im Asphalt und die grünfleckige Kuppel auf dem Präsidentenpalast.

Jovan Jovanović arbeitete sich die Straße entlang, guckte nicht nach rechts und nicht nach links. Sie waren schon unterhalb der Festung Kalemegdan, passierten eine Kolonne von Reisebussen, und Milena fragte sich, wo dieser Fußmarsch wohl enden würde. Hier, beim Zugang zu den Katakomben, war auch der ›Klub 24‹, von dem ihre Studenten immer erzählten, DJs aus Berlin und New York würden eingeflogen werden und hier auflegen, aber auch an anderen Orten der Stadt wie der ehemaligen kubanischen Botschaft oder in den Lagerhallen am Donauhafen. Milena drehte sich um. Der alte Jovanović war weg.

Wie war das möglich? Die nächstgelegene Tür war vernagelt, das Fenster daneben vergittert.

Auf der anderen Straßenseite, bei den Essigbäumen, war nur Unkraut und Sperrmüll. Eine Straßenbahn glitt vorbei. Wie ein Pfeiler stand eine alte Waschmaschine an der Ecke und markierte eine Einfahrt, die Milena sonst vielleicht gar nicht bemerkt hätte.

Der Weg führte abwärts, den Hang hinunter, und endete im Nichts. Eine ganz andere Dunkelheit herrschte hier unten, und feucht war es. »Herr Jovanović?«, rief sie.

Hinter den parkenden Autos befand sich eine Baracke. Milena machte einen großen Schritt über eine schlammige Pfütze hinweg, schob sich an einem alten Sessel vorbei und sah im diffusen Dämmerlicht ein zweites niedriges Gebäude. Darin brannte ein schwaches Licht. Die Tür stand offen.

»Hallo?« Milena blieb an der Schwelle stehen.

Auf dem Tisch flackerte eine Kerze, und auf der

Gasflamme stand ein Topf mit Deckel. Der alte Jovanović zog einen Schemel heran und machte eine Geste, die wohl »Herein« bedeutete.

Von der niedrigen Decke baumelte ein Seil und endete knapp über einem Haufen Kartons und alten Strohmatten. Außer Sperrmüll gab es hier eigentlich nichts, nur neben dem Herd ein Regal mit Geschirr, ein paar Orangen, Teller und Tassen, einen Mülleimer und leere Flaschen.

Jovan Jovanović, auf seine Krücke gestützt, stellte eine geblümte Tasse auf den Tisch. »Sie sind ein guter Mensch, nicht wahr?«, sagte er mit heiserer Stimme.

»Wie kommen Sie darauf?« Sie holte ein paar Geleebananen aus ihrer Tasche, froh, dass er das Gespräch eröffnete. »Haben Sie hier auch mit Ihrer Familie gelebt?«

Er starrte auf ihre Finger.

»Herr Jovanović?«

Im flackernden Kerzenlicht war alle Farbe aus seinem Gesicht gewichen. Die Falten traten schwarz hervor, als wären sie mit einem groben Messer in die weiße Haut geschnitzt. Jovan Jovanović war in seine Gedanken versunken.

»Erinnern Sie sich?«, fragte Milena. »Als Dušan gestorben ist – das Ganze ist lange her. Fünfundzwanzig Jahre. Einer der beiden Täter ist zurückgekommen. Verstehen Sie, was ich sage, Herr Jovanović?«

Milena wartete, bis er ihren Blick erwiderte, und fuhr fort: »Jurij Pichler heißt der Mann. Das ist jetzt sehr wichtig, Herr Jovanović: Hat Jurij Pichler sich bei Ihnen gemeldet? Hat er Kontakt zu Ihnen aufgenommen? Oder zu jemandem aus Ihrer Familie?«

»Pichler?«, fragte er, starrte ins Leere – und schüttelte langsam den Kopf.

»Herr Jovanović?« Wieder wartete sie, bis er ihren Blick erwiderte. »Sagt Ihnen der Name Luca Marović etwas?«

Wieder schüttelte er den Kopf. »Anna ist zurückgekommen«, sagte er.

»Anna?«, wiederholte Milena. »Ihre Tochter?«

Er nickte.

»Wo ist sie? Kann ich mit ihr sprechen?«

»Ich weiß nicht, wo sie ist. Ich habe sie nicht gesehen, aber ich weiß, dass sie da ist.«

»Wie kommen Sie darauf?«

Er zupfte an seinem Kragen. Zeigte auf seine Socken. Auf die Orangen. »Geschenke«, sagte er.

»Von Ihrer Tochter?«

»Ich habe Anna damals fortgeschickt, nach Amerika. Sie sollte dort ein neues Leben anfangen und ihr altes vergessen. Sie sollte nicht zurückkommen.«

»Aber Sie wissen nicht, wo sie ist oder wie man sie erreichen kann?«

Er schüttelte den Kopf und kniff plötzlich die Augen zusammen. »Warum wollen Sie das wissen?«, fragte er. »Hat sie etwas angestellt?« Er streckte den Arm aus und legte seine Hand neben Milenas Tasse. »Anna ist ein braves Mädchen«, sagte er beschwörend. »Glauben Sie mir. Klug und anständig. Wie ihre Mutter.«

Milena begann, in ihrer Tasche zu suchen. »Ich muss dringend mit Ihrer Tochter sprechen«, sagte sie. »Ich habe ein paar Fragen. Schauen Sie, ich lege hier meine Karte hin. Da stehen meine Telefonnummern drauf. Wenn Sie Anna sehen, bitten Sie sie, dass sie sich mit mir in Verbindung setzt, ja?«

Der alte Mann stand wortlos auf und humpelte zu den Strohmatten.

»Wenn Sie nichts dagegen haben, würde ich in den nächsten Tagen gerne noch einmal wiederkommen«, sagte Milena und erhob sich. »Vielleicht schon morgen. Wären Sie damit einverstanden? Es ist gut, ruhen Sie sich aus, und morgen sprechen wir noch einmal ausführlich. Eventuell würde ich auch einen Freund mitbringen.«

Was machte er da? Er versuchte, die Matten hochzuheben. Milena wusste nicht, was er damit bezweckte, aber sie half ihm. Das Zeug fühlte sich klamm an. Morgen würde sie ihm auf jeden Fall eine vernünftige Decke mitbringen.

Dann verstand sie. Im Boden, in der bloßen Erde, war ein Loch, das mit einem Brett bedeckt war. Mit vereinten Kräften schoben sie das Brett beiseite, und ein Blechkasten kam zum Vorschein, der exakt in dieses Loch hineinpasste.

Er wollte sich nicht dabei helfen lassen, er trug den Kasten selbst zum Tisch, klappte den Deckel hoch und begann, mit zitternden Fingern darin zu suchen.

Er legte ein Foto auf den Tisch, einen Farbabzug, etwas verschossen: eine junge Frau, die Haare streng aus dem Gesicht gekämmt, mit langer Nase, dunklen Augenbrauen und einem großen Mund, der durch das Lachen wohl noch größer wirkte. Um den Hals trug sie eine Kette mit bunten Gliedern, die aussahen, als wären sie aus Traubenzucker.

»Ist das Ihre Anna?«, fragte Milena.

»Svetlana. Meine Frau.« Er schob das Kinn nach vorne. »Nur wenige Monate nach Dušan ist sie gegangen. Sie wollte nicht mehr. Sie ist von der Brücke gesprungen.«

Vorsichtig nahm Milena das zweite Foto, das er ihr reichte: ein kleiner Junge im geringelten Pullover, die Hände bockig in die Taschen seiner Jeanshose vergraben. Gesund sah der Junge aus, zart, die braunen Augen ganz wach. Das Mädchen neben ihm war gut einen Kopf größer. Mit langen Haaren, kleinen Brüsten unter dem Pullover und vollen Lippen. Die schwarzen Brauen über ihren Augen waren zusammengewachsen, was ihren Gesichtsausdruck noch ernster machte. Die Geschwister Anna und Dušan Jovanović.

Der alte Mann nickte versonnen.

Das dritte Foto war von einem Haus. Verputzt und gelb gestrichen. Einstöckig mit einer von Säulen getragenen Veranda. Ein Sandweg führte darauf zu. Ein Herrenhaus, ziemlich groß.

»Haben Sie dort gewohnt?«, fragte Milena ungläubig.

Jovan Jovanović hantierte mit einem zweiten Deckel, einem doppelten Boden. Er kippte den Kasten um. Rasierklingen, Haarnadeln und Büroklammern fielen heraus, und zwei golden glänzende Stäbchen rollten über den Tisch.

Milena nahm eines von ihnen in die Hand, eine goldene Patrone, die sich glatt und kühl anfühlte. »Haben Sie eine Waffe?«, fragte sie.

»Eine Beretta«, sagte er.

»Und wo ist sie?«

Jovan Jovanović schaute sie verblüfft an. »Weg.«

## 28

Anna löste das Preisschild von der Sohle und legte die Sandalen ganz nach unten, darauf den geräucherten Schinken, vakuumverpackt, den Ziegenkäse, eine Packung Kekse. Das Hemd ließ sie in der Verpackung und schob es wie ein Brett senkrecht hinein, was der Tüte gleichzeitig eine Stabilität gab. Hatte sie etwas vergessen? Das Geld.

Fünf Scheine. Oder besser sechs? Warum nicht gleich eine runde Summe, also zehn? Andererseits, zu viel Geld auf einem Haufen – wer wusste, auf welche Ideen ihr Vater kam. Vielleicht würde er plötzlich Anschaffungen machen, einen Fernseher kaufen, der in der Dunkelheit flimmerte, oder andere teure Sachen – was sein gutes Recht wäre – und damit die Aufmerksamkeit irgendwelcher Gauner auf sich ziehen, denen er dann in seiner Baracke schutzlos ausgeliefert wäre.

Unschlüssig schob sie die Scheine zurück ins Portemonnaie, rollte die Unterwäsche, stopfte sie in die Zwischenräume und stellte die Tüte in den

Schrank. Es war schon beachtlich, wie sie plötzlich, nach all den Jahren, das Verantwortungsgefühl für ihren Vater entdeckte. Die Geldfrage und alles andere würde sie morgen entscheiden. Sie zog ihre Laufschuhe an, machte die Schublade auf und holte die Pistole heraus.

Die Abendsonne tauchte die Wolken in ein zartes Rosa, und vom Fluss wehte ein kühler Wind herauf. Anna ging zügig die Straße entlang, Richtung Donau, die Hände in den Taschen ihrer Kapuzenjacke. Sie fühlte den Pistolenlauf, das kalte Metall. Ob das Ding funktionierte, wusste sie nicht. Sie hatte die Waffe bei ihrem Vater unter dem Bett gefunden, in dem Kasten, in dem das Teil immer gewesen war und wo es all die Jahre unbeschadet überdauert hatte. Sie hatte versucht, nicht nach rechts oder links zu schauen, nur nach dem Blechkasten, und war nach wenigen Minuten wieder verschwunden. Ihre Angst war inzwischen einem Hochgefühl gewichen. Sie war euphorisiert, als läge ein Rauschmittel in der klaren Luft, die sie in vollen Zügen einatmete, und sie bildete sich ein, ihr Vater hätte die Waffe über all die Jahre extra für sie aufgehoben, für diesen Tag und diese Aktion, als wäre er an ihrer Seite, ein stiller Komplize, der sie bestärkte und jeden Schritt, den sie machte, richtig fand. Zusammen mit der Waffe gab ihr das ein wundervolles Gefühl von Sicherheit.

Die Uferpromenade lag wie ein schnurgerades Band vor ihr, keine Schleifen, keine Kurven, keine Hindernisse. Sie setzte sich in Bewegung, lief ohne Eile, in gleichmäßigem Rhythmus. Ihre Wut, dass Jurij Pichler sich einfach aus dem Staub gemacht hatte, war verraucht. Es war ihr egal, ob er ertrunken war, erschossen wurde oder sich selbst gerichtet hatte. Er hatte sie gerufen, sie war gekommen, würde die Geschichte jetzt zu Ende bringen, und alles ergab einen Sinn. Bevor sie in ihr altes Leben zurückkehrte, wollte sie wenigstens einem der beiden Täter von damals in die Augen geschaut haben.

Auf Höhe des Anlegers führte ein Weg die Böschung hinauf. Sie hatte sich die Lokalität im Internet genau angeschaut und den Lageplan im Kopf. Kein Spaziergänger begegnete ihr, kein Jogger, und das Brummen und Tuckern der Schiffe auf der Donau wurde immer leiser. Sie hörte nur noch ihren Atem, ihre Schritte und das Knacken der Äste unter ihren Schuhen.

Das Haus von Luca Marović war ein fahler, weißer Kasten. Anna spähte durch das Gartentor, die Auffahrt hinauf. Außer dem Licht, das sie hier an der Pforte durch den Bewegungsmelder ausgelöst hatte, und einer Lampe, die neben der Eingangstür brannte, lag alles im Dunkeln.

Sie drückte auf den Klingelknopf. Trat unruhig von einem Fuß auf den anderen.

Beim zweiten Mal hielt sie den Finger länger gedrückt. Unzählige Male hatte sie die Begegnung in ihrem Kopf durchgespielt, aber auf die Idee, dass er gar nicht zu Hause sein könnte, war sie nicht gekommen.

Die Mauer entlang der Straße war mit Scherben gespickt. Hinter der Ecke begann ein Zaun, mannshoch, der oben mit einer Doppelreihe Stacheldraht abschloss. Anna ging daran entlang, und je weiter sie sich von der Straße entfernte und je dunkler es wurde, desto schwieriger und unklarer erschien ihr plötzlich die Aufgabe. Was wollte sie jetzt tun? Zurückgehen ins Hotel? Morgen wiederkommen oder vor dem Tor warten, bis Luca Marović nach Hause kam? Und wenn er verreist war?

Die Erde war aufgewühlt, als ob Wildschweine hier gewesen wären. Eine Pforte aus Maschendraht hing schief in den Angeln, der Zaun sackte ab, und dazwischen klaffte eine Lücke, ein schmaler Spalt. Die schwere Kette mit dem Vorhängeschloss war völlig sinnlos. Anna schlüpfte ohne Probleme zwischen Zaun und Pforte hindurch. Was sie hier tat, war illegal, aber es war nichts im Vergleich zu dem, was Luca Marović getan hatte.

Sie schob die Zweige beiseite, passte auf, dass

sie sich nicht an den Dornen verletzte oder mit ihrer Jacke daran hängenblieb. Dann lichtete sich das Dickicht, und sie stand zwischen Büschen und Bäumen an einer Rasenkante.

Das Haus, keine zwanzig Meter entfernt, lag im Dunkeln. Mit den hübschen Rundbögen über Fenstern und Türen sah die Rückseite viel einladender aus als die kalte Vorderfront. Korbstühle standen auf der Terrasse, und Anna dachte an das alte Foto von dem Haus mit der überdachten Veranda. Als sie bei ihrem Vater den Blechkasten öffnete, hatte es obenauf gelegen, ein abgegriffenes Stück Papier, das sie als Kind mit ihrer Mutter unzählige Male betrachtet hatte. Es war der Wunschtraum ihrer Mutter gewesen, irgendwann einmal in einem solchen Haus zu leben. Ein verwegener Traum, der natürlich niemals in Erfüllung gegangen wäre. Aber Dušan und Anna – so hatte die Mutter es ihnen prophezeit und immer wieder gesagt –, sie würden es eines Tages schaffen.

Licht fiel in den Garten. Drinnen waren die Deckenfluter angegangen. Zwei Männer betraten das Wohnzimmer. Einer der beiden, wahrscheinlich der Hausherr, Luca Marović, zog sich das Sakko aus und machte die Terrassentür auf.

Anna verbarg sich hinter einem Baum, hörte die Stimmen, konnte aber kein Wort verstehen. Wie normal Luca Marović wirkte. Ein ganz solider Typ, der einem beim Kauf eines Gebrauchtwagens bestimmt wertvolle Tipps geben könnte und aussah, als hätte er sich noch nie in seinem Leben etwas zuschulden kommen lassen. Aber er schien nervös zu sein, gestikulierte, während der andere geduldig zuhörte. Jetzt kamen beide heraus und leuchteten mit einer Taschenlampe in den Garten. Hatten die Männer sie in der Dunkelheit entdeckt? Anna hielt erschrocken den Atem an und ging ganz langsam zwischen den Büschen in die Hocke.

»… Kameras an den Ecken«, hörte sie. »Aber mit dem Zaun – da brauchen die Zigeuner ja bloß eine Kneifzange …«

»Sollte kein Problem sein, Herr Marović.«

»… so schnell wie möglich, bevor das Pack auf die Idee kommt …«

Wie in Zeitlupe kroch sie um den Baum herum, während die Männer keine zehn Meter von ihr entfernt vorbeigingen und in der Dunkelheit verschwanden – vermutlich, um das Loch im Zaun zu inspizieren, die Lücke im Sicherheitssystem.

Sie könnte hinterhergehen, Luca Marović rufen und zur Rede stellen, hier und jetzt, schließlich war sie bewaffnet. Sie könnte ihn zittern sehen, ihn endlich für sich tanzen lassen oder ganz ruhig um ein Gespräch unter vier Augen bitten. Aber die Männer waren zu zweit. Anna zögerte, richtete sich langsam wieder auf und schaute hinüber zum Haus.

Auf dieser Seite schloss das Grundstück mit der Garage ab, da war kein Durchkommen, und wie es auf der anderen Seite aussah, konnte sie von hier aus nicht erkennen. Sie musste sich beeilen, eine Entscheidung treffen, die Männer konnten jeden Moment wieder zurückkommen.

Am besten wäre es, noch einmal ganz offiziell vorne am Gartentor zu klingeln. Dafür müsste sie nur wieder zur Hausvorderseite gelangen, und zwar so schnell wie möglich.

Sie huschte über den Rasen, betrat die Terrasse. Ein Schritt über die Schwelle, und sie war im Wohnzimmer von Luca Marović.

Sein Sakko hing über dem Sessel. Im Kamin lag Holz bereit, und der Marmorboden war mit Teppichen bedeckt. Moderne Zeichnungen hingen an der Wand und ein Ölgemälde im goldenen Rahmen.

Es waren nur kurze Eindrücke, die sie in der Eile aufnahm, aber die Wirkung war so eigenartig, dass Anna wie angewurzelt stehen blieb.

Was sie fühlte, war kein Hass, kein Neid. Es war etwas anderes, eine Empfindung, die sie in Zusammenhang mit dem Tod ihres Bruders und den Tätern vorher noch nie gehabt hatte. Wie konnte sie das beschreiben?

Vielleicht war es Mitleid mit einem Mann, der sich auf seinem eigenen Grundstück, in seinem eigenen Haus anscheinend nicht mehr sicher fühlte. Er hatte Angst vor den Zigeunern und keine Ahnung, dass sich eine von ihnen gerade in seinem Haus aufhielt. Und reichte das nicht? War es nicht ein schöner Sieg, diesen Mann einfach seiner Angst zu überlassen?

Sie durchquerte das Esszimmer, ließ ihre Finger über die Möbel gleiten, als in der Eingangshalle das Türschloss ging.

»Hallo!«, rief eine weibliche Stimme. »Bin wieder da!«

Anna machte erschrocken einen Schritt hinter die Zimmertür und hörte, wie Gepäck abgestellt wurde.

»Luca, bist du da?«

Plötzlich war es still. Anna stand in ihrem dunklen Winkel, hielt den Atem an und rührte sich nicht. Die fremde Person auf der anderen Seite der Tür, weniger als einen Meter von ihr entfernt, fragte: »Ist da jemand?«

## 29

Der Abstand zwischen den Windlichtern – kleine Kerzen in Gläsern, die entlang der Rampe standen – entsprach ziemlich genau Milenas Schrittlängen. Sie war zu spät, über eine halbe Stunde, und Philip hatte allen Grund, sauer zu sein. Doch es ließ sich eben nicht alles zwischen Tür und Angel erledigen, manches dauerte – erst recht, wenn man einem Elfjährigen erklären musste, warum er so spät und nach einer so anstrengenden Woche, wo er morgen wieder früh raus musste, in einem Restaurant nichts zu suchen hatte.

Adams stärkstes Gegenargument: »Papas letzter Abend!« Aber sie war hart geblieben, hatte sich auch auf keinen Handel eingelassen und musste nun damit leben, in den Augen ihres Sohnes als »die kaltherzigste und selbstsüchtigste Mama aller Zeiten« dazustehen.

Am Einlass ging es nicht voran. Milena ordnete den Kragen ihrer Seidenbluse, zupfte an ihrer Jeansjacke und versuchte einzuschätzen, ob die Zeit reichte, um Siniša anzurufen und rasch auf den neuesten Stand zu bringen. Er wusste ja noch nichts von ihrer Begegnung mit Jovan Jovanović. Und wenn es stimmte, was der alte Mann sagte, und seine Tochter war tatsächlich zurückgekehrt – änderte das nicht alles? Musste man dann nicht völlig neu überlegen? In diesem Moment begann in ihrer Handtasche das Telefon zu klingeln. Gedankenübertragung?

Aber ohne Brille, bei diesem Licht, konnte sie nicht lesen, was auf dem Display stand. Sie drückte auf den grünen Knopf und rief: »Hallo?«

»Milena?«

»Ja?«

Am anderen Ende fragte eine vertraute männliche Stimme: »Wo sind Sie?«

»Alexander!«, rief Milena, und ihr Herz machte einen kleinen Hüpfer. »Wie geht es Ihnen?«

»Ich bin so froh, dass ich Sie endlich mal an die Strippe bekomme.«

»Ich habe mich sehr über Ihre Nachricht gefreut«, sagte Milena. »Aber ich war die ganze Zeit unterwegs, und jetzt …«

Die Empfangsdame hinter dem Stehpult, eine junge hübsche Frau, winkte sie heran.

»Lukin«, sagte Milena, eine Hand über dem Hörer. »Ich hatte einen Tisch für 19 Uhr reserviert. Meine Leute müssten schon da sein.«

Die junge Frau zeigte in den Saal. »Bitte, hinten links.«

»Sie sind verabredet«, stellte Alexander fest.

»Mit meinem Ex«, erklärte Milena gedämpft. »Ich bin in der ›Fleischfabrik‹ – erinnern Sie sich? Der Agrarminister hat mal versucht, uns hier unter den Tisch zu trinken.«

Alexander seufzte am anderen Ende der Leitung. »Sie haben mir gefehlt«, sagte er, »nicht nur bei den Verhandlungen im AA. Wir hätten so viel zusammen unternehmen können, hätten in die Oper oder einen Jazz-Schuppen gehen können und zwischendurch mal schnell rüber in die Nationalgalerie. Oder wir hätten uns einfach treiben lassen.«

»Klingt verlockend, aber hätten wir denn Zeit dafür gehabt?«

»Wir hätten sie uns einfach genommen.«

»Wirklich?«

»Wenn ich es Ihnen doch sage!«

Milena genoss seine Worte, während sie in der großen Halle nach Philip und Jutta Ausschau hielt. Fast alle Tische waren besetzt, ein Gesumme und Gelächter erfüllte den hohen Raum, und dazwischen eilten die Kellnerinnen und Kellner in den langen Schürzen mit durchgedrücktem Kreuz und undurchdringlichen Mienen, als wären sie auf dem Laufsteg.

»Waren die Verhandlungen denn wenigstens erfolgreich?«, fragte Milena.

»Sagen wir mal so«, antwortete Alexander. »Es ist noch nicht alles verloren. Aber diese Technokraten, die von Tuten und Blasen keine Ahnung haben – wie nennen Sie die noch mal?«

»Sesselfurzer?«

»Früher war ich bei solchen Konferenzen jedenfalls irgendwie geduldiger.«

Milena lachte, wollte noch so viel fragen, zum Beispiel, ob sich abzeichne, dass einzelne EU-Balkanländer aufhören würden, mit ihrem Vetorecht die serbischen Beitrittsverhandlungen zu blockieren, und ob die neue Vorsitzende der Westbalkan-Konferenz da vielleicht mäßigend wirken könne, als sie Philip und Jutta ganz hinten vor der indirekt illuminierten Backsteinwand entdeckte. Die beiden saßen ganz eng beieinander, Philip streichelte mit einer Hand Juttas Nacken und mit der anderen ihren Schenkel, und es sah nicht so aus, als ob die beiden heute Abend unbedingt auf Milenas Gesellschaft angewiesen wären.

»Gibt es eine Chance, dass wir uns später noch sehen?«, fragte Alexander. »Wenigstens auf einen Absacker?«

»Ich weiß nicht«, murmelte Milena und beobachtete, wie Philip mit halbgeschlossenen Augen etwas in Juttas Ohr flüsterte. Sie konnte sich schon vorstellen, was das für Sätze waren, und wahrscheinlich würde er immer wieder eine Dumme finden, die sich sein Gesäusel mit solch glückstrahlenden Augen anhörte.

»Sind Sie noch dran?«, fragte Alexander.

»Ich muss Schluss machen«, sagte Milena und erschrak selbst über ihren abweisenden Ton. Es war wohl immer noch die alte Eifersucht, die sie mit den Tränen kämpfen ließ, ein unbestimmter Schmerz und gleichzeitig die Erkenntnis, dass sie heute Abend auf der falschen Veranstaltung war, dass sie sich zur Zuschauerin von Philips und Juttas Glück degradieren ließ, statt sich um ihr eigenes zu kümmern.

Als sie kurz darauf an den Tisch trat und sich für ihre Verspätung entschuldigte, schielte Philip, den Arm um Jutta gelegt, auf sein Smartphone und stellte tadelnd fest: »Fast eine Stunde. Wir dachten schon, du kommst gar nicht mehr.«

Während es nun darum ging, zu entscheiden, ob Rindertartar oder Salat, Seeteufel oder Rumpsteak, schweiften Milenas Gedanken immer wieder ab: von Alexander zum alten Jovanović, dem mit seiner Familie das ganze Leben entschwunden war und der heute Abend, wenn überhaupt, wohl nur das Nötigste zu beißen hatte. Ob es stimmte, dass seine

Tochter zurückgekommen war, oder war es nur der Wunschtraum des Vaters?

Jutta entschied sich für einen Beilagensalat mit Honigdressing, »aber bitte nicht so viel Honig«, und als der Kellner weg war, berichtete Philip auf die etwas selbstgefällige Art, die Milena so hasste, er hätte heute mit Jutta ein echtes Abenteuer erlebt, sie seien nämlich mit den Öffentlichen gefahren.

Er wartete ab, ob Milena etwas sagen wollte, aber sie lächelte nur höflich und überlegte stattdessen, wo Anna Jovanović, wenn sie tatsächlich in Belgrad wäre, jetzt sein könnte.

Während Philip die Fahrt mit dem Bus auf die andere Seite der Save zu einer Expedition in die »Slums von Belgrad« ausschmückte und Jutta zufrieden gluckste, versuchte Milena, sich in Anna Jovanović hineinzuversetzen: Warum versteckte sie sich vor ihrem Vater? Hatte sie eine Mission zu erfüllen? War sie heimlich bei ihm in der Baracke eingestiegen, und hatte sie wirklich die Waffe an sich genommen? Der Verdacht lag nahe. Aber wenn es so war, bedeutete es dann nicht, dass sie einen Plan verfolgte? Oder war sie mit der Situation einfach nur überfordert? In Milenas Augen ergab sich kein zusammenhängendes, logisches Bild.

»Und natürlich spricht mal wieder kein Schwein Englisch.« Philip griff nach seinem Weinglas. »Und dann«, fuhr er fort, »kommt da plötzlich eine Oma auf uns zugewackelt, mit Handtasche und hübsch frisiert, und fragt in fast akzentfreiem Deutsch: ›Haben Sie sich verlaufen? Kann ich Ihnen helfen?‹«

Milena legte ihre Serviette neben den Teller. »Entschuldigt, bitte.« Sie nahm ihre Tasche und schob den Stuhl zurück. »Ich muss nur rasch ein Telefonat erledigen.« Auf dem Weg durchs Restaurant wählte sie Sinišas Nummer.

Er war sofort dran – als hätte er nur auf ihren Anruf gewartet. »Wo bist du?«, rief er. »Schon fertig? Ich stehe hier nämlich vor dem Restaurant.«

»Wie bitte?« Milena drängte sich im Foyer zwischen den Leuten hindurch. »Du bist vor der ›Fleischfabrik‹? Warum meldest du dich nicht?«

Siniša erklärte, Vera habe ihm gesagt, wo Milena zu finden sei und dass sie mit Philip verabredet wäre. »Ich dachte, ich warte hier einfach«, sagte er und fügte nach einer kurzen Pause hinzu: »Ich muss dir nämlich etwas berichten.«

»Worum geht es?«, fragte Milena und bahnte sich den Weg nach draußen, wo die Leute immer noch Schlange standen.

»Nicht am Telefon«, antwortete er.

»So brisant?«, fragte sie, während sie über die Rampe eilte und sich suchend umschaute. »Was ist denn passiert?«

Zwischen den parkenden Autos machte sich eine Lichthupe bemerkbar. Milena erkannte Sinišas Renault, wechselte die Straßenseite und öffnete die Beifahrertür. »Also«, sagte sie etwas kurzatmig. »Was ist los?«

»Setz dich.« Siniša wedelte mit der Hand und sagte anerkennend: »Gut siehst du aus.«

»Danke.« Sie zog die Tür hinter sich zu. »Was gibt es so Dringendes?«

Er legte seinen Ellenbogen auf die Armstütze und berichtete, es gehe um die Nachricht von Kommissar Filipow, um diese ominöse 6,36 mit dem Ausrufungszeichen. Er habe sich mal am Institut für Ballistik umgehört und von einem Mitarbeiter, den er persönlich kenne, erfahren, dass es sich dabei tatsächlich um ein Kaliber handeln könne, und wenn es so wäre, dann nicht um irgendeines.

Siniša wandte sich Milena zu, damit er sie besser anschauen konnte. »Halte dich fest«, sagte er. »Es ist dasselbe Kaliber, mit dem damals unser Ministerpräsident ermordet wurde.«

Milena starrte perplex auf das Armaturenbrett. »Willst du damit sagen: Jurij Pichler wurde mit derselben Waffe erschossen, mit der man damals den Ministerpräsidenten liquidiert hat?«, fragte sie schließlich.

»Die Tatwaffe wurde ja angeblich nie gefunden,

und das Kaliber ist später wohl nie mehr verwendet worden. Bis vor zwei Wochen – dem Tag, als Jurij Pichler erschossen wurde.«

»Sagt wer? Filipow?«

»Wenn du so willst: ja. Aber die Information ist so brisant, dass er sich anscheinend nicht einmal anonym traut, es in einem ausformulierten Satz auf einen Zettel zu schreiben. Zumal er wahrscheinlich denkt, dass es bei uns gleich klingelt, wenn wir diese Zahl hören. Das Kaliber ist in Militärkreisen legendär. Und der Kollege aus der Ballistik hat letztendlich nur bestätigt, was gar kein Geheimnis ist: dass damals, beim Mord am Ministerpräsidenten, Patronenhülsen des Kalibers 6,36 Millimeter gefunden wurden. Dass dieses Kaliber beim Mord an Jurij Pichler zum Einsatz kam, ist wie ein Stempel. Und natürlich: Als es herauskam, stellte die Polizei sofort die Ermittlungen ein.«

»Warte.« Milena presste zwei Finger gegen ihre Nasenwurzel. »Noch einmal von vorne: Der Ministerpräsident und Jurij Pichler werden mit derselben Waffe erschossen. Das bedeutet, dass wir es mit denselben Tätern zu tun haben, richtig? Aber was für ein Stempel? Meinst du, der Geheimdienst steckt dahinter?«

»Ich glaube, da kommst du der Wahrheit schon gefährlich nahe.«

»Aber was soll Jurij Pichler mit dem Geheimdienst zu tun haben?«

»Das ist die große Frage, und ich gebe zu, dass ich selbst nie in diese Richtung gedacht habe. Aber es wäre doch durchaus möglich, dass er im Ausland als Agent tätig war. Und dass er jetzt vielleicht aussteigen wollte.«

»Und wurde deshalb liquidiert?«

»Wenn er ein Geheimnisträger war – ausgeschlossen ist es nicht.«

»Aber warum erschießt man ihn dann mit derselben Waffe, mit der man damals den Ministerpräsidenten getötet hat?«

Siniša verzog das Gesicht. »Du bist wirklich ein kluges Mädchen«, sagte er. »Das ist in der Tat rätselhaft.«

»Ich könnte mir vielleicht einen Reim darauf machen, wenn Jurij Pichler eine politische Person gewesen wäre, mit einer bestimmten Agenda, Kontakten und Ambitionen. Aber er wollte bloß ein Hotel eröffnen. Das ergibt doch alles keinen Sinn.«

»Du siehst«, erklärte Siniša vorsichtig, »wir sind hier an einem Punkt angekommen, wo es besser ist, wenn wir die Finger von dem Fall lassen.«

Wortlos holte Milena aus ihrer Hosentasche ein golden glänzendes Stäbchen hervor. »Schau mal«, sagte sie.

»Wo hast du das her?«

»Aus der Beretta vom alten Jovanović.« Sie berichtete, wie es am Nachmittag zu der Begegnung mit dem alten Mann kam, während Siniša die Patrone zwischen seine Finger nahm und prüfend betrachtete.

»Drei Millimeter«, sagte er.

»Höchstens.«

»Also nicht die Tatwaffe?«

»Auf keinen Fall.« Sie schob die Patrone zurück in ihre Hosentasche. »Die dazugehörige Waffe vom alten Jovanović ist verschwunden«, sagte sie, »aber es gibt noch eine andere Sache, die merkwürdig ist.« Sie berichtete, dass Jovan Jovanović behauptete, seine Tochter sei in der Stadt, Anna Jovanović. Sie sei aus Amerika zurückgekommen, wohin er sie damals, nach dem Tod von Dušan und dem Selbstmord seiner Frau, geschickt habe.

»Wie kommt er darauf, dass sie wieder da ist?«, fragte Siniša, und Milena erklärte, er habe vor seiner Tür eine große Einkaufstüte gefunden, gefüllt mit Geschenken, und daraus schließe er, dass seine Anna wieder da sei. »Ich weiß, das klingt etwas wolkig, aber irgendwie habe ich das Gefühl, man muss ernst nehmen, was der Mann sagt«, meinte Milena. »Und die Vorstellung, dass Anna Jovanović vielleicht im Besitz dieser alten Beretta ist und möglicherweise gerade in dieselbe Geschichte stolpert wie Jurij Pichler ...«

»Okay.« Siniša legte beide Handflächen aneinander. »Was hältst du davon: Wir gehen morgen zu Filipow, oder besser: Wir treffen ihn an irgendeinem geheimen Ort und konfrontieren ihn mit all unseren Thesen und Vermutungen. Und bis dahin ...«

Milena holte ihr Telefon hervor.

»Was ist los?«, fragte Siniša.

»Warum bin ich nicht gleich auf die Idee gekommen?«, murmelte sie.

Siniša schaute zu, wie Milena durch ihre Anrufliste scrollte, und fragte: »Kannst du mir mal verraten ...?«

»Karen Pichler hat gesagt, der einzige Gast in ihrem Hotel sei eine Amerikanerin.« Sie wählte, lauschte, aber am anderen Ende nahm niemand ab.

»Bitte fahr los«, sagte sie und steckte das Telefon wieder ein.

»Wohin?«

»Ins ›Amsterdam‹. Verstehst du nicht? Die Amerikanerin, die dort abgestiegen ist, könnte Anna Jovanović sein.«

Ohne ein weiteres Wort drehte Siniša den Zündschlüssel und startete den Motor. Plötzlich schaute er Milena von der Seite an: »Und Philip?«

»Was ist mit ihm?«

»Sitzt er nicht da drinnen und wartet auf dich?«

Milena fluchte leise und holte wieder ihr Telefon hervor. »Worauf wartest du?«, fragte sie. »Fahr!«

Eine SMS musste reichen. Ein Notfall. Philip würde stinksauer sein, und das war auch in Ordnung.

\*

Als sie um kurz nach 21 Uhr in die Kleine-Save-Straße einbogen, lag das schmale Haus in der sanften Kurve im Dunkeln. Die Strahler an der Fassade waren abgeschaltet, das Schild ›Hotel Amsterdam‹ war nicht beleuchtet, und hinter keinem der Fenster brannte Licht. Siniša parkte in der Einfahrt und stellte den Motor ab.

Die gläserne Eingangstür war verschlossen und verriegelt. Milena schirmte ihre Augen ab und spähte durch die Scheibe in den dunklen Raum. Der Empfangstresen, die Bar, die Klubsessel vor dem Kamin – auf den ersten Blick sah alles aus wie immer. Nur auf dem Tisch beim Fenster lag zusammengeknüllt ein Geschirrhandtuch, und weiter hinten war ein Stuhl umgefallen.

»Soll ich noch mal probieren?« Siniša wischte über sein Telefon, und kurz darauf war drinnen eine Klingeltonmelodie zu hören, ganz leise, wahrscheinlich der Apparat hinter der Rezeption. Aber nichts rührte sich.

Milena überlegte. Karen Pichler war damals bei ihrer ersten Begegnung den Seitenweg entlanggegangen und hinter dem Haus verschwunden.

Der Weg endete vor einem großen Schutthaufen. Daneben befand sich eine freie Fläche, auf der bequem mehrere Autos parken konnten. Neben den Mülltonnen am Haus waren Steine aufgestapelt und mit Plane bedeckt, und vier Stufen ohne Geländer führten zu einer weißen, mit Zierleisten besetzten Tür.

Milena konnte keine Klingel entdecken, und der goldene Knauf ließ sich nicht bewegen.

»Schau mal«, sagte Siniša.

In der Dunkelheit, hinter dem Schutthaufen, glimmte eine Zigarette. Eine Gestalt saß regungslos auf dem Rand einer ausrangierten Badewanne.

»Entschuldigung«, rief Siniša. »Gehören Sie zum Hotel?«

»Das ist Sonja Pichler«, sagte Milena halblaut. »Jurijs kleine Schwester.« Sie gingen um den Schutthaufen herum.

»Guten Abend, Frau Pichler«, rief Siniša. »Wir hatten es schon telefonisch versucht.«

Die junge Frau reagierte nicht. Ihre Ohren waren

verstöpselt, wie man an den dünnen Kabeln sehen konnte, und neben ihr stand eine Flasche Bier.

Milena trat näher und beugte sich ein wenig vor. »Ist Ihre Schwägerin vielleicht da?«

Erschrocken schaute Sonja hoch, zog widerwillig die kleinen Stöpsel heraus und fragte: »Was wollen Sie denn schon wieder?«

»Ob Ihre Schwägerin zu sprechen ist, möchten wir wissen«, sagte Siniša.

»Karen ist weg und das Hotel geschlossen.« Sonja wollte sich die Stöpsel wieder in die Ohren stecken, aber Milena fragte konsterniert: »Karen ist weg, das Hotel geschlossen? Sie meinen: für immer? Was ist denn passiert?«

»Tun Sie doch nicht so betroffen.« Sonja warf ihre Zigarette auf den Boden, wo der Glimmstengel ein paar Funken schlug und dann verlosch. »Ständig kommen Sie an, löchern uns hier mit Ihren Fragen, und jedes Mal ist hinterher dicke Luft.«

»Es gab also Streit«, stellte Siniša fest.

»Sag ich doch«, gab Sonja patzig zurück.

»Wie dem auch sei«, sagte Milena. »Wir suchen eine Person, eine Amerikanerin, und es könnte sein, dass sie Gast in Ihrem Hotel ist. Karen hatte mal so etwas erwähnt. Oder sind Ihre Gäste schon alle abgereist?«

»Wissen Sie was?« Sonja stützte sich trotzig auf

den Rand der Badewanne. »Jetzt stelle ich hier mal die Fragen, oder haben Sie etwas dagegen? Also, zuerst will ich wissen: Was hat mein Bruder eigentlich verbrochen? Was ist so schlimm, dass niemand es in meinem Beisein über die Lippen bringt? Ich bin doch kein Kind mehr.« Mit der Bierflasche zeigte sie auf Siniša. »Sie sind doch Jurijs Anwalt gewesen, oder? Also könnte ich jetzt vielleicht mal eine Auskunft bekommen?«

»Bitte haben Sie Verständnis.« Siniša lächelte zurückhaltend. »Wenn Ihre Mutter Stillschweigen bewahrt und nicht darüber sprechen will, wird sie ihre Gründe haben. Ich respektiere das und möchte ihr nicht in den Rücken fallen.«

»Dann verweigere ich hiermit die Aussage.«

»Hat Jurij Ihnen gegenüber denn nie eine Andeutung gemacht?«, fragte Milena.

»Andeutung? Soll das ein Witz sein?« Sonja lachte kurz auf. »Der hat mich doch nicht mit dem Arsch angeguckt! Der geheimnisvolle Bruder, immer weit weg. Und als er dann plötzlich vor mir stand ...« Sie nahm einen Schluck aus der Flasche und rülpste leise. »Wir hatten uns einfach nichts zu sagen. Es war leider so. Was ja nicht heißt, dass sich da nicht vielleicht noch etwas entwickelt hätte, oder? Ich meine, dass man mal zusammen angeln geht oder so. Keine Ahnung, was man mit einem großen Bruder so macht. Ich wusste ja nicht, dass er so plötzlich …« Sie wandte den Kopf ab.

»Die Polizei hat die Ermittlungen eingestellt«, erklärte Milena, »aber es gibt Ungereimtheiten. Diese Amerikanerin« – sie reichte Sonja ein Päckchen Taschentücher –, »wohnt sie noch hier?«

Sonja bediente sich, schneuzte sich und schniefte: »Ich denke schon. Obwohl – heute habe ich sie, glaube ich, noch nicht gesehen.«

»Wie heißt die Frau?«, fragte Siniša.

»Jones.« Sonja knüllte das Taschentuch in ihrer Faust. »Anna, glaube ich. Spricht aber fließend Serbisch.« Sie schaute die dunkle Fassade hinauf. »Das wäre natürlich ein Ding«, ächzte sie.

»Was?«

»Wenn die Lady jetzt einfach die Fliege gemacht hätte.«

»Wie kommen Sie darauf?«, fragte Siniša.

»Meine Mutter hatte sich mit ihr unterhalten und später gesagt: ›Hoffentlich prellt die Zigeunerin am Ende nicht die Zeche.‹ Ich war noch ganz perplex, denn wie eine Zigeunerin sieht diese Frau Jones ja nicht gerade aus.«

Milena und Siniša wechselten einen Blick, und Milena fragte: »Ist Ihre Mutter da?«

Sonja schüttelte den Kopf. »Die zwitschert sich einen. Macht sie immer, wenn sie sich mit Karen gekracht hat, und nennt das dann ›um den Block gehen‹.« Wieder schaute sie hinüber zum Haus. »Wer ist denn diese Frau Jones?«, fragte sie. »Kannte sie Jurij?«

»Die Sache ist kompliziert«, erklärte Siniša.

»Könnten Sie uns anrufen, wenn diese Frau Jones hier wieder auftaucht?«, bat Milena.

»Hatte sie mal eine Affäre mit Jurij?«, fragte Sonja.

»Nein, sie hatte mal einen kleinen Bruder«, erklärte Milena. »Vorausgesetzt, es handelt sich bei ihr tatsächlich um Anna Jovanović.«

»Und? Zigeuner haben doch immer viele Geschwister. Was hat Jurij damit zu tun?«

»Schau mal«, sagte Siniša und fasste Milena am Arm. Hinter einem der Fenster, im zweiten Stock, war Licht angegangen.

»Das ist sie«, sagte Sonja. »Zimmer Nummer drei. Ich bringe Sie hin, wenn Sie mir sagen, was Jurij mit dem kleinen Bruder von dieser Frau zu tun hatte.«

»Wenn Frau Jones die Anna Jovanović ist, die wir suchen«, sagte Milena, »kann sie Ihnen die Geschichte gleich selbst erzählen.« Sie schob den Riemen ihrer Tasche auf der Schulter zurecht. »Würden Sie uns also bitte ins Haus lassen?«

Kurz darauf standen sie im zweiten Stock vor

dem Zimmer mit der Nummer drei. Siniša klopfte. Unter der Tür war ein Streifen Licht zu sehen.

»Frau Jones?«, rief Siniša. »Könnten Sie bitte die Tür aufmachen?«

»Vielleicht geht sie gerade schlafen«, meinte Sonja und trat unruhig von einem Fuß auf den anderen. »Sagen Sie mir endlich: Was ist mit diesem Jungen?«

Plötzlich wurde die Tür aufgerissen. Überrascht prallte Milena zurück.

»Was tust du denn hier?«, rief Sonja verblüfft.

Die alte Frau Pichler trug über ihrem Nachthemd eine Strickjacke, und die offenen gelben Haare reichten ihr bis über die Schultern. Die Brille auf ihrer Nase machte ihre Augen riesig. »Was wollen Sie?«, stieß Frau Pichler hervor. »Können Sie uns nicht endlich in Ruhe lassen?«

»Und Sie?«, fragte Siniša. »Was machen Sie hier, um diese Zeit, im Zimmer Ihres Gastes?« Er drückte mit der Hand die Tür auf. »Hallo?«, rief er. »Frau Jones?«

»Ich mache hier Ordnung.« Frau Pichler trat aus dem Zimmer und versuchte, die Tür hinter sich zuzuziehen. »Das ist mein Job.«

»Ist Frau Jones abgereist?« Siniša schob sich einfach an ihr vorbei.

»Bitte verlassen Sie sofort diesen Raum«, protestierte die alte Dame.

»Mama«, unterbrach Sonja mit leiser Stimme. »Was hat Jurij mit dieser Frau Jones zu tun, und was ist mit ihrem kleinen Bruder?«

Frau Pichler ließ nun auch Milena widerstandslos passieren, lehnte sich erschöpft an die Wand und sagte tonlos: »Es war nicht Jurijs Schuld. Es war die Schuld von Luca, und deshalb wurde er auch verurteilt.«

»Welche Schuld?«, fragte Sonja. »Was heißt das? Ist der Junge tot?«

Milena entdeckte im offenen Schrank einen Koffer und daneben eine Tüte.

»Sie haben kein Recht …«, rief Frau Pichler, während Sonja sie bei der Schulter fasste: »Antworte, Mama! Warum wurde Luca verurteilt?«

»Ein Unfall.« Frau Pichler rang nach Luft. »Es war ein Unfall. Verlassen Sie auf der Stelle mein Haus. Oder ich rufe die Polizei.«

»Tun Sie das«, sagte Siniša.

Milena sah, dass Lebensmittel in der Tüte waren und Geschenke, und sagte zu Siniša: »Sie ist es. Ich bin mir sicher. Anna Jones ist Anna Jovanović.« Sie wandte sich an Frau Pichler: »Haben Sie mit ihr gesprochen?«

»Warum sollte ich?«, gab Frau Pichler zurück.

»Mama, du warst fast eine halbe Stunde bei ihr«, sagte Sonja. »Ihr habt euch unterhalten.«

»Hatte Frau Jones Kontakt zu Ihrem Sohn?«, fragte Milena. »Haben Frau Jones und Jurij sich getroffen?«

Siniša blätterte in einem Dokument, einem dunkelblauen US-amerikanischen Pass. »Als Anna Jones eingereist ist«, sagte er, »am 28. April, war Jurij bereits tot.« Er legte das Dokument zurück in die Schublade.

»Was war das für ein ›Unfall‹?«, fragte Sonja. Sie war ganz blass und ließ ihre Mutter nicht aus den Augen. »Heißt das, Jurij ist für den Tod eines Menschen verantwortlich? Wie kann so etwas passieren? Aus Fahrlässigkeit? Oder ist er ein Totschläger, ein Mörder?«

»Hör auf!«, schrie ihre Mutter. »Red nicht einen solchen Unsinn.«

»Sagen Sie Ihrer Tochter, was passiert ist«, bat Milena.

»Halten Sie sich da raus«, blaffte Frau Pichler und herrschte ihre Tochter an: »Geh auf dein Zimmer.«

Sonja rührte sich nicht von der Stelle. Frau Pichler schloss die Augen und erklärte mühsam beherrscht: »Jurij war damals selbst noch ein Kind, genauso wie Luca. Und dieser Zigeuner-Bengel – er hat die beiden wahrscheinlich bis aufs Blut gereizt. Und wenn man jemanden in dem Alter als Junge so reizt, bezieht man eben auch mal eine Tracht Prügel. So läuft das eben. Und dass der Junge dann gleich stirbt, war ein Unfall.«

»Der Junge ist gestorben?«, fragte Sonja ungläubig.

»Hatten Sie dieses Gespräch auch mit Frau Jovanović?«, fragte Milena.

Frau Pichler schüttelte den Kopf. »Sie wollte nur eine Auskunft.«

»Welche?«

»Die Adresse von Luca.«

»Und haben Sie sie ihr gegeben?«

»Ich hatte keinen Grund, es nicht zu tun.«

»Wo wohnt er?«, fragte Milena.

Frau Pichler schüttelte den Kopf. »Lassen Sie Frau Jovanović die Sache regeln. Wir sollten uns da nicht einmischen.«

»Frau Jovanović ist wahrscheinlich bewaffnet«, sagte Siniša.

»Das kann ich bestätigen.« Frau Pichler verschränkte herausfordernd die Arme vor der Brust. »Die Pistole lag dort, in der Schublade, wo Sie die ganze Zeit herumgeschnüffelt haben, beim Pass.«

»Frau Pichler«, sagte Milena, »wenn Luca Marović etwas zustößt …«

»Können wir es nicht verhindern.« Frau Pichler nahm ihre Tochter bei den Schultern und schob sie zur Tür. »Komm, mein Kind. Die Vorstellung ist beendet.«

»Ich glaube, ich weiß, wo er wohnt«, rief Sonja.

»Du hast getrunken.« Frau Pichler drängte ihre Tochter aus dem Zimmer.

»›Kirschblütenviertel‹ stand in seinem Kalender, ›Schöne Aussicht‹«, rief Sonja über ihre Schulter. »Beeilen Sie sich.«

## 30

Die Bremslichter leuchteten, dann bog der Kastenwagen um die Ecke, verschwand in der Dunkelheit, und die Straße lag da wie ausgestorben. Nichts regte sich, kein Laut, kein Lüftchen, alles war ruhig.

Luca trug nur das dünne Hemd, und trotzdem war ihm warm, als produzierte er mit der Nervosität eine beständige Hitze. Dabei hatte er die Sicherheitsfirma doch gerufen, um sich zu beruhigen! Als Ergebnis war das »Premiumpaket« herausgekommen: Alarmanlage, Überwachungskameras, automatische Aufzeichnung von Bewegungsprotokollen. Für seinen speziellen Fall hatte der Fachmann zusätzlich die Errichtung eines elektronisch gesicherten Zauns empfohlen, wobei für die Fundamente eine Fremdfirma beauftragt werden müsste, eine Unbekannte im Zeitplan, der ihm morgen im Laufe des Tages zusammen mit dem Kostenvoranschlag zugehen würde. Wenn Luca grünes Licht gab, könnte man voraussichtlich schon in der zwanzigsten Kalenderwoche mit den Erdarbeiten beginnen. Also alles kein Problem, wie der Fachmann mehrmals versichert hatte.

Luca legte den Kopf in den Nacken. Kein einziger Stern war am Himmel zu sehen, und auf bestimmte Fragen würde er wohl nie eine Antwort bekommen. Zum Beispiel, warum sich Jurij nicht noch einmal gemeldet hatte. Sie hätten sich doch aussprechen können. Stattdessen hatte der Mann anscheinend nichts Besseres zu tun gehabt, als zur Polizei zu rennen. Aber hatte er ernsthaft geglaubt, die Beamten irgendeiner Abteilung würden ausrücken, um ihn, Luca Marović, zu verhören oder gar zu verhaften? War es das, was Jurij gewollt hatte? Dass er verknackt würde und lebenslänglich bekam? Sie waren doch trotz allem Freunde gewesen. Man konnte es drehen und wenden, wie man wollte: Jurijs Verhalten war ungefähr so naiv wie sein Versuch, sich hier mit Alarmanlagen und Überwachungskameras zu schützen.

Vielleicht war er paranoid, aber er ahnte und fürchtete, dass sie noch ein Exempel statuieren würden. Er hatte Angst, dass die Männer, die Jurij liquidiert hatten, noch einmal zuschlagen würden, als Warnung, damit er in Zukunft seine Zunge hütete, und dass sie dort zuschlugen, wo es ihn am meisten schmerzen würde. Er hatte Angst, dass sie

Cecilia ins Visier nahmen. Es war eine große, irrationale Angst, durch keine Fakten begründet. Aber er kannte seine Leute, wusste, wie sie tickten. Oder hatten die alten Kameraden gar nichts mit Jurijs Tod zu tun? Steckten am Ende doch die Roma dahinter?

Seit ihm der Zigeuner auf der Belgrader Straße begegnet war, kam ihm immer wieder dieser Gedanke. Dass die Roma, die nächste Generation, junge Burschen, die vor Kraft und Selbstbewusstsein strotzten, meinten, alte Rechnungen begleichen zu müssen. Erst Jurij, jetzt er. Ausgeschlossen war das nicht. Im Gegenteil: Es wäre naiv zu glauben, dass diese Geschichte aus der Vergangenheit hinter ihm lag und von diesen Leuten vergeben und vergessen wäre – vor allem, nachdem Jurij so viel Staub aufgewirbelt hatte.

Er ging auf dem Gehweg an der Mauer entlang zurück zum Haus. Sein Entschluss stand fest. Keine Alarmanlage, keine Kameras, kein Zaun. Er würde mit Cecilia verschwinden, am besten noch heute Nacht. Er würde ihr die ganze Wahrheit über sich erzählen, alles, was damals passiert war, nachdem er ins Gefängnis kam. Und wenn sie dann noch mit ihm leben wollte, wenn sie ihm verzeihen konnte, würden sie gemeinsam irgendwo am anderen Ende der Welt ausharren und warten, bis wieder Gras über die Sache gewachsen war.

Es waren keine dreißig Schritte bis zum Gartentor, als ihm eine Person entgegenkam. So plötzlich tauchte sie auf, dass er im ersten Moment dachte, sie könnte eigentlich nur aus seiner Einfahrt getreten sein. Es gab in dieser Gegend normalerweise keine Fußgänger, schon gar nicht um diese Zeit. Oder war sie von der anderen Straßenseite herübergekommen? Um ihn zu sprechen? Hatte sie ihn im Visier?

Im Licht der Straßenlaterne verwandelte sich die schwarze Silhouette in eine knabenhafte Gestalt und schließlich in eine Frau im Jogginganzug mit Sneakers und einer Kapuze über dem Kopf. Die Hände hatte sie in den Taschen ihrer Jacke vergraben, und es sah aus, als ob sie dort etwas festhielt.

Die Frau war bewaffnet. Kein Zweifel. Er wusste es, und neben der Angst überkam ihn fast ein Gefühl der Erleichterung. Die Bedrohung, die er die ganze Zeit empfunden hatte, konkretisierte sich endlich in dieser Person. Er verlangsamte seinen Schritt, blieb stehen, und ihre Blicke trafen sich.

Das Funkeln in ihren Augen war keine Neugier. Er sah darin Angst und noch etwas, das stärker war: Wut, vielleicht Hass. Wer war diese Frau? War sie ihm schon einmal begegnet? Er musste sie fragen, mit ihr reden, seinen Mund aufmachen. Wenn er gleich in die Mündung ihrer Pistole schauen würde und die Kugel ihn traf, wenn das Blut aus den zerfetzten Adern und Organen ineinanderfloss, würde er keine Zeit mehr dafür haben. So viele von ihnen waren auf diese Weise auf der Straße gestorben, im Rinnstein, in der Gosse, nicht nur der Ministerpräsident, und jetzt war er an der Reihe. Diese Gedanken schossen ihm durch den Kopf, aber aus seiner trockenen Kehle kam kein Laut, nicht einmal ein Röcheln. Er wollte die Hände heben, zeigen, dass von ihm keine Gefahr ausging, aber er konnte nicht. Es war erbärmlich, sein letzter Gedanke war zu hoffen, dass ihm nicht die Blase platzte, ihm, dem großen Helden, und dass man am Ende nicht mit einem hämischen Grinsen über ihn sagen würde: Und zum Schluss, im Angesicht des Todes, hat er sich vor Angst in die Hose gepisst.

Die Frau ging an ihm vorbei. Luca schaute ihr überrascht hinterher. Ein Auto kam langsam die Straße herauf, und im Gegenlicht der Scheinwerfer verwandelte die Frau sich zurück in die knabenhafte Gestalt, die schwarze Silhouette, die von der Dunkelheit verschluckt wurde.

Plötzlich dämmerte Luca, was hier los war. Er drehte sich in böser Vorahnung um.

Tatsächlich: Die Pforte zu seinem Grundstück stand offen, ebenso die Haustür. Er rannte die

Auffahrt hinauf, die Stufen hoch und stürzte in die Halle.

Cecilias Koffer stand vor der Treppe, als wäre sie eben erst nach Hause gekommen. Und daneben zwei Schuhe, ihre lachsfarbenen Pumps.

»Cecilia?«, schrie er. »Bist du da?«

Keine Antwort. Er horchte in die Stille, ging langsam weiter. Das Herz klopfte ihm bis zum Hals. Er war auf alles gefasst.

Das Erste, was ihm auffiel, war die Terrassentür: angelehnt, obwohl er sie offen gelassen hatte, er erinnerte sich genau. Aber noch etwas war nicht so, wie es sich gehörte.

Das Ölbild war abgehängt und lehnte am Boden. Der Safe stand offen. Er trat näher, als eine fremde Stimme rief: »Hallo?«

Er fuhr herum. Da waren Leute in der Eingangshalle.

»Herr Marović?«

Hastig fasste Luca in den Safe. Nur das aufgeklappte leere Futteral lag noch da.

\*

»Hallo?«, rief Milena noch einmal. Zögernd folgte sie Siniša über die Schwelle, aber die Situation war ihr nicht geheuer. Das offene Gartentor, die offene Haustür und hier der Koffer an der Treppe, dazu Festbeleuchtung und ein Paar Schuhe, teure Pumps, anscheinend eilig ausgezogen, wie achtlos hingeworfen. Was hatte das alles zu bedeuten?

Siniša ging wortlos hinüber zur Tür, die sich unterhalb der Treppe befand. »Ist jemand zu Hause?«, fragte er, aber das Esszimmer lag im Dunkeln.

Auf der anderen Seite ging die Halle in einen Wohnbereich über, so war jedenfalls Milenas Vermutung, denn hinter dem Mauervorsprung und einem breiten Pfeiler war ein dicker Teppich auf dem Marmor zu sehen. Vorsichtig schaute Milena um die Ecke – und prallte zurück.

Der Mann im weißen Hemd machte zwei Schritte auf sie zu. »Wer sind Sie?«, rief er wütend. »Was fällt Ihnen ein? Hier einfach so hereinzutrampeln.«

»Entschuldigen Sie«, erwiderte Milena. »Die Tür stand offen. Wir haben gerufen. Lukin ist mein Name.« Sie wandte sich mit einer Geste zur Seite: »Mein Kollege, Herr Stojković.«

»Wir wollten Sie nicht erschrecken, Herr Marović. Ich bin Anwalt.« Siniša zupfte an seinen Manschetten. »Frau Lukin ist vom Institut für Kriminalistik und Kriminologie. Es geht um Folgendes.«

»Wir suchen eine Frau«, sagte Milena. »Sie heißt Anna Jovanović, und wir haben Grund zu vermuten, dass sie hier bei Ihnen sein könnte.«

»Anna Jovanović«, wiederholte der Mann und schüttelte den Kopf. »Wie kommen Sie darauf?« Er stopfte sich das Hemd in die Hose. Das schüttere Haar klebte ihm an der Stirn, und der Safe hinter ihm stand offen.

»Es handelt sich um die Schwester von Dušan Jovanović«, erklärte Siniša.

»Sie erinnern sich?« Milena beobachtete den Mann und versuchte einzuschätzen, ob der Name des Jungen etwas bei ihm auslöste. »Der kleine Junge«, fuhr sie fort, »der damals auf der Belgrader Straße ums Leben kam.«

Luca Marović starrte Milena an, als hätte er einen Geist gesehen. »Die Frau in der Kapuzenjacke«, murmelte er.

»Wie bitte?«

»Cecilia!«, rief er und rannte ohne ein weiteres Wort an ihnen vorbei in die Halle und weiter, die Treppe hinauf.

»Er meint die Frau, die uns auf der Straße entgegengekommen ist«, sagte Siniša.

»Ich rufe die Polizei.« Milena machte ihre Tasche auf.

»Und was willst du denen sagen?«, fragte Siniša. »Die Frau ist längst weg.« Erschrocken schaute er Milena an. »Warte hier«, sagte er. »Ich schaue mal nach, was da oben los ist.«

»Sei vorsichtig!«, rief sie ihm hinterher und löste an ihrem Telefon die Tastensperre, als ihr Blick auf den Safe fiel, das schwarze Loch in der Wand.

Ein aufgeklapptes Futteral aus blauem Filz lag darin. Es war das Futteral für eine Pistole, aber die Pistole war verschwunden. Hatte Anna Jovanović den Safe ausgeraubt?

Oben waren Stimmen zu hören, Sinišas Bass, dann schlug eine Tür, und es war Stille.

»Siniša?«, rief Milena erschrocken.

»Lassen Sie Ihr Telefon fallen«, sagte eine Stimme. »Sofort.«

Langsam drehte Milena sich um.

Die Frau in der Terrassentür war auf Strümpfen, ihr gepflegtes Haar zerzaust. Mit beiden Händen umklammerte sie eine Pistole. »Haben Sie nicht gehört?«, schrie die Frau und machte eine fahrige Kopfbewegung, wohl um die Haare aus dem Gesicht zu bekommen. »Telefon weg. Wird's bald?«

Milena gehorchte. Das Gerät fiel auf den Boden und zerbrach in zwei Teile. »Frau Marović«, stammelte sie. »Es ist alles nur ein Missverständnis. Ihr Mann ist oben und sucht Sie. Er denkt, Ihnen ist etwas zugestoßen.«

»Wer sind Sie?«

»Bitte nehmen Sie die Waffe herunter«, bat Milena.

»Was soll dieser Aufmarsch? Was machen Sie in meinem Haus? Erst diese fremde Person – gehören Sie zusammen?«

»Ich vermute, die Person, von der Sie sprechen, ist Anna Jovanović«, sagte Milena. »Hat sie Sie bedroht? Was wollte sie?«

»Nicht bewegen!«

»Beruhigen Sie sich.« Milena hob wieder die Hände. »Anna Jovanović ist die Schwester vom kleinen Dušan. Verstehen Sie? Der Junge, der vor vielen Jahren auf der Belgrader Straße zu Tode kam. Ihr Mann und Jurij Pichler haben das zu verantworten.«

»Ich kenne die Geschichte. Lenken Sie nicht ab.«

»Seine Schwester Anna ist in Belgrad«, fuhr Milena fort. »Wir hatten Angst, dass sie etwas plant. Wir dachten, sie könnte möglicherweise Rache an Ihrem Mann nehmen.«

»Und Sie? Was haben Sie damit zu tun? Warum sind Sie hier?«

»Wir wollen herausfinden, was mit Jurij Pichler passiert ist.« Milena versuchte, von der Wand wegzukommen und sich langsam Richtung Halle zu bewegen. »Die Polizei hat die Ermittlungen eingestellt«, sagte sie, »aber wir wissen, dass er ermordet wurde.«

»Bleiben Sie stehen!«

Milena gehorchte. Sie ließ die Frau nicht aus den Augen, starrte auf die Pistole, die von zitternden Händen gehalten wurde, als ihr plötzlich ein Gedanke kam, der sie elektrisierte. »Frau Marović«, begann sie. »Die Pistole, die Sie da halten – ist es die Waffe aus dem Tresor? Jurij Pichler wurde mit einer Pistole des Kalibers 6,36 Millimeter erschossen. Vielleicht wissen Sie es gar nicht.«

»Was reden Sie da?«

»An Ihrer Waffe klebt Blut.«

»Ich warne Sie«, rief Cecilia. »Ein Schritt, und ich schieße.«

»Ich will nur eines wissen«, fuhr Milena fort und versuchte, so viel Ruhe wie möglich auszustrahlen. »Warum musste Jurij sterben?«

Cecilia Marović schaute panisch umher. »Warum? Weil er unser Leben zerstört hätte.«

»Weil er wusste, was Ihr Mann getan hat?«

»Ich habe ihn zur Rede gestellt, diesen Jurij, aber er hat mir nicht zugehört«, stieß Cecilia hervor.

»Sie?«, entfuhr es Milena.

»Er war ein selbstgerechter, eingebildeter Mensch.«

»Ja«, murmelte Milena und nickte. »Das war er.« Das Herz klopfte ihr bis zum Hals.

»Nicht wahr?«

»Und dann?«, fragte Milena.

»Er hat mich einfach stehenlassen! Er wollte zur Polizei, meinen Mann anzeigen, seinen besten Freund, der für ihn ins Gefängnis gegangen ist, er wollte ihn ans Messer liefern. Ich musste es tun.«

»Was redest du?« Luca Marović stand plötzlich im Raum. Sein Gesicht war kalkweiß. »Du warst verreist. Du warst gar nicht da.«

»Versteh doch, Liebling. Ich habe es für uns getan.«

»Sie haben Jurij erschossen?«, fragte Milena ungläubig.

Luca Marović ging langsam auf seine Frau zu. »Beruhige dich«, sagte er. »Du hast Jurij nicht getötet. Das waren die Zigeuner.«

»Ich habe euer Gespräch belauscht. Ich wollte wissen, worüber ihr sprecht. Ich hatte ein schlechtes Gefühl, von Anfang an. Dass du diesen Mann triffst, dass du abdriftest, dass er unser Leben durcheinanderbringt.«

»Er war mein Freund.« Er fixierte sie mit versteinerter Miene, ließ sie nicht aus den Augen, während er ihre Hände umfasste und ihr die Pistole abnahm.

»Ich hatte Angst.« Tränen rannen über ihre Wangen. »Und dann diese fremde Person. Sie stand im Esszimmer hinter der Tür. Ich dachte, jemand ist mir auf den Fersen. Ich habe die Waffe geholt und mich im Garten versteckt. Ich wusste nicht, wo du warst.«

»Hol das Auto.«

»Verzeih mir«, flüsterte sie.

»Es ist gut.«

Cecilia starrte ihn wortlos an – und gehorchte. Milena fühlte, wie die Panik in ihr aufstieg. Wenn es einen Zeitpunkt gegeben hatte zu fliehen – sie hatte ihn verpasst.

»Lassen Sie uns gehen«, bat sie. »Herrn Stojković und mich.«

»Wie stellen Sie sich das vor?« Luca Marović öffnete das Magazin der Pistole und schloss es wieder, und in dieser Bewegung lag eine Ruhe und Konzentration, als hätte er nie etwas anderes gemacht.

»Wo ist er?«

»Ihr Freund?« Luca Marović schaute auf. »Er kann uns nicht hören. Er ist oben. Ich habe ihn eingesperrt.« Die Mechanik klickte leise.

Milena starrte auf die Waffe in seiner Hand, die Pistole, mit der seine Frau Jurij Pichler getötet hatte. Kaliber 6,36 – dasselbe Kaliber, mit dem auch der Ministerpräsident erschossen worden war. Sie hatte Mühe zu atmen, als würde die Luft in diesem Raum mit jeder Sekunde knapper.

Die Terrassentür stand offen. Einfach davonrennen, dachte sie, um Hilfe schreien. Aber sie war wie gelähmt.

»Wer hat Sie geschickt?«, fragte Luca Marović und musterte sie.

»Niemand hat mich geschickt«, sagte Milena, und das Gefühl, diesem Mann ausgeliefert zu sein, machte sie wütend. »Ich war nur so dumm zu glauben, Sie wären in Gefahr. Stellen Sie sich vor: Ich habe Herrn Stojković noch überredet, mit mir hierherzufahren.«

»Ich habe Ihre Visitenkarte gefunden«, sagte er. »Ich weiß, dass Sie auf der Belgrader Straße waren.«

»Ich wollte wissen, wer dort die Maiglöckchen abstellt und das Andenken an den kleinen Dušan aufrechterhält.«

»In wessen Auftrag?«

»Es gab keinen Auftrag. Glauben Sie mir. Jurij Pichler war der Mandant von Herrn Stojković. Seine Geschichte hat mich beeindruckt, sein Tod hat uns keine Ruhe gelassen.«

Luca Marović kniff die Augen zusammen und schien zu überlegen. »Sie wissen«, sagte er, »Leute wie Sie leben gefährlich.«

»In diesem Land, ja.« Milena nickte. »Weil Leute wie Sie frei herumlaufen.«

»Halten Sie Ihren Mund.«

»Nein. Ich will wissen: Wie viele Menschen haben Sie auf dem Gewissen? Den kleinen Dušan – und dann? Den Ministerpräsidenten oder noch mehr?«

Er antwortete nicht, aber die Kiefermuskeln in seinem Gesicht arbeiteten.

»Haben Sie Jurij von Ihren Taten erzählt?«, fragte Milena. »Wollten Sie ihn beeindrucken? Wie damals, auf der Belgrader Straße? Sie sind am Ende, Herr Marović. Die Vergangenheit hat Sie eingeholt. Jurij Pichler sei Dank.«

Er drehte auf eine Weise den Kopf, als hätte er Schmerzen. »Ich bin nicht der, für den Sie mich halten«, sagte er.

Milena antwortete nicht. Nur zwei, drei Schritte lagen zwischen ihr und diesem Mann. Sollte sie es wagen und versuchen, ihm die Pistole aus der Hand zu schlagen? Sie zögerte.

»Ich war auserwählt«, fuhr er fort. »Ich gehörte zur Elite. Wir standen über dem Gesetz. Alle haben vor unserer Einheit gezittert. Und ich war der Beste.«

»Sie?« Milena schüttelte den Kopf. »Sie waren nicht der Beste. Wenn es jemanden gab, auf den dieses Prädikat zutrifft, dann war es der Ministerpräsident. Er war ein Glück für unser Land.«

»Jetzt hören Sie mir zu!«, schrie er. »Ich will, dass Sie es verstehen!«

»Bitte«, sagte Milena. »Erklären Sie es mir.«

»Ich habe Scheiße gefressen«, sagte er. »Jahrelang. Zu Hause. In der Schule. Im Gefängnis. Und dann wurde ich plötzlich auserwählt. Ich weiß bis heute nicht, warum. Ich war einer der wenigen, der ins Umerziehungslager kam, in die Besserungsanstalt – nennen Sie es, wie Sie wollen. Und es hat mir gefallen. Weil ich wusste, es würde irgendwann auf etwas Großes hinauslaufen. Es gab dieses Ziel. Endlich. Das Ziel hätte der Ministerpräsident oder jemand anderes sein können. Es war mir egal.«

»Sein Tod hat all unsere Hoffnungen zerstört«, sagte Milena. »Unser Land wurde um Jahrzehnte zurückgeworfen. Alle Hoffnungen, alles, woran wir geglaubt haben, wurde zunichtegemacht.«

»Wenn ich es nicht getan hätte, hätte es jemand anderes gemacht.«

»Dann war sein Tod also unausweichlich?« Milena trat ganz dicht an ihn heran. »Und was ist mit Jurij?«, fragte sie. »Er war Ihr bester Freund, der einzige Freund, den Sie je hatten. Hätten Sie ihn auch getötet, wenn man es Ihnen befohlen hätte?«

»Halten Sie den Mund«, flüsterte er.

»Oder wären Sie dann eingeknickt wie früher, wären der Schlappschwanz gewesen?« Milena machte einen Schritt zurück. »Es ist egal«, sagte sie. »Die Frage ist müßig. Sie haben Jurij verloren. Ihre

Frau hat ihn erschossen. Und warum? Damit Sie für Ihre große Tat, den Mord am Ministerpräsidenten, nicht zur Rechenschaft gezogen werden können.«

Luca Marović antwortete nicht. Milena sah jede Pore in seinem ausdruckslosen Gesicht und den Schweiß darin.

»Wie viele Kugeln haben Sie noch?«, fragte sie. »Reicht es für zwei? Und dann? Glauben Sie ernsthaft, Ihre Freunde von damals werden Sie für immer schützen, bei jedem weiteren Mord? Glauben Sie das wirklich?«

Autotüren schlugen. Im Raum kreiste blaues Licht. Milena schaute sich verwirrt um.

Luca Marović starrte sie an, und seine Augen waren von einer seltsamen Helligkeit. Dann wandte er sich ab, ging mit gesenktem Kopf in die Halle und verschwand um die Ecke.

Erschöpft lehnte Milena sich an die Wand, atemlos, schwitzend und den Tränen nahe.

Dann fiel ein Schuss.

## 31

Links waren der Anbau, die Werkstatt und die Regentonne, rechts die niedrige Tür zu den beiden Zimmern. In diesem Winkel, wo kein Gras mehr wuchs, roch es besonders stark nach Urin, und das Vogelgezwitscher, dazu in dieser Lautstärke, war ein seltsamer Kontrast, den Anna jedoch nur am Rande wahrnahm.

Sie fühlte sich, als hätte sie Fieber oder wäre einer Ohnmacht nahe, und natürlich war weder das eine noch das andere der Fall. Sie war in einer Ausnahmesituation – aber war sie das nicht schon die ganze Zeit? Wie auch immer die Sache ausging: Das Taxi mit ihrem Gepäck wartete oben an der Straße. In spätestens zwei Stunden würde sie im Flugzeug sitzen und nach zehn weiteren Stunden in New York sein. Dort würde Steven warten, die Kanzlei, und die Straßen wären wieder übersichtlich nummeriert. Ihr altes Leben. Sie machte einen Schritt über die schlammige Pfütze hinweg, und ihr Herz hämmerte so stark, dass es ihr fast den Atem nahm.

Zum zweiten Mal innerhalb von vierundzwanzig Stunden klopfte sie, wartete, drückte die Klinke. Ein vertrauter modriger Geruch schlug ihr entgegen, und ihre Augen brauchten ein paar Sekunden, um sich an das schummrige Licht zu gewöhnen.

Das Bett war gemacht, sogar eine neue Kerze stand auf dem Tisch, und daneben lag eine Orange, wahrscheinlich eine von denen, die sie ihm vor drei Tagen in der Tüte vor die Tür gestellt hatte. Unter dem Waschbecken war wie eh und je die Sammelstelle für die leeren Flaschen, und im Regal stapelte sich das saubere Geschirr. Alles hatte seine Ordnung. Nur er war nicht da.

Anna stellte die Tüte mit den Mitbringseln zu den Flaschen neben den Ascheneimer. Sie wusste nicht, was größer war: ihre Erleichterung, dass die Begegnung mit ihrem Vater nun doch nicht stattfinden würde, oder die Enttäuschung darüber. Keine Wiedersehensfreude, aber auch kein Erschrecken. Kein Fremdeln und keine Fragen: Warum hast du dich nie wieder gemeldet? Sie musste nicht erklären, warum sie keine Kinder hatte und nicht verheiratet war, und würde nie erfahren, ob ihr Vater all die Jahre auf sie gewartet hatte, ob er ihr Vorwürfe machte, dass sie sich so strikt an seine Anweisung gehalten und nie versucht hatte, mit ihm in Kontakt zu treten, oder ob alles so, wie es war, seine

Richtigkeit hatte. Und sie würde nie wissen, ob er stolz auf sie war, weil sie alles erreicht hatte, was ihre Mutter sich für sie erträumt hatte – und noch mehr: Sie hatte genug zu essen, saubere Kleidung und nicht bloß ein Dach über dem Kopf. Sie hatte es geschafft, dass ihr niemand mehr ansah, dass sie eine Zigeunerin war.

Sie hob die Strohmatten vom Boden hoch, schob das Brett beiseite und holte den Blechkasten aus dem Loch hervor. Keine vierundzwanzig Stunden waren vergangen, seit sie die Pistole ausgeliehen hatte, und jetzt legte sie die Waffe zurück in den Kasten, unter den doppelten Boden, wo sie hingehörte. All das tat sie mechanisch, ohne Hast und im Bewusstsein, dass es die letzten Handgriffe waren, die sie hier erledigte.

Das Kuvert mit den Geldscheinen legte sie obenauf zu den Fotos. Die Finanzspritze würde ihm helfen, die schlimmste Not zu lindern. Falls sie Steven nach ihrer Rückkehr aus Belgrad erzählen würde, dass sie eine Roma war und ihrem Vater Geld daließ, anonym in einem Umschlag, wusste sie schon, was er antworten würde: Glaubst du wirklich, du kannst dich einfach freikaufen? Und sie würde den Kopf schütteln und antworten: Nein, das glaube ich nicht.

Bevor sie den Blechkasten wieder zumachte, betrachtete sie noch einmal das Foto auf dem kleinen Stapel, den verschossenen Farbabzug, der zuoberst lag, diesen kleinen Jungen im geringelten Pullover und das Mädchen neben ihm: Dušan und Anna. Sie sank auf den Stuhl, presste das Foto an sich, diesen einzigen sichtbaren Beweis, dass es dieses Leben wirklich einmal gegeben hatte.

Sie hatte alles hinter sich gelassen, ihre Herkunft abgestreift wie einen alten Kittel und nicht mehr zurückgeschaut, und jetzt saß sie wieder hier, an diesem wackligen Tisch, weinte, wie sie seit Dušans Tod, dem Tod ihrer Mutter und dem Abschied vom Vater nicht mehr geweint hatte, und es gab nichts mehr, kein Ziel, keine Zukunft, nur noch eine einzige Frage: Hätte sie es auch geschafft, wenn Dušan am Leben geblieben wäre? Wäre sie die Person, die sie jetzt war, wenn er nicht gestorben wäre und die Menschen nach seinem Tod nicht das Geld für sie gesammelt hätten, die Starthilfe in die neue Existenz? Oder war das Leben, das sie heute führte, nur deshalb möglich, weil Dušans Leben damals aufgehört hatte?

Sie versuchte sich zu beruhigen, Luft zu schöpfen, blinzelte und sah im Gegenlicht, durch den Tränenschleier hindurch, eine gebückte Gestalt in der Tür, den alten Mann, keine drei Meter von ihr entfernt.

Wie ertappt wischte sie sich mit dem Ärmel über das nasse Gesicht. Sie wollte aufspringen, ihn umarmen, wollte erklären und so viel fragen – und fand keine Worte.

Endlich stand sie auf. Zögernd ging sie auf ihn zu. Aber er, der die ganze Zeit unbeweglich dagestanden hatte wie ein verwittertes Denkmal, wich vor ihr zurück, als sei sie eine Erscheinung, ein Gespenst, als fürchtete er sich.

»Papa«, brachte sie endlich hervor. »Ich bin es. Deine Tochter. Erkennst du mich nicht? Ich bin Anna, Dušans Schwester.«

Er hob die Arme, zeigte ihr seine Handflächen. Es war nur eine angedeutete Bewegung. »Bitte«, sagte er leise. »Gehen Sie.«

Sie öffnete ihren Mund, wollte ihm sagen, wie leid ihr alles tat, wollte erzählen, was geschehen war, dass sie zurückgekommen war, weil einer der Täter von damals Kontakt zu ihr aufgenommen hatte, wollte berichten, wie sie tagelang konfus durch die Stadt stolperte und beinahe eine Dummheit beging, aber ihr Vater, der alte Mann, schüttelte nur den Kopf, als fürchtete er ihre Worte, als wäre jede Silbe aus ihrem Mund ein Beweis für ihre Existenz und ein Messerstich in sein Herz.

»Haben Sie nicht gehört?«, flüsterte er. »Gehen Sie.«

Sie schwieg und senkte den Blick, wandte sich ab, verwirrt und beschämt, als er plötzlich seine Hand ausstreckte.

Er berührte ihre Wange. »Es ist gut«, sagte er leise. »Es ist alles gut.«

Anna fühlte seine Fingerspitzen, neigte den Kopf, aber er schaute an ihr vorbei, als hätte sie sich in Luft aufgelöst, er schien ganz weit weg zu sein, an einem Ort, wo er Stimmen hörte, denen er angestrengt lauschte und die er zu entwirren versuchte. Sie forschte in seinem Gesicht, seinen Falten, den grauen Augen und nickte, als er sagte: »Gehen Sie, und leben Sie wohl.«

Sie wandte sich ab, machte wie in Trance den Schritt über die Schwelle und die schlammige Pfütze hinweg und ging langsam den Hügel hinauf zur Straße, wo das Taxi wartete.

## 32

Milena hatte gedacht, die frische Luft würde ihr guttun und sie vielleicht auf andere Gedanken bringen, und jetzt stemmte sie sich gegen den Wind, der seit dem Nachmittag durch die Straßen fegte. Die Sonnenschirme vor den Cafés und die bunten Markisen über den Schaufenstern waren verschwunden und mit ihnen alle Farben, als hätten sich Melancholie und Traurigkeit über die Stadt gesenkt. Milena wurde dieses Schuldgefühl nicht los und die Frage, ob sie das Unglück nicht hätte verhindern können – schlimmer noch: ob sie es nicht sogar herbeigeführt hatte.

»Du stehst unter Schock«, hatte Siniša beim Mittagessen zu ihr gesagt, als sie ohne Appetit in ihrem Salat stocherte. »Überleg mal: Du hast Todesängste ausgestanden. Luca Marović hat dich mit der Waffe bedroht.« Außerdem, behauptete Siniša, folge der Suizid von Luca Marović einer inneren Logik und Konsequenz. »Glaub mir«, sagte er, »selbst wenn es zum Prozess gekommen wäre – und die Beweislage war erdrückend –, hätte er den Prozess nicht erlebt. Die alten Kameraden hätten ihn irgendwo, vielleicht auf dem Weg zum Haftrichter, erschossen oder dafür gesorgt, dass er in seiner Zelle aufgehängt wird und es wie Selbstmord aussieht. Luca Marović hat das gewusst. Mit seiner Entlarvung und unseren Aussagen war er ein toter Mann.«

Milena wechselte die Straßenseite. Das Haus mit der Nummer achtzehn befand sich gegenüber der neuen französischen Designer-Boutique, über deren Eröffnung das Lokalfernsehen so ausführlich berichtet hatte. Das Kuriosum, dass ausgerechnet der große alte Kommunist und ehemalige jugoslawische Geheimdienstchef Vladimir Marović in unmittelbarer Nachbarschaft eines solchen Konsumtempels wohnte, war natürlich mit keiner Silbe erwähnt worden. Wahrscheinlich war es auch niemandem bekannt, obwohl sein Name groß und breit auf dem Schild am Klingelbrett stand.

Sie schellte, der Summer ertönte, und sie bemerkte, dass die Haustür mit einem Werbeprospekt festgeklemmt war und einen kleinen Spalt offen stand.

Die Wohnung lag im zweiten Stock, und auch hier war die Tür offen. Eine Frauenstimme rief: »Kommen Sie herein. Es ist leider etwas mehr, als ich dachte: fünfzehn Müllsäcke!«

»Entschuldigung«, sagte Milena. »Bin ich hier richtig? Ich wollte zu Herrn Marović.«

Eine junge Frau schaute um die Ecke. Das streng geknotete Halstuch in den italienischen Nationalfarben kam Milena bekannt vor. »Meike« stand auf dem kleinen Schild am Revers. Die Restaurantleiterin des ›Little Italy‹ starrte Milena an, als wäre sie eine Erscheinung, und hauchte: »Ich dachte, es kommen die Männer von der Müllabfuhr ...«

»Erinnern Sie sich?«, fragte Milena. »Wir hatten schon einmal das Vergnügen. Vorgestern, im Restaurant. Ich hatte Ihnen ein Foto gezeigt.«

Sofort füllten sich Meikes Augen mit Tränen. »Ist das alles wirklich passiert?«, fragte sie im Flüsterton. »Warum hat er das bloß getan? Weil seine Frau verhaftet wurde? Die Polizei war heute Morgen da und hat das ganze Büro auf den Kopf gestellt. Was für eine Tragödie. Und dann dachte ich plötzlich: Wer bringt dem alten Mann denn jetzt sein Essen?«

Milena schaute den dunklen Flur hinunter. »Wo ist er?«

»Und die Küche ist eine einzige Müllkippe«, schniefte Meike. »Wie geht es jetzt weiter? Wer wird sich um ihn kümmern?« Sie putzte sich die Nase. »Hier entlang. Zweite Tür rechts.«

Der Raum war groß, mit hohen Fenstern, vor denen schwere Vorhänge hingen, die teilweise zugezogen waren. Im hinteren Bereich, wo eine kleine Lampe brannte, befanden sich Möbel oder sperrige Gegenstände, die mit weißen Tüchern abgedeckt und wohl nicht mehr in Benutzung waren. Plastikblumen, Vasen und eine alte Schreibmaschine standen herum, überall lagen Zeitungsstapel, Aktenordner und alte Verpackungen, und es war nicht zu erkennen, ob hier jemand angefangen hatte aufzuräumen und auf halbem Wege steckengeblieben war oder ob alles langsam zuwuchs und den alten Mann irgendwann unter sich begraben würde.

Er saß mit dem Rücken zur Tür im Sessel, geschützt von einer hohen Lehne.

»Entschuldigen Sie die Störung«, sagte Milena und trat vorsichtig näher. »Ich hoffe, ich komme nicht ungelegen. Lukin ist mein Name. Wir hatten heute Morgen telefoniert.«

Er stocherte mit der Gabel in den Plastikschälchen, Reste von Pasta und Auberginen, und Milena war sich nicht sicher, ob er sie überhaupt gehört hatte.

»Mein herzliches Beileid«, sagte sie.

»Ich erinnere mich. Sie hatten angerufen.« Er tupfte sich mit der Serviette den Mund ab, drehte langsam den Kopf und fixierte sie. »Sie waren dabei?«, fragte er.

Milena ließ die Hand sinken, die sie ihm hingestreckt hatte. »Es tut mir schrecklich leid«, sagte sie. »Es ging alles so schnell.« Ihre Stimme begann zu zittern.

»Schnell?«, fragte der Alte. »Was ging schnell?«

»Draußen war schon die Polizei, überall Blaulicht. Doktor Stojković, der Anwalt, der mich begleitet hat und oben im Haus eingesperrt war, hatte sie gerufen. Das habe ich alles erst hinterher erfahren. Cecilia, Ihre Schwiegertochter, hat ein Geständnis abgelegt, dass sie den Mord an Jurij Pichler begangen hat, und befindet sich jetzt in Untersuchungshaft.«

»Das interessiert mich nicht.« Die Stimme von Vladimir Marović war laut und donnernd, wie bei einem Verhör. »Ich will von Ihnen wissen, wie es passiert ist.«

»Er hat mich mit der Pistole bedroht«, antwortete Milena und rang um Fassung. »Dann ist er plötzlich verschwunden.«

»Verschwunden? Wohin?«

Milena war den Tränen nahe. »Um die Ecke. Und dann …«

»Sprechen Sie es aus.«

»… hat er sich erschossen.«

»Er hat sich erschossen«, wiederholte der Alte, lehnte sich zurück und starrte nachdenklich ins Leere.

Es war stickig hier drinnen, Milena hätte gerne ein Fenster aufgerissen, aber sie wagte nicht, sich zu bewegen.

Endlich sagte er in die Stille hinein: »Er war ein schwacher Charakter. Ein Weichling. Hat immer nur getan, was andere ihm befohlen haben. Aber dieses Mal, das muss man ihm lassen, hat er selbst eine Entscheidung getroffen.« Vladimir Marović strich mit der flachen Hand bedächtig über die Wachstuchdecke. »Er hat entschieden, bevor andere über ihn entscheiden konnten. Und diese Entscheidung verdient Respekt.«

»Respekt?«

Er schaute zu ihr hoch. »Und Sie? Was stehen Sie hier so herum? Setzen Sie sich.«

Milena gehorchte, und das Sofa gab so weit unter ihr nach, dass ihr die Tischplatte bis zum Kinn ging. Wie ein Kind musste sie zu Marović aufschauen. »Wenn Sie schon von Respekt sprechen«, sagte sie und drückte den Rücken durch. »Den hätte er verdient, wenn er so mutig gewesen wäre, sich der Justiz zu stellen, statt sich feige aus dem Staub zu machen.«

»Ihr Vertrauen in den Rechtsstaat in allen Ehren …« Er verzog geringschätzig den Mund.

»Sie wussten, was Ihr Enkel getan hat, richtig?« Milena beugte sich vor. »All die Jahre wussten Sie, dass Luca den Mord am Ministerpräsidenten begangen hat. Und Sie haben nichts gesagt. Warum? Weil er Ihr Enkel war?«

Wortlos legte er die Serviette über eines der leeren Plastikschälchen. Sein Bart war gestutzt und ging am Hals in dichtes Brusthaar über, und auf den eingefallenen Wangen verlief ein feines Geäst aus violetten Äderchen. Milena zwang sich, ruhig zu bleiben. »Haben Sie damals den Befehl erteilt und den Mord am Ministerpräsidenten angeordnet?«, fragte sie. »Haben Sie im Hintergrund die Fäden gezogen?«

»Ich verbitte mir solche Anschuldigungen«, presste der Alte hervor. »Luca hat mit dem Mord am Ministerpräsidenten mein Lebenswerk zerstört. Das ist die bittere Wahrheit, und das größte Opfer, das ich in meinem Leben gebracht habe, war, dass ich ihn dafür nicht verstoßen, sondern bis zum Schluss in meinem Leben geduldet habe.«

»Warum haben Sie den Mord dann nicht verhindert?«, fragte Milena. »Es war ein Auftragsmord, von langer Hand geplant und akribisch vorbereitet. Sie müssen doch etwas gewusst haben. Sie sind kein Niemand. Sie hatten immer noch Einfluss.«

»Ich bin ein alter Mann, und das war ich schon damals. Ich habe nichts gewusst. Aber …«, der Alte hustete, und ein säuerlicher Geruch verbreitete sich.

»In der Tat, ich habe geahnt, dass so etwas passieren würde. Ein solcher Politiker, der so unbeirrt seinen Kurs verfolgt, ist immer dem Risiko ausgesetzt, getötet zu werden. Weil der Gegner keine Argumente hat, dem Charisma nichts entgegensetzen kann und um seine Pfründe fürchtet. Deshalb haben wir damals unsere Gegner systematisch aus dem Weg geräumt. Der Ministerpräsident hielt das nicht für nötig. Entweder hatte er Skrupel, oder er hat die Gefahr unterschätzt. Beides hätte ihm nicht passieren dürfen.«

»Wer sind die Hintermänner?«, fragte Milena. »Wer hat den Mord angeordnet?«

Vladimir Marović hatte die Augen geschlossen und verzog das Gesicht, als hätte er Schmerzen.

»Bitte sprechen Sie«, bat Milena. »Sagen Sie mir, was Sie wissen. Sie haben nichts mehr zu verlieren.«

»Ich habe eine Theorie«, sagte er. »Auch wenn sie niemand hören will: Ich glaube, dass es der russische Geheimdienst war.«

»Wie bitte?«

»Warum? Weil die Politik des Ministerpräsidenten darauf abzielte, die Russen vom Territorium des damaligen Restjugoslawien, insbesondere von Montenegro, fernzuhalten. Er wollte den russischen Einfluss auf dem Balkan zurückdrängen und auf ein Minimum reduzieren – so wie wir damals, bei der Staatsgründung nach '45. So gesehen war seine Politik die Fortsetzung unserer Politik und gleichzeitig eine Voraussetzung dafür, dass die Staaten auf dem Balkan nach der Katastrophe, dem Jugoslawienkrieg, wieder zusammenwachsen können, vielleicht zu einer Konföderation. Warum schauen Sie mich so skeptisch an? Dass der russische Geheimdienst seinen Einfluss nutzt und ausgerechnet meinen Enkel zum Werkzeug macht, um den Ministerpräsidenten aus dem Weg zu räumen, den ich wie meinen Sohn geliebt habe – das ist genau seine Handschrift.«

Milena schüttelte den Kopf. »Ich kenne mich mit diesen Verschwörungstheorien nicht aus«, sagte sie, »aber ich finde es, mit Verlaub, erbärmlich, wie Sie sich hier zum Opfer stilisieren. Sie haben Menschen auf dem Gewissen, haben politische Gegner auf der Nackten Insel gefangen gehalten, foltern und töten lassen. Ihr Enkel ist Opfer eines kranken Systems, das Sie mitgeschaffen haben.«

Der alte Mann schaute kopfschüttelnd zur Decke und sagte mit verächtlich heruntergezogenen Mundwinkeln: »Sie sind eine Frau, und die weibliche Logik war mir immer fremd. Weil es bei euch am Ende immer um Gefühle geht, um banale Sentimentalitäten.« Er ballte die Hand zur Faust und schlug auf den Tisch. »Aber uns ging es um die Idee!«, rief er. »Um die Einheit aller Staaten auf dem Balkan, die Blockfreiheit und Unabhängigkeit. Wir waren damals, als wir Jugoslawien gründeten, so etwas wie das erste Vereinigte Europa. Und wer sind wir jetzt? Zwergstaaten, die alleine kaum gedeihen können, überall sitzen Idioten in den Regierungen, Verbrecher, die sich in die eigene Tasche wirtschaften, ihre Vettern mit Posten versorgen und das Land an ausländische Investoren verschachern. Schauen Sie nach nebenan, ins Kosovo. Die Amerikaner haben sich für seine Unabhängigkeit nur deshalb stark gemacht, um dort den größten NATO-Stützpunkt in Europa zu errichten. Die Russen betrachten Montenegro als ihre Kolonie und drängen mit aller Macht nach Serbien, während die Türken systematisch an der Islamisierung von Bosnien arbeiten. So sieht der Balkan heute aus. Es gibt keinen Plan, keinen Mut und keine Weitsicht. Jeder kämpft für sich, und niemand erklärt der Welt, was hier passiert und welche Katastrophe sich anbahnt. Und Sie sitzen hier und klagen mich an? Das ist bequem, und es ist sträflich.«

Er erhob sich mühsam und tastete nach seinem Stock. »Es wird Krieg geben«, ächzte er. »Krieg auf dem Balkan. Und ich sage es Ihnen schon jetzt: Die Welt wird sich wieder fragen, wie das passieren konnte. Weil niemand hinschaut. Weil niemand die Zeichen liest und die Stimme erhebt.«

Schritt für Schritt tappte er aus dem Raum. »Tun Sie etwas und klären Sie Ihre Leute auf. Erzählen Sie ihnen, was los ist. Worauf warten Sie? Die Zeit läuft uns davon. Bewegen Sie sich. Tummeln Sie sich.« Sein Stock war auf dem Flur zu hören, ein langsamer, energischer Rhythmus. Dann klappte eine Tür, und kurz darauf war es still.

Milena stand auf, stellte mechanisch die Plastikschälchen zusammen, nahm das Tablett und trug es in die Küche. Sie horchte noch einmal in die Wohnung, aber kein Laut war zu hören. Leise zog sie die Wohnungstür hinter sich ins Schloss.

Es hatte angefangen zu regnen. Sie schlug den Kragen ihrer Jacke hoch und dachte an Cecilia Marović, die jetzt in Untersuchungshaft saß und deren Verteidigung Siniša wohl übernehmen würde. Und sie dachte an die Toten: Dušan Jovanović, Jurij Pichler, Luca Marović. Alle waren sie einmal wie Adam gewesen, Jungs in kurzen Hosen, die dachten, die Welt würde ihnen gehören, mit allen Möglichkeiten. Weil Skrupellosigkeit und Gewalt herrschten, verpufften Träume, zerbrachen Familien und Freundschaften. Es erschien ihr, als ob sie immer zu spät kam, immer nur Fragen hatte, keine Antworten und schon gar keine Lösungen.

Die Feuchtigkeit drang langsam durch den dünnen Stoff ihrer Jacke. Sie ging an die Straße und winkte ein Taxi heran.

»Und?«, fragte der Fahrer, als sie hinten Platz genommen hatte. »Wohin soll's gehen?«

Sie nannte ihm eine Adresse. Es war eine spontane Idee, wohl aus der Sehnsucht geboren, sie war selbst überrascht.

Passanten hasteten mit Regenschirmen und hochgezogenen Schultern über die Straßen. Milena lehnte sich in die Polster, lauschte der Musik im Radio, einem amerikanischen Hit, zu dem sie früher auf Partys getanzt hatten, und bildete sich ein, dass es langsam heller wurde.

Sie zahlte, stieg aus. Sie kannte das Haus, war schon einmal hier gewesen, als sein Amtsvorgänger einen Empfang gegeben hatte. Aber das war Ewigkeiten her, Adam gerade erst geboren. Es war in einem anderen Leben gewesen.

Hinter den Fenstern im Erdgeschoss brannte Licht. Sie drückte die Klinke an der Gartenpforte – und zögerte. Wenn er jetzt Gäste hatte, die Bude voll?

Oben ging die Tür auf. Sie erkannte seine Silhouette. Mit schnellen Schritten kam Alexander ihr entgegen.

Sie wollte sich entschuldigen, wollte erklären,

erzählen, aber er legte ihr nur seine Jacke über die Schultern, nahm sie in den Arm, drückte sie an sich. Erst vorsichtig, dann immer fester.

Es gab nur den Regen um sie herum, aber sie spürte ihn nicht. Alles schien einer Logik zu folgen und einem Gefühl, und es war richtig und gut.

*Bitte beachten Sie
auch die folgenden Seiten*

Christian Schünemann
Jelena Volić
*Kornblumenblau*
*Ein Fall für Milena Lukin*
Roman

Milena Lukin, Kriminologin mit serbischem und deutschem Pass, ermittelt in ihrem ersten Fall: Am Morgen des 12. Juli werden zwei junge Nationalgardisten erschossen auf dem Belgrader Militärgelände aufgefunden. Man behauptet, sie seien einem unehrenhaften Selbstmordritual zum Opfer gefallen. Doch Milena wird den Verdacht nicht los, dass die beiden etwas gesehen haben könnten, was sie nie hätten sehen dürfen. Womöglich hatte es mit dem Jahrestag eines grausamen Massakers zu tun.

»Mit *Kornblumenblau* bringen Christian Schünemann und Jelena Volić dem deutschen Leser die Stadt Belgrad intensiv und vorurteilsbefreit nah.«
*Maren Winterfeld /*
*Westdeutsche Allgemeine Zeitung, Essen*

»Milena ist eine herrliche, abgründige, auch am Ende ihres Debüts noch von einem Kokon aus Geheimnis umhüllte Frau. Das fleischgewordene Belgrad.«
*Elmar Krekeler / Die Welt, Berlin*

»*Kornblumenblau* entwirft ein Bild von Serbien, das ganz weit weg ist von allem, was einen sonst Berührungsängste entwickeln lässt.«
*Susan Vahabzadeh / Süddeutsche Zeitung, München*

Christian Schünemann
Jelena Volić
*Pfingstrosenrot*
*Ein Fall für Milena Lukin*
Roman

Was geschah in jener Nacht, als ein serbisches Ehepaar, Miloš und Ljubinka Valetić, in seinem Haus im Kosovo brutal ermordet wurde? Milena Lukin wäre dieser Frage vielleicht nie nachgegangen, wenn nicht ihr Onkel Miodrag in der Ermordeten seine Jugendliebe wiedererkannt hätte. Sie nimmt Kontakt zu den hinterbliebenen Kindern auf, wagt sich an den Ort des Verbrechens und in die Niederungen der Politik. Und allmählich erhärtet sich der Verdacht, dass die Täter nicht in der Ferne, sondern ganz in ihrer Nähe zu finden sind – im schönen Belgrad. In *Pfingstrosenrot* wird erzählt, wie ein politischer Konflikt hinter den Kulissen geschürt und aufrechterhalten wird, weil beide Seiten kräftig davon profitieren.

»Hervorragend geschrieben und mit hochaktuellem politischem Hintergrund gibt der Roman einen lebensnahen Einblick in den Alltag auf dem Balkan.«
*Regula Tanner / Schweizer Familie, Zürich*

»Der Krimi, dicht und sinnlich geschrieben, erzählt uns viel vom Leben in Belgrad sowie den politischen Verhältnissen der Gegenwart und Vergangenheit.«
*Emma, Köln*

*Christian Schünemann
im Diogenes Verlag*

Christian Schünemann, geboren 1968 in Bremen, studierte Slawistik in Berlin und Sankt Petersburg, arbeitete in Moskau und Bosnien-Herzegowina und absolvierte die Evangelische Journalistenschule in Berlin. Eine Reportage in der *Süddeutschen Zeitung* wurde 2001 mit dem Helmut-Stegmann-Preis ausgezeichnet. Beim Internationalen Wettbewerb junger Autoren, dem Open Mike 2002, wurde ein Auszug aus dem Roman *Der Frisör* preisgekrönt. Christian Schünemann lebt in Berlin.

»Schünemann verwendet auf die sardonische Schilderung einschlägiger Milieus mindestens ebenso viel Liebe und Sorgfalt wie auf den jeweils aktuellen Casus.« *Hendrik Werner/Die Welt, Berlin*

*Der Frisör*
Roman

*Der Bruder*
*Ein Fall für den Frisör*
Roman

*Die Studentin*
*Ein Fall für den Frisör*
Roman

*Daily Soap*
*Ein Fall für den Frisör*
Roman